Pattes froides, Cœur chaud

Stéphanie Manitta

Pattes froides, Coeur chaud

Illustration, conception et maquettage : Caroline Blineau
Accompagnement éditorial : Sara Schneider
Correction : Meryma Haelströme

©2025 Stéphanie Manitta

Édition : BoD · Books on Demand GmbH, In de Tarpen 42,
22848 Norderstedt (Allemagne)
Impression : Libri Plureos GmbH, Friedensallee 273,
22763 Hamburg (Allemagne)
ISBN : 978-2-3225-1688-9
Dépôt légal : Novembre 2024

À tous les Bosco et les Noirousse,
Qui nous acceptent tel que l'on pousse.

Avertissements

Une liste de « trigger warnings » se trouve en page 290 du livre, afin de préserver les personnes potentiellement sensibles à certains sujets.

1

Je tends les cent-vingt balles, en ravalant la boule dans ma gorge, avec un sourire. Ce maudit coiffeur m'a fait le carré plongeant dont je ne voulais pas. J'ai pourtant demandé la plus simple des coupes de cheveux : retrait des pointes sèches et application d'un soin. *Basta* ! Sinon, ça fait remonter mes boucles, doubler mon crâne de volume, tout en accentuant mon visage potelé, mon double menton, et mon air de cocker. À ma sortie, Evelyne me prend dans ses bras ; elle évite soigneusement de me donner son avis et s'empresse de revenir sur le sujet extraordinaire du changement de vie.

Une fois rentrée chez moi, je fais le tour de mon appartement et retiens mes larmes. Me couper les cheveux avant de partir semblait être *la* solution à mon manque éternel de confiance en moi… J'ai déjà envie de rappeler mon amie, mais je ne peux pas, elle est retournée au travail. Pour fuir le silence et l'angoisse, j'allume la télé ; c'est l'heure de la météo.

« La neige est en avance dans les crêtes jurassiennes, cette année. »

À Genève, on a senti l'été pressé de s'en aller. Partir vers les flocons me donnera sûrement envie d'être en hiver, de faire un nouveau bond dans le temps. Un prétexte supplémentaire pour rester à l'intérieur et attendre que ma coupe semble moins définitive.

J'ai rencontré Evelyne au travail, il y a cinq ans et demi. Elle a vite repéré mon côté suiveuse, qui faisait absolument tout ce que son chef lui demandait. Arrivée huit semaines après moi dans cette équipe explosée, mon aînée de deux ans s'est si bien adaptée ; elle m'a indiqué les ficelles à tirer pour éviter de tomber dans le piège du « nouveau *management* ». Dans la « comm' », on doit miser sur le paraître, la manipulation, et l'hypocrisie.

Evelyne a compris que j'aurais besoin de soutien, car j'étais loin de cette nature-là. Elle a aussi perçu que je n'avais pas choisi grand-chose, dans le déroulé de mon existence. Mes parents m'avaient soutenue dans mon parcours scolaire, mes brèves relations ne duraient pas dans le temps, ma tante m'avait aidée à trouver mon premier appartement, j'étais tombée sur de mauvaises personnes. Les chacals sentent lorsqu'une proie saigne. Je suis une hémorragie.

***

J'ai toujours préféré défaire mes valises que les préparer. J'aime m'installer quelque part, mais j'ai moins d'enthousiasme à l'idée d'embarquer ma maison ; c'est le sentiment qui m'envahit au moment de choisir quoi prendre avec moi. Et puis j'ai de la peine à laisser mon chat. Certes, il vit sa petite routine de félin domestiqué, je devrais m'appuyer sur son indépendance pour sortir de ma zone de confort plus souvent. Mais Monsieur me fait la tronche à chacun de mes retours ! Jusqu'ici, j'ai utilisé son caractère têtu comme excuse pour ne pas bouger de chez moi, mais aujourd'hui les billets de train sont déjà sur ma table basse. Trop tard. Pas de *reset* ou d'annulation possible. Je me prépare au Purgatoire.

Je suis bien en avance sur le quai de la Gare Cornavin[1]. En dehors des heures de pointe, il n'y a pas grand monde ; l'homme à deux-trois pas de moi mange bruyamment son sandwich. Une bise d'automne s'infiltre dans mon cou exposé, je remonte mes épaules. Dans une main, je tiens mon bagage énorme de vingt kilos sur roulettes, dans l'autre, je tiens la caisse de mon chat ronchon de cinq kilos qui ne roule pas. Je pose ce dernier sur le sol, m'étire, m'appuie contre un muret et observe.

Le train précédent vomit ses passagers : des couples heureux, des familles et des amis se retrouvent, s'enlacent. Un frisson s'installe sur la base de ma nuque. J'ai froid. *Personne ne m'attend là-bas.* La fatigue fait naître cette idée, ce terrassant épuisement que je connais depuis près d'une année. Nous sommes devenus intimes.

Heureusement, je suis entourée. De gens aimants, soutenants – ma famille. Des gens qui me bousculent aussi – mon unique amie. Evelyne le sait : ce voyage me coûte. Pas à cause du carré plongeant, plutôt parce que je n'ai jamais voyagé seule. Au point où j'en suis… Le Jura bernois, ce n'est pas le bout du monde et elle m'a promis que je pourrai me reposer dans cette maison d'hôte, et que la réceptionniste est sympa. Le fait que l'établissement soit au bord du gouffre financièrement ne vend pas du rêve, c'est sûr. Mais le concept de donner un coup de main en payant une location, tout en trouvant un endroit pour me ressourcer m'a fait de l'œil.

Le temps de passer mes doigts dans mes cheveux trop courts, mon train arrive. Le frisson disparaît à mon entrée dans le wagon. Une fois assise, j'installe la caisse de Noirousse sur mes genoux, accepte le fait qu'il me tourne le dos. Il a raison de bouder, il n'a rien demandé, lui.

---

1. Principale gare ferroviaire de Genève.

2

À plusieurs reprises durant le trajet, je me dis que Genève m'empêche de m'ouvrir à autre chose. Elle est si petite et si fournie, si étroite et à la fois accueillante. Je ne trouve pas de raisons de partir, le mouvement est inconfortable. Tant par le fait de transporter toutes mes affaires, que par le fait de me transporter moi-même. J'ai toujours été grosse, mais ce terme est relatif. À l'adolescence, j'étais juste assez potelée pour me trouver moche dans un bikini, juste pas assez grassouillette pour inquiéter les médecins. Suffisamment ronde et pleine de cellulite pour éviter les grandes marques, suffisamment fine pour esquiver les liquidations des tailles 54+. Aujourd'hui, je ne rentre dans aucune case, je ne peux m'identifier qu'à quelques rares modèles féminins. J'ai trente ans, je ne suis pas mère, ni mariée, ni enceinte, ni… Rien, à part vingt kilos de trop pour la société. Dans la boîte où j'ai rencontré Evelyne, je suis un élément remplaçable.

Ce flot de pensées m'a fait oublier les plaintes de Noirousse, oublier pourquoi je me déplace après ma sortie du train, si bien que je dois courir après la seule navette de l'heure écoulée. Par chance, le chauffeur s'arrête. Peut-être que ma condition physique déplorable suffit à attirer quelques faveurs ? Parce que ma grande capacité pulmonaire se résume majoritairement à mon bonnet D.

Une fois la moitié du trajet écoulé, je sors de mon demi-sommeil nauséeux. Le conducteur s'arrête pour nous décharger dans le froid, en bas d'une pente abrupte. Les autres semblent être habitués à ce genre de déconvenues. Ce n'est pas mon cas, et je les regarde bouche bée continuer leur chemin à pied. Mes bottes inadaptées laissent déjà entrer l'eau de cette belle papette juteuse. Bah si, il a fait soleil ! Je me demande ce que j'ai fait à l'Univers pour mériter des galères pareilles.

— Madame, je peux vous aider ? me demande le chauffeur.

— Vous n'avez pas la possibilité de m'emmener jusqu'en haut ? je réponds en tentant de garder mon calme. Je crois que l'Auberge du Loup Blanc se trouve…

— Je suis navré, je n'ai pas de pneus-neige.

Je cligne plusieurs fois des yeux, puis des dents. Contrariée, pensant à une blague, j'enfile avec peine mon bonnet sur ma tête – mes cheveux prennent de la place sans tenir chaud… très utile.

— Ah, vous ne plaisantez pas ? je bégaye en réalisant ce qui se passe.

— Eh bien non, sans pneus-neige, le véhicule…

— On est sur une montagne et vous n'avez pas de pneus-neige ?

— Nous ne sommes que fin septembre.

Je remonte dans le car sans rien dire, excédée quand même, me fais griffer par la patte habile de mon chat en colère. Je peste en italien, redresse mon bonnet, empoigne ma valise et débute l'ascension en remerciant ce type pas prévoyant.

Dans une main, je tiens mon bagage énorme de vingt kilos qui ne roule plus, dans l'autre, la caisse de mon chat ronchon de cinq kilos qui ne roule toujours pas. La montée est exigeante. Je transpire comme un bœuf, mes bras tremblent, et je souffle tellement d'air chaud que je me demande si ce n'est pas moi qui fait fondre la glace sur le bout des branches. Je dois faire plusieurs pauses pour refixer mon bonnet, puis regagner de la force, ceci pour éviter de laisser tomber Noirousse. Mais plus je monte, plus je me dis que ses chants répétitifs vont me rendre folle. Où est passée la belle neige qui craque sous les pas, qui ne détrempe pas mes chaussettes, qui permet de faire des boules à lancer sur n'importe qui ?

En arrivant devant l'établissement avec le peu de courage qu'il me reste, j'admire un magnifique chalet aux volets rouges. Il semblerait que le soleil n'ait pas percé les nuages, mais voilà mon potentiel havre de paix. Malgré mes râles de fatigue, je profite de la sensation et du son de mes bottes qui s'enfoncent dans ce blanc immaculé. On dirait que mon chat apprécie l'expérience aussi, il se tait enfin ! Je m'avance sur le porche. *Squick, sploch, squick, sploch.* Au-dessus du banc sur lequel je m'installerais bien s'il n'était pas trempé, une pancarte indique : « Les animations usuelles sont interrompues jusqu'à lundi. N'hésitez pas à solliciter Janaina pour toute demande pratique ou touristique ! » J'entre alors tant bien que mal à l'aide de mon coude pour la rencontrer.

La réceptionniste répond à la demande d'un client, j'en profite pour observer l'intérieur ; légère déception. Sur ma gauche, se trouve un présentoir repeint en brun, défraîchi, exposant les activités à faire « pas loin d'ici », ainsi qu'un grand canapé en cuir un peu usé en face d'une cheminée – qui, elle, a son charme. Plus loin, se trouve l'escalier en bois menant à l'étage. Sur ma droite, un accès sans porte semble mener vers une salle à manger, immense, remplie de mobilier encombrant et, plus loin encore, peut-être à la cuisine ? Un style possiblement *vintage*, mais qui fait maladroitement vieillot. Le comptoir est kitch au possible :

des cartes postales de paysages envoûtants, dépaysants certes, qui n'offrent pourtant pas l'évasion promise. Épinglées sur des tableaux en liège, des annonces, tarifs et autres informations très pragmatiques retirent le peu de charme qu'il reste à la maison. Il ne manque que des animaux empaillés, et on aurait le parfait tableau de ce qui ne fonctionne plus pour attirer les gens. Evelyne ne s'est pas trompée : un peu d'argent fera du bien à leur commerce.

Mon corps s'engourdit, ainsi gainé dans des vêtements d'hiver trop serrés et humides. Je ne perds pas de temps pour m'annoncer dès que le client sort. Et alors, je découvre une jeune femme en contraste total avec son environnement : un sourire, des cheveux et des prunelles sombres, puis une peau illuminée par le soleil. Je suis éblouie.

— Oh là là, ma pauvre !

Du franc parlé aussi, merci, avec un joli accent de la région qui fait traîner les voyelles.

— Le chauffeur de la navette a encore refusé de faire la montée ? continue-t-elle en essuyant ma valise à l'aide d'un linge propre.

— Il est censé la faire tout le temps ?

C'est tout ce que je trouve à dire.

— Oui, oui. Mais c'est un flemmard. Il s'y prend toujours trop tard pour les pneus et on perd beaucoup de clients à cause de lui. Vous faites partie des téméraires !

Comme si j'avais eu le choix…

— Ne vous en faites pas pour ma valise, je la sécherai plus tard. D'abord, j'aimerais…

— Oh ! mais qu'il est beau, ce chat !

Elle se précipite vers la caisse, je lance les pronostics. Option n° 1 : Noirousse lui souffle dessus. Option n° 2 : Il la griffe à

13

travers les barreaux. Option n° 3 : Eh bien… vas-y que je suis ton copain… Hein ?!

— Qu'est-ce qu'il est câlin ! Comment il s'appelle ?

— Noirousse.

— Comme c'est mignon et original ! Tu es si doux, Noirousse, ta maman prend bien soin de toi !

— Je peux vous le laisser, si vous voulez.

Elle ne semble pas percuter le second degré et change de sujet. Comme 90 % des personnes. Je devrais laisser tomber les sarcasmes…

— Je ne me présente pas et vous êtes trempée, toutes mes excuses ! se confond-elle en se précipitant vers le registre.

— En fait, c'est Evelyne qui m'envoie. Pour la location.

D'abord, elle écarquille les yeux, puis me demande de répéter, pour enfin redire elle-même ce prénom, avec une douceur adorable. Puis, la dénommée Janaina me propose de nous faire visiter les lieux, à Noirousse et moi, afin qu'on puisse se mettre à l'aise avant le souper.

En montant les marches, je me projette vers le confort qui m'attend et doute de pouvoir me relever après une bonne douche, un bon repas et une nuit de sommeil complète dans un lit que j'espère confortable. Ce n'est pas bien grave… Je suis arrivée.

— On va se sentir chez nous quelque temps, je murmure à mon chat.

Il me montre ses fesses en guise de réponse. J'ai l'impression qu'il ne m'aidera pas à ranger mes affaires.

3

Tout est lourd. Mon corps sur le parquet un brin grinçant, l'équivalent du contenu de mon appartement que j'ai emporté, mon animal de compagnie… Janaina me libère de ce dernier, avant de m'entraîner à travers les couloirs assombris par leur lambris d'origine. Bien que ce soit idéalement entretenu, l'ensemble est chargé par le temps. Les conséquences de cet effort physique inhabituel me tombent dans le dos, sur les hanches, dans les genoux. *Je veux dormir.*

— Alors, je vous préviens, le studio n'est pas disponible de suite, précise la jeune femme, mal à l'aise.

Avant que je puisse demander pourquoi, elle ouvre la porte dudit appartement. Une échelle au milieu, une moitié de papier peint décollée, deux pots de peinture ouverts, bref, un chantier total. Ma tête se tourne lentement vers mon hôte. Où vais-je habiter ?

— Pour être tout à fait transparente avec vous : on a eu un gros problème de livraison de matériel il y a trois semaines. Nos finances étant serrées, il a fallu transférer l'argent des travaux sur le budget nourriture, sinon on ne s'en sortait pas avec les déjeuners.

— Votre compta m'a l'air catastrophique.

— C'est le cas, et je suis désolée qu'on n'ait pas mieux géré votre arrivée.

Mon agacement est éteint par la sincérité de Janaina. Elle me fait tout de même visiter pour que je m'imprègne des points positifs, malgré l'absence de cuisine : les mètres carrés et la hauteur sous plafond. Janaina m'explique que les travaux ne seront pas terminés avant une semaine et, qu'en attendant, je ne paierai évidemment pas de loyer. Elle se fait pardonner avec une salle de bain neuve, fonctionnelle, et préservée de la poussière.

— Je vais vous aider à installer Noirousse et vos affaires dans une chambre client, sur la face avant de l'Auberge. Elle est plus petite que le studio, mais vous serez tranquille. Le seul autre pensionnaire actuel est celui que vous avez vu tout à l'heure. Il a deux garçons très calmes.

— Dites…

Je pourrais presque entendre son cœur s'emballer d'angoisse.

— La location vous servira vraiment ? Je veux dire, ce ne sont pas six-cents qui vont renflouer vos caisses…

— Je vous promets que ça nous évite une perte financière ! On pourra alors investir les gains dans le reste de nos animations.

Trop fatiguée pour être convaincue, je me laisse guider vers la chambre qui sera la mienne. Je trouve une pièce très cosy, et un lit qui m'envoie des signaux réconfortants. Janaina dépose une litière propre, des croquettes, et une gamelle d'eau fraîche pour Noirousse et me laisse mon intimité.

***

Il n'y a pas à dire, l'Auberge du Loup Blanc, c'est silencieux ! Enfermée dans ma chambre provisoire durant la journée qui suit, enroulée dans les draps qui sentent la lavande, la seule chose que je sors de ma valise est un bouquin. J'ai toujours été une dévoreuse de pages et, bien que je sois devenue exigeante avec le temps, lire ne m'avait jamais demandé d'efforts. Depuis un an, c'est une autre affaire. Tout m'épuise. Le bruit, les gens, même les ronrons de Noirousse parfois. Il n'est pas rare que je dorme treize heures d'affilée, pas seulement la nuit. Déconfite, ramollie… *Démolie*. Mon naturel souriant, enjoué, positif s'est mué en un quotidien ennuyant, blasé, plaintif. Je râle sur tout et pour tout. *Aigrie*. Alors, j'ai décidé d'écrire.

D'abord, il était prévu que ce soit un journal d'états d'âme. Progressivement, Chiara Valente s'est transformée en Bianca La Fenza, Genève en petit village sicilien ; ma vie est devenue fiction. Je ne sais pas où me mènera l'histoire de la jeune femme, je sais simplement que c'est la seule que j'ai envie de développer. En complément, je cherche des inspirations entre les lignes des autres, souligne des phrases à l'aide de post-its, tout en me reposant quand même sur mes acquis, mon vécu. Et Bianca n'est vraiment pas en forme, la pauvre. J'espère pouvoir lui transmettre la force de se relever.

4

Je m'isole comme une bête blessée durant deux jours. Ils sont d'une lenteur terrible sur le papier. Surtout, j'affronte un silence inhabituel. À Genève, même si je ne suis pas au centre-ville, j'entends toujours une voiture passer, un gamin rigoler, quelques oiseaux chanter. Ici, à part le plancher qui grince, je ne perçois que mon chat qui respire à côté de moi. La télé m'a manqué les premières heures, puis j'ai décidé de continuer à lire. Et finalement, j'ai écrit le début de mes pensées pour inspirer le début du récit de Bianca.

Le surlendemain soir, je sors de ma tanière et inaugure la baignoire dans la salle de bain du studio. Je n'ai pas vraiment l'impression que les travaux avancent, mais m'en préoccupe peu, ma ferme intention étant de laisser la vie couler sur moi. Je m'assoupis une nouvelle fois, et à mon réveil, mon estomac gargouillant me fait repenser au fait que j'arrive à court des provisions apportées de chez moi. Il va falloir que j'aille inspecter les alentours pour faire des courses, les stocker dans le frigo commun et les cuisiner dans l'espace partagé du rez-de-chaussée. *Aucune envie.*

En sortant de l'eau presque froide, je me rends compte que j'ai oublié d'emporter des vêtements propres dans la pièce. J'affronte alors le reflet de mes cheveux aplatis dans le miroir : « Un cocker mouillé… » et je m'emballe dans le linge suffisamment grand pour couvrir ces formes que je ne supporte plus. D'une main, je tiens la serviette, de l'autre mon paquet d'habits sales qui sent la déprime. J'ouvre la porte du coude, en comptant sur la chance pour ne pas croiser le client et ses deux bambins.

Aux trois quarts du périple à marcher sur la pointe des pieds, j'entends des pas s'arrêter derrière l'angle du mur situé avant la porte de ma chambre. Prise sur le fait, les pieds gelés, mon égo est mis à rude épreuve. *Personne.* Je baisse la tête et découvre, tout près de moi, un malicieux visage d'enfant, encadré par de jolies boucles marron. Elle m'observe de haut en bas avec ses grands yeux d'un bleu perçant. La petite fille ne doit pas avoir plus de quatre ou cinq ans et je me demande ce qui peut lui passer par la tête.

Soudain, elle entend quelque chose en bas et, après un coup d'œil furtif dans la direction du bruit, elle me regarde avec un large sourire. Puis, elle part à toute vitesse. Le courant d'air qui s'accroche à ma nuque me rappelle que je suis nue sous ma serviette de bain et que je ferais mieux de me cacher dans ma chambre, et d'enfiler mon pyjama en pilou pilou.

Je m'installe dans le lit parfumé pour le reste de la soirée. La nouvelle frimousse arrondie et innocente adoucit mes rêves qui, d'habitude, se muent en cauchemars.

***

La semaine nécessaire aux travaux passe plus vite que prévu et je la laisse aussi couler sur moi bien plus facilement que je ne le pensais. Jusque-là, je suis arrivée à éviter un maximum de contacts pour profiter de la solitude et du calme avant la tempête. Quelle tempête ? Je n'en sais rien, mais ce silence est trop bienvenu pour ne pas cacher quelque chose derrière lui…

Comme mon chat, je prends mes habitudes et adopte un rythme qui me convient : levé à 8 h, un déjeuner salé, lecture ou écriture jusqu'à 12 h, repas cuisiné et pris dans ma chambre. Plus tard, une petite sortie juste pour prendre l'air et apprécier le monologue muet de la neige, puis lecture ou écriture jusqu'à 18 h, repas cuisiné et pris dans ma chambre, et dodo le plus tôt possible. Entre deux tâches, je n'oublie pas les courses et les caresses pour Noirousse, sinon il râle et j'en ai pour la journée… Ce programme n'est pas *fifou*, mais j'applique sérieusement les recommandations de mon médecin et d'Evelyne. C'est ma façon de prendre soin de moi, d'accepter et de surmonter mes difficultés. Évidemment, ni l'un ni l'autre ne m'a conseillé de m'isoler, d'éviter les gens et l'exploration des alentours. Mais on ne peut pas tout faire, n'est-ce pas ?

« Une chose à la fois » est devenu mon mantra. Particulièrement lorsque le studio est enfin prêt et que je dois y déménager mes affaires. Les ranger m'épuise et je suis scrupuleusement le même programme pour éviter de trop solliciter mon corps et mon cerveau. Janaina me donne parfois un coup de main que je ne peux pas refuser. Déjà parce qu'il est plus facile de déplier, plier et ranger à deux, mais surtout parce que le soleil de son sourire me procure beaucoup de bien-être.

Je ne peux d'ailleurs pas m'empêcher d'accepter ses invitations à boire un thé à l'accueil et découvre le plaisir du canapé en face de la cheminée. Le dialogue ouvert, nous parlons de la neige, du beau temps, et dérivons sur les raisons qui m'ont amenée ici. Je reste évidemment sur la réserve, mais réussis toutefois à lui parler de mon sérieux *burn-out échelle 9/9* duquel je peine à sortir. Très positive et bienveillante, elle me dit espérer que mon séjour à l'Auberge du Loup Blanc m'aide à rebondir. Et même si j'ai déjà entendu ce genre de discours, sortie de la bouche de cette femme rayonnante, la vérité semble plus facile à admettre.

Le dernier jour du déménagement, Noirousse dans mes bras, Janaina penchée sur le comptoir pour lui faire des papouilles, nous entamons une discussion autour de l'introduction de plantes dans le studio. C'est pourtant en plein milieu d'une phrase que nous sommes interrompues par l'ouverture brutale de la porte principale. Le pas très lourd, une brute, tenant plus de l'ours que de l'homme, pénètre dans l'établissement en reniflant grossièrement. Il s'avance et manque de me rentrer dedans ; je ne réagis pas, sidérée par la taille, l'allure et les yeux perçants du bonhomme. Il retire son bonnet et révèle des cheveux bruns, humides. Pour finir, il claque ses énormes gants sur le comptoir et s'adresse à Janaina d'une voix grave.

— Ja', est-ce que tu as reçu le téléphone des…
— Dites, je l'interromps vaillamment, vous pourriez attendre qu'on termine, non ?

Il tourne vers moi sa barbe, mal taillée, sous laquelle je devine une moue agacée. Une odeur de sueur m'assaille.

— Je vous demande pardon ? dit-il en relevant un sourcil au-dessus de ses iris bleus glacés.

Tout mon sang-froid fond quand il jauge Noirousse d'un air plus hostile que celui du félin.

— Marc, c'est notre locataire ! me défend Janaina.

Il se racle la gorge et formule, d'un air embarrassé :

— On peut voir ça plus tard ?

« Ça » ?

— Chiara, je n'ai pas eu l'occasion de vous en parler, mais Marc s'occupe de la partie « activités » de l'auberge. Il était absent ces derniers jours, et négociait avec les huissiers qui nous menacent de saisir l'établissement…

Voyant des éclairs voler de Marc à Janaina, je veux d'abord me barrer au plus vite. Mais je me sens surtout en colère, car la douce réceptionniste ne mérite pas le moindre reproche, même silencieux. C'est sûrement cela qui me donne le courage d'intervenir.

— Ce n'est pas grave, Janaina. Je vais remonter nourrir Noirousse et me reposer. Mais…

Je m'adresse au bestiau bougon.

— Je tiens à dire qu'il n'y a rien de pire qu'un loup bourru et méfiant pour faire fuir les gens.

Il semble prêt à répliquer, mais je ne lui en laisse pas le temps et repars dans le studio. Une fois Noirousse posé au sol, je me rends compte que je tremble. Ai-je vraiment osé répliquer quelque chose en bas ?

5

Jusqu'ici tout était calme. Mais ce matin, à la place des miaulements de Noirousse ou de la musique des oiseaux, j'entends les reproches étouffés d'une dispute. Elle s'étale sur une bonne dizaine de minutes durant laquelle mon oreiller ne m'est d'aucun secours ; je me sens donc obligée de me lever, de m'habiller, de prendre ma veste au cas où, et de descendre. Dans l'escalier, n'ayant aucune volonté d'intervenir, je me demande ce qui me prend de m'approcher. Tandis que Marc disparaît derrière la porte de fonction, Janaina est partagée entre deux nouvelles familles Et l'un des deux pères n'est vraiment pas content.

Ma nature de commerciale me pousse vers le comptoir pour faire patienter devant la cheminée ceux arrivés en deuxième. Tous commencent à s'impatienter. Janaina me dit silencieusement qu'elle arrive, et emmène les premiers à l'étage de leur chambre.

— Vous travaillez ici ? me demande le père.

Il est en vigilance maximum pour que ses gosses agités ne touchent pas la vitre brûlante.

— Non, je…

— Vous devriez, ça m'a l'air d'être un beau merdier… On est loin de ce qui est promis sur le site, pour l'instant !

Ouch !

— C'est une situation un peu exceptionnelle. Le calme, le

cadre et les activités proposées sont superbes, je suis sûre que vos enfants seront ravis.

Il hausse les épaules, à moitié convaincu, et repose ses yeux sur sa progéniture pour éviter une catastrophe.

— Toutes mes excuses, je suis là ! souffle Janaina.

— Est-ce qu'il y a quelque chose que je puisse faire, pendant que vous vous occupez de monsieur ? je réponds.

Elle hésite… longuement… Au point que le client se lève, toujours agacé. Très empruntée, elle me demande alors, en gribouillant sur une feuille blanche :

— Pourriez-vous rejoindre Marc à l'arrière ? Il a besoin d'un coup de main. J'aurais dû y aller, mais…

— Pas de souci, si ça peut vous dépanner.

Mon sourire déclenche le sien et je me dépêche de sortir, à contrecœur, je l'avoue. Déjà parce que je serais bien restée au chaud, mais aussi parce que je n'ai pas vraiment envie de revoir l'ours mal léché…

À quelques mètres à droite, une parcelle de forêt de sapins, sur lesquels sont posés un ou deux pics épeiches qui tambourinent les troncs. À quelques mètres à gauche, un petit chemin tracé par l'humain. Puis à quelques mètres en face, l'étendue immaculée, parfaite, délimitée par des arbres.

Prudente pour ne pas glisser, j'avance lentement, suivant le croquis du plan. Il me faut à peine cinq minutes pour distinguer un grillage en métal. J'avale une grande bouffée d'air et tente un timide :

— Marc… ?

Impossible qu'il m'entende, je pense, soudain en proie à la panique. Je pourrais prétexter m'être perdue ? Ça ne tiendrait pas la route, j'ai un plan… Et la pauvre Janaina compte sur moi. Bon sang, qu'est-ce qui m'a pris de descendre ?

Un pas à gauche… Une seconde… Deux, trois, quatre pas… Cinq secondes… J'ai peur…

Hop, j'avance. Dix, onze, douze. Et l'horreur !

Un immense canidé blanc débarque en courant. Il s'arrête net quand il plante ses yeux sombres dans les miens. Ma bouche se remplit de salive, je suis incapable de déglutir. Au garrot, il doit atteindre ma hanche ; gigantesque. Ses oreilles sont pointées en avant et sa langue dépasse entre ses crocs. S'il saute sur moi, je tombe… Peut-être même que je meurs. Mon cœur résonne dans mes oreilles et la buée s'échappe enfin d'entre mes lèvres. Il détourne la tête, revient sur mon visage. Quand il s'approche encore, tout mon corps tressaille. Mes larmes montent. Je hurle à en perdre mon souffle et ma voix.

D'autres chiens crient avec moi. Certains débarquent derrière le grillage ; on dirait des loups. Un cauchemar. Je sens une goutte de sueur gelée parcourir mon échine. Le chien blanc reste immobile depuis. Il regarde autour, semble chercher quelque chose, tandis que je hurle toujours. *L'impression que ça dure des minutes…*

— Bosco, va ! dit une voix grave avant de siffler et d'indiquer plus loin.

L'animal s'éloigne, sans rien dire, tandis que le reste de la meute continue à vocaliser. Mon hurlement est devenu une plainte rauque. Ma tête tourne, je manque d'air. Et Marc me rejoint, furibond.

— Vous allez arrêter de brailler comme une tarée, ou bien ?

Le son dans ma gorge s'épuise, mon affolement continue à me voler mon oxygène. Je m'accroche à l'eau des yeux du gérant, dans l'espoir de trouver comment calmer mon angoisse. Une nouvelle lueur apparaît dans ses pupilles : il a compris ma phobie. Armé d'une douceur insoupçonnée, il saisit mon bras et me reconduit à l'intérieur de l'auberge. J'avance comme un robot. À peine arrivée vers le porte-manteau, je sens la chaleur brûler mes joues, encore plus lorsqu'il me demande, sur un air de reproche :

— Pourquoi vous êtes sortie à l'arrière, si vous avez peur ?

— Janaina m'a demandé de… vous donner un coup de main. Je… mais… je ne savais pas… qu'il y avait des chiens…

— Vous plaisantez ? C'est marqué partout sur le site !

— C'est mon amie Evelyne qui… m'a conseillé de venir…

— Evelyne ?

— Hé, qu'est-ce qui se passe ? questionne Janaina arrivée en trombe.

— Il se passe qu'Evelyne nous a envoyé une phobique des cabots ici alors qu'on a une meute de chiens de traîneaux ! Elle est débile ? Ou elle a juste oublié ce détail ?

Mes tremblements s'intensifient, ma honte aussi. Tandis que Janaina réplique sur le même ton pour défendre Evelyne, je remarque que la grande main de Marc se trouve toujours sur mon bras et que, contrairement à ses propos, elle est plus réconfortante qu'agressive. Je me sens submergée.

— Je vais… monter dans le studio…

Je n'ai pas parlé fort, mais leur dispute s'arrête. Marc retire sa main, gêné, et Janaina continue de se confondre en excuses. Mais je n'écoute déjà plus, car je repense à la dernière fois où j'ai eu aussi peur. Le dos contre la porte, je glisse. Noirousse me renifle, ça ne me réconforte pas encore ; je me souviens de la douleur fulgurante après cette injonction : « Attaque ! » et je m'effondre.

6

Encore tremblante, je change la photo d'Evelyne sur mon téléphone. Dans mes contacts, elle sera désormais une ado lambda et boutonneuse. Et justement, la voilà qui s'affiche. J'hésite à décrocher une seule seconde, puis je le fais avec colère.

— Ma belle ! Janaina vient de me dire que…

— Déjà, la montagne, j'étais contre. Après, je me suis dit que, quand même, ma meilleure amie me voulait du bien… et qu'elle n'irait pas jusqu'à m'envoyer dans une putain de meute de chiens !

— Je suis vraiment navrée, je te le promets ! Écoute-moi.

— Je n'ai pas envie de t'écouter, Evelyne, j'ai envie de mourir ! Alors, je vais raccrocher, rester enfermée, et réfléchir à la façon dont je pourrais te pardonner. Je vais sûrement trouver. Peut-être que le grizzli qui sert de gérant à cet endroit pourra m'aider, mais il a plutôt l'air de t'en vouloir aussi.

— Qui ça ? Marc ?

— Ouais, je vais faire ça. Allez, *ciao* !

Bip bip bip.

Je papouille enfin Noirousse, me hisse difficilement sur mon lit, et remarque mon carnet sur la table de chevet. Je n'ai aucune envie de me retrouver à nouveau isolée, mais ma fierté m'éloigne de mon Natel[2]. Alors, je rejoins Bianca et lui invente une sœur

---

2. En Suisse, on désigne le téléphone portable par ce mot.

sur laquelle déverser toute sa frustration. *Elle* a le courage d'être violente, de hurler sur les gens, d'exprimer ce qui la rend triste.

***

— Par tous les saints, je vous en prie. Ne partez pas ! m'implore Janaina.

Je suis debout depuis 5 h du matin, à tourner et réfléchir. Je ne vois pas d'autre solution. Rien que descendre les escaliers et imaginer que je pourrais à nouveau croiser ce chien gigantesque me donne le tournis. Noirousse est dans sa cage de transport, mes valises m'attendent dans un coin de la réception.

Mes pensées sont interrompues par Marc qui entre par la porte de derrière, tape ses pieds sur le sol, époussète les flocons de sa veste, et s'appuie contre une poutre. Est-ce de la compassion que je perçois lorsqu'il constate le désespoir de sa collègue ?

— S'il vous plaît ! Votre loyer va nous sauver, poursuit-elle.

— Et moi ? Qui va me sauver de ces monstres ?

— Ils sont bien élevés, vous l'avez vu, j'en suis sûre ! Je suis… Vraiment, je suis si désolée, Chiara, de ne vous avoir rien dit. Evelyne m'avait parlé de votre phobie des chiens, mais elle m'a demandé de ne pas vous brusquer. Je me suis laissée submerger par le stress et j'ai oublié d'avertir Marc… Il serait intervenu différemment…

Un coup d'œil dans la direction du concerné : il baisse la tête.

— En plus, vous savez, elle m'a parlé de vos talents professionnels ! Vous pourriez nous donner des conseils pour améliorer notre image, notre pub, et, par conséquent, on récupérerait des clients…

Une furieuse envie de lui dire qu'elle ne manque pas d'air me saisit. Puis je vois qu'elle a les larmes aux yeux.

— Nous avons besoin de vous, insiste Janaina.

Je me demande soudain où est passé le soleil de son sourire.

— La situation est si catastrophique ? je demande, sur la réserve.

— Oui, mais nous sommes prêts à vous payer !

— Avec quel argent, Ja' ? intervient brusquement l'ours.

— Je gère, Ma', OK ?

Ça sent une nouvelle fois la dispute, alors je coupe court.

— Bon…

Ils sont tous les deux suspendus à mes lèvres. Après avoir surmonté mon embarras, je déclare :

— Je vais remonter et réfléchir. Encore.

Janaina me saute dans les bras, Marc pousse un soupir discret. Est-ce du soulagement ?

C'est devant mon carnet, dans le studio, qu'une évidence me frappe. Bianca se trouve aussi dans une situation où on compte sur elle ; sans son intervention, la fête du service n'aura pas lieu. Adossée à ma chaise, je pense à toutes ces responsabilités qu'on m'a confiées au boulot et que je n'aurais pas dû accepter, puisqu'elles m'ont menée au *burn-out*.

Ici, c'est différent, même si le choix semble être le même. Selon Janaina, si je reste, j'aide l'Auberge du Loup Blanc à remonter la pente. Si je pars, je participe à la catastrophe. Ce dilemme ne m'affuble pas d'une charge, il ne me concerne pas directement. Et puis, c'est moi qui décide. Mais…

La voix de Bianca résonne, je continue d'écrire. Elle a pris une décision, celle de secourir son prochain. En pesant le pour et le contre, elle a remarqué qu'elle ne perdait rien à prendre cette responsabilité. Au contraire, elle y gagnait en valeur. Cette valeur, cette estime, Janaina et Marc veulent me la donner aujourd'hui. Elle compte sur *moi*, profondément, sincèrement.

Lorsque Bianca dit oui, ce n'est finalement pas sa voix que j'entends, mais la mienne.

Le lendemain matin, en sortant du studio, je vois la petite fille de l'autre jour me guetter, dans l'angle jouxtant le studio. Spontanément, je commence à « jouer » et fais un pas en arrière, pour voir si elle sort de sa cachette. Les enfants seraient-ils comme les chats, parfois ? Elle a légèrement avancé et s'immobilise, comme si ça la rendait invisible. J'entends alors une voix féminine, plus bas, qui appelle « Zoé ». La demoiselle se retourne, semble embêtée de ne pas pouvoir continuer notre partie.

— Hé ! je l'interpelle avant qu'elle ne descende les escaliers. *Ciao bella* !

Elle affiche son plus joli sourire, rigole et répète en imitant mon accent :

— *Ciao bella, ciao bella…*

Au rez-de-chaussée, plus tard, j'attends Janaina une demi-heure en tête à tête avec la cheminée et son feu vivace. Les craquements du bois me réchauffent et me réconfortent. Perdue dans des pensées simples, je ne la vois pas tout de suite s'asseoir, pleine d'impatience, à côté de moi. Je sursaute lorsqu'elle pose une main dans mon dos. Je crois bien être incapable de lui dire non, maintenant.

— C'est bon, je reste…

Elle crie de bonheur, m'embrasse sur la joue, m'enlace à nouveau.

Le soleil était juste là, il suffisait que je dissipe les nuages de la peur.

7

Je m'occupais d'un peu trop de choses dans ma boîte. À la base engagée comme *community manager*, je devais proposer à nos clients des stratégies de communication digitale, éditoriales et de contenu, les aider avec leur site Internet ou leurs réseaux sociaux. Très vite, on m'a aussi confié la création de sites web, de newsletters, de brochures, et ceci de A à Z. Et quand les quarante tâches par jour ne suffisaient pas, on me refilait une partie de la relation média des institutions.

Tout arrêter d'un coup m'a fait mal, en premier lieu. J'ai toutefois dû me rendre à l'évidence : rédiger un article en trois heures alors que ça me prenait une demi-heure avant, ce n'était pas normal. Pleurer sans raison chez moi le soir, non plus. Me retrouver le corps figé à l'idée d'allumer mon ordinateur, encore moins. Ce n'était pourtant pas faute d'apprécier mon travail. Le jonglage entre tout ça et *le* facteur qui m'a rendue malade m'a fait craquer.

Ce matin, au moment d'allumer mon PC portable, j'ai une seconde d'hésitation. J'appuie sur le bouton en souriant, finalement. Je ne suis pas une experte du *business plan*, mais je sais en construire un, pour avoir bien discuté et observé les collègues de la compta'. À présent au courant de toutes les activités proposées par Marc et Janaina, je peux travailler sur une amélioration. La jeune femme sait que je sors d'une période difficile et ne me demande rien. C'est néanmoins avec une sincère envie de l'aider à sortir de cette galère que je planche sur ce projet, à coup d'une heure par jour.

D'abord, je dresse un bilan des qualités du lieu : dépaysant, sécurisant (à l'intérieur), accueillant (du côté de Janaina). Puis les défauts : difficile d'accès, *old school*, manque de personnel. Je note ensuite les pistes de valorisation possible sur l'existant. La maîtresse des lieux m'apprend que l'Auberge du Loup Blanc offre, en plus du service de maison d'hôte un peu délaissé, du tourisme de saison. Les trois-quarts de ce volet sont pratiqués par Marc avec ses chiens : traîneaux par temps froid, *huskybike* et *huskykart* par temps plus chaud. Mais des randonnées guidées sont aussi proposées dans les environs, et le gérant tient à créer des partenariats locaux. Quant à Janaina, elle s'occupe principalement des évènements intérieurs : décorations et fêtes thématiques, lunes de miel ou anniversaires. Elle gère aussi toutes les finances et l'administration de l'établissement, les commandes de matériel, le ménage, la préparation et la libération des chambres.

Ces dernières propositions me laissent dubitative. Je me demande, en cas d'affluence maximale, si les associés peuvent prendre du repos ; ils me semblent déjà avoir du mal maintenant. L'idée saugrenue que Marc joue les ronchons pour faire fuir les clients me traverse l'esprit. Puis, je me ressaisis et me dis qu'être entrepreneur en Suisse est suffisamment courageux et périlleux pour excuser un coup de mou dans l'entreprise. Je laisse de côté ce jugement et me concentre sur la partie « communication », celle où je suis incollable, et qui semble vraiment pécher.

Je veille à ne jamais connecter mon ordinateur à Internet. Déjà

parce que ça m'obligerait à cliquer sur mes mails professionnels, ce que mon médecin m'a déconseillé. Ensuite, parce que j'ai les informations à portée de main, soit par discussion, soit par observation. Cela n'empêche pas le dossier de prendre forme après plusieurs jours. Noirousse profite que je souffle un peu pour squatter mes cuisses et réclamer des câlins. Le tout achevé, je ressens de la fierté, pour la première fois depuis longtemps, en admirant le travail accompli.

Ma dernière pause, au rez-de-chaussée, termine de me donner le sourire. Car en attendant l'eau chaude de ma tisane, mes yeux tombent sur une personne très agréable à regarder dans le salon. Le type – en T-shirt et jean noirs – est de dos, dissimulé en partie par le mur de la cuisine ; il discute avec le père de famille. Ce dernier semble avoir gagné en bonne humeur et rit aux éclats. L'ébullition de l'eau m'empêche d'entendre ce qu'ils se disent, mais je devine une voix grave et apaisante, tandis qu'il ébouriffe les cheveux de l'un des garçons.

Le « clic » de la bouilloire me fait sursauter. Le temps de remplir la boule à thé de camomille et d'en étaler partout, puis de faire attention à ne pas tout renverser, il est parti. En quittant la cuisine, je salue de la tête le client, qui me dit rentrer bientôt chez lui et me remercie de lui avoir demandé de rester, avant de sortir avec ses fils profiter encore un peu de la neige.

En attendant que ma boisson refroidisse, je retourne à mon roman et offre à Bianca le luxe de mes ressentis : un élan de vie, une attirance, un cœur qui bat, des papillons. Pour elle, c'est possible, je l'ai créée attirante. Alors, je la fais rencontrer quelqu'un. Cet homme lui dit tout ce qu'elle a envie d'entendre. Il lui fait miroiter un avenir possible ou, en tout cas, une série de moments charnels agréables.

J'arrête mon chapitre sur leur baiser. Je sais très bien ce qui lui arrivera après. Elle est peut-être sexy, plus sûre d'elle que moi je l'étais, mais ceux qu'elle voudrait à ses côtés… ils sont sûrement tous pareils.

***

Angoisse nocturne.

Dans un état second, je me retrouve nue devant le miroir de l'armoire, lampe de chevet allumée. Rien ne va. Rien ne me plaît. Tout me dégoûte. Ces pieds et ces mains potelés, ces mollets énormes, ces genoux disgracieux, ces cuisses tout en peau d'orange craquelée. Et ce ventre qui, depuis quelques années, ne tient plus dans des pantalons toujours trop serrés. Il y a aussi la peau de ces bras qui pend et ces seins trop lourds, que rien ne maintient correctement. Le pire, c'est le visage. Il est rond, souligné d'un double menton, orné d'oreilles légèrement décollées… mais mis à part les cernes colorés, les yeux noisette sont quand même jolis. Ce sont eux qui me renvoient au cœur, à l'âme. Noircis par le manque de respect des hommes. Par le désintérêt que je me porte.

— Fallait pas tomber amoureuse si facilement, Chiara, me dit le reflet.

— Je sais, je suis fragile, je me réponds.

— Bah oui, si tu tenais la route, tu aurais pu éviter les remarques du genre « pourquoi pas avec une grosse », « ça ne faisait pas ça avec les autres », « désolé, j'ai trouvé mieux ».

— Maintenant, je sais que je ne veux plus me laisser traiter comme ça.

— Est-ce que ce sont vraiment eux les fautifs ? Qui a laissé des fissures partout, à la base ? Si tu te voyais sous un meilleur jour, les autres comprendraient. Les hommes t'aimeraient. Mais il n'y a rien à aimer, regarde.

Une larme s'écrase sur mes orteils, je passe mes mains sur ma figure et tire mes cheveux en arrière. Si je dois attendre de m'aimer pour que quelqu'un m'aime, je ne suis pas sortie de l'auberge. Peut-être que Yuki dans *Fruits Basket*[3] a raison et qu'une personne bienveillante m'attend quelque part ? Mes sanglots s'intensifient, je tire plus fort, Noirousse se frotte sur ma jambe droite pleine de veinules violettes.

Je ne trouverai pas cet homme, car je n'existe pas pour lui.

***

Les trois jours suivants, je n'ai pu sortir de mon lit que pour pisser, boire et nourrir mon chat. J'avais l'impression de peser dix tonnes et étais heureuse d'avoir clôturé le dossier avant de me retrouver dans cet état. J'ai compris d'où venait cette crise d'angoisse terrifiante : être confrontée à une nouvelle attirance a réveillé mon sentiment d'infériorité. Janaina s'est fait du souci et m'a glissé des petits mots dans l'entrebâillement de la porte, que j'ai péniblement pu ouvrir. En contrepartie, je lui ai donné la clé USB contenant le projet pour qu'elle le fasse imprimer. J'ai alors pu croquer dans trois bricelets[4] et un morceau de gruyère, avant de réussir à me doucher pour mettre le nez à la fenêtre.

La neige et le silence sont toujours là au quatrième jour. Je suis d'ailleurs impressionnée par cette quiétude, au vu de la présence des chiens dehors. Peut-être qu'ils sont partis en balade ? Rassénérée

---

3. Manga écrit et dessiné par Natsuki Takaya
4. Biscuits suisses

par le fromage, la lecture, la tranquillité et les attentions de Janaina, je réussis à prendre mon courage à deux mains et à demander à la jeune femme si elle et Marc sont disponibles dans la semaine pour la présentation du *business plan*. Après en avoir discuté avec lui, elle me reconfirme que lundi sera idéal.

Désormais décidée à me cuisiner des aliments sains, je prends l'initiative de faire des courses et prends quelques sacs avec moi après une papouille à Noirousse, qui se blottit dans un pull épais à capuche, laissé négligemment sur mon canapé-lit.

— C'est toi le chat ! s'exclame une petite voix en riant, après que j'ai fermé la porte.

Et elle court. Sans attendre, je la poursuis : il ne faut pas que je reste le chat ! À bout de souffle après quelques foulées dans les couloirs, je dois faire une pause. La petite rit, puis percute les jambes de quelqu'un. Je m'appuie contre le mur en clignant des yeux. Le type de l'autre jour soulève la petite, qui m'admire dès lors de toute sa hauteur. Propre, tondu, cheveux plus courts et coiffés, Marc a vraiment une autre prestance, même dans son coupe-vent. Et… c'est un sourire pour Zoé que je vois ?

Mon cerveau refuse d'admettre cette possibilité, les mots de la *bambina* m'y obligent :

— T'es tout beau, mon papa !

Ah bah ça… J'ai presque envie de répliquer, mais je deviens écarlate lorsqu'il me regarde et me dit, d'un timbre qui me semble inédit lui aussi :

— Bonjour…

— C'est elle le chat ! s'excite la gamine.

— « Elle » c'est Chiara, ma chérie.

— Et maintenant, je suis perchée, alors elle peut pas m'attraper !

Perchée dans les bras de son papa… Je suis si confuse que je réalise avoir la bouche ouverte.

— Tout va bien ? semble soudain s'inquiéter Marc.

— Oui, je… pardon. J'allais faire des courses.

— Non, t'allais m'attraper !

J'avance alors sans trembler et lui tapote une fois l'épaule, avant de lui adresser un clin d'œil.

— Ça compte pas les bras des gens. C'est toi le chat !

Et je me précipite dans l'escalier. J'ai l'impression d'entendre un « ciao bella » avant de courir à l'extérieur. Et je ne sais pas si je vais réussir à rentrer sereine après tout ça.

8

Janaina et moi attendons Marc depuis un quart d'heure. Nous sommes assises côte à côte, trois dossiers imprimés devant nous, dans une pièce dans laquelle je n'étais jamais entrée, et j'ai l'impression que les minutes se transforment en heures. L'immense table massive en bois poncé mériterait un coup de vernis… ou d'être carrément remplacée. Dans le cadre de l'étude du projet, Janaina m'a expliqué que c'était la salle à manger accessible aux clients, notamment pour les déjeuners. Depuis que leur nombre s'est restreint, elle propose plutôt des déjeuners en chambre qui sont appréciés. J'ai douté de ce dernier point, mais elle connaît son maigre public, après tout.

Encore cinq minutes et Marc nous fait sursauter en entrant comme un bourrin par la porte derrière nous, qui relie le réfectoire à la cuisine. Il est essoufflé, regarde sa montre et s'installe en face de nous pour saisir un dossier. On dirait qu'il découvre le support que j'ai préparé, et attend que je lui explique les tenants et aboutissants de la démarche. Je me résous à ravaler une remarque sur sa ponctualité ou son manque d'excuses, me racle la gorge ; Janaina offre quelques secondes de répit supplémentaire à mon agacement.

— Tu as pu regarder ce que nous a préparé Chiara ?
— Sincèrement, je n'ai pas eu le temps.

Ça a le mérite d'être *clair*… La jeune femme soupire, consciente que j'y ai placé beaucoup d'énergie. Mais je ne me démonte pas et introduis le sujet.

— Je vais résumer les points principaux, alors.

Durant ma présentation strictement professionnelle, je sens le regard perçant du gérant détailler mon visage plutôt que ma brochure. Malgré mes années de pratique, face à son changement de look, je peine à me concentrer. Débutent alors les bafouilles, car d'anciennes angoisses refont surface : les présentations devant les pontes des médias ou journalistes, qui jugent le moindre mot, la moindre diapositive du PowerPoint proposé. Je ne sens pas l'orgueil de Marc au même niveau que le leur. Mais je dois tenir compte du fait que je remets en cause le fonctionnement de son business. Je m'attends donc à une déferlante de reproches ou à un rejet catégorique.

— Pour conclure, il faudrait solliciter des professionnels décorateurs ou architectes afin d'avoir une idée plus précise sur cette partie, mais il est clair que, pour attirer un client actif et dynamique, il y a des efforts à faire sur la modernité.

C'est moi, où il tremble du sourcil ? Je poursuis.

— Parce que si le client se retrouve devant un bâtiment qui n'a rien à voir avec les services et le dépaysement proposés sur le site ou sur les réseaux sociaux, son fantasme sera réduit à néant et il sera plus difficile de le satisfaire.

Il hoche si légèrement la tête, je n'ose pas y croire. Son attention se reporte ensuite vers le document que j'ouvre à la bonne page et replace devant lui.

— Ici, je vous ai préparé des estimations très globales, également sur l'engagement du personnel, qu'il faudra affiner quand vous accepterez le plan de comm' sous vos yeux.

Grand silence, je repose mon dos contre le dossier de la lourde chaise et constate que Janaina se mord la lèvre. Marc feuillette à nouveau la brochure, s'attarde sur certains schémas et projections, soupire. Ça pue le refus.

— Moi, je trouve qu'il y a de belles propositions. T'en penses quoi ? demande Janaina à son associé.

— J'en pense qu'on n'a pas les moyens, Ja', affirme-t-il sans relever les yeux.

— Je vous ai aussi parlé des subventions sur lesquelles je me suis renseignée, je renchéris. Beaucoup d'entrepreneurs font aussi appel aux dons privés, de particuliers… Comme des cagnottes participatives.

— En effet, j'ai entendu, et c'est non pour les travaux.

Voilà, voilà… Son regard est ferme, têtu, braqué sur moi ; ça, ça n'a pas changé. *Si je ne réplique pas, au moins, je ne dois pas me décomposer.*

— Ma', réfléchis. On pourrait commencer par proposer des activités plus organisées, plus étoffées, en restant dans nos moyens, et communiquer là-dessus. Chiara est d'accord pour nous préparer un système facile à utiliser. Une fois qu'on aura notre clientèle pour ça, même s'ils dorment et mangent ailleurs, on aura renfloué les caisses et on pourra envisager des travaux, tout comme le fait d'engager du personnel pour nous aider à tourner et à accueillir les gens sur le plan « auberge ».

— J'ai dit non, c'est pas la peine d'insister.

Il se lève et ma colère monte à une vitesse énorme.

— Navrée de vous bousculer, mais au-delà du fait que j'ai bossé des jours entiers sur ce projet que vous jetez malproprement à la poubelle, il y a des idées cohérentes. Je ne comprends…

41

— En effet, vous ne comprenez rien. Quelques semaines passées ici ne vous suffisent pas pour tout saisir.

— J'en suis consciente. C'est pour ça que Janaina y a réfléchi et a fait des propositions en lien avec votre réalité, votre refus n'a rien de…

— C'est *mon* établissement, c'est moi qui décide. Que vous compreniez ou non, je m'en fous.

Je me fige et rougis d'un coup. Il m'achève, d'un ton ironique et cinglant.

— Oh, pardonnez le loup bourru que je suis, chère locataire, de vous avoir manqué de respect.

— Marc ! intervient Janaina. Ça va pas ?

Cette dominance masculine, écrasante, humiliante… elle me tue. Je lâche le dossier que j'avais saisi pour occuper mes mains. Il change d'expression. Il a sûrement compris qu'il m'a blessée. La ligne est franchie. Je pars, rejoins le studio avec mes dernières forces, accablée par cette envie de disparaître pour toujours.

9

Des jours durant, cette image d'homme arrogant me poursuit. Nous vivons dans un monde où la moindre occasion est bonne pour rabaisser les plus faibles. Écrasés par la culpabilité et la compétition extrême, ces derniers sont confrontés à la peur de ne pas plaire, d'être rejetés, de mourir seuls. Je suis hantée par cette sensation, depuis quelques années. Je ferme mon clapet, je demande pardon, je baisse le regard en pensant que mes idées valent moins que celles des personnes plus assurées. Où est passée la Chiara volontaire, certaine de ses capacités, et convaincue d'être sur le bon chemin ? J'ai cru l'avoir retrouvée un instant, à la fin de la rédaction de ce projet. En deux secondes, Marc a tout fichu par terre. Dans ses yeux perçants, j'ai cru voir ce que d'autres ont pu me renvoyer en pleine face parfois : mon incompétence et mon décalage.

Je dois d'abord me faire violence plusieurs jours pour écrire, lire, prendre soin de moi et de mon égo, avant que Noirousse m'oblige à sortir de ma chambre : il a besoin de croquettes. Tous les deux ou trois jours, je me faufile furtivement à travers la maison pour gagner l'extérieur et m'acheter à manger. Au fil de mes passages, je constate que certaines de mes propositions de décoration ont été appliquées : changement de rideaux ici, anciens flyers jetés, nouvelles nappes installées, lustres remplacés là. D'abord étonnée, je me dis que Janaina a dû appliquer mes conseils sans l'accord de Marc. Je me laisse emporter par ma curiosité et consulte l'ordinateur à disposition des clients, à l'entrée : le site est « en construction et exposera de nouvelles offres prochainement ». Le bandeau d'annonce revêt déjà les couleurs que j'avais déclinées pour l'identité visuelle de l'Auberge du Loup Blanc, et une annonce « ouverture prochaine du compte Instagram ». A-t-il finalement reconsidéré les choses ?

Troublée, je continue à cogiter, jusqu'à être à nouveau à court de nourriture pour chat (il n'y avait plus de grand paquet…). Endossant moyennement volontiers le rôle d'esclave de matou, je me force à lâcher mon plaid et à m'habiller, puis pousse péniblement la poignée. Mes yeux cloués au sol aperçoivent de petits petons en chaussettes épaisses et remontent sur le visage de la petite fille.

— Mon papa aimerait te parler, me dit Zoé avec un grand sourire.

Ce n'est qu'en suivant son geste que j'aperçois son papa planqué derrière l'angle du mur. J'ai d'abord envie de refermer la porte, mais la présence de Zoé m'en dissuade. Ce serait très puéril d'utiliser celle-ci pour transmettre : « eh bien tu peux dire à ton papa que je l'emmerde. ». Alors je prends sur moi, une énième fois.

— Si c'est important, je l'écoute.

Je harponne ses iris électriques dès qu'il s'approche et à ne plus les lâcher pendant tout son discours.

— Hum… Je… Je tiens à vous présenter mes excuses. Cette fois-ci, très sérieusement et sans mépris.

Mon cœur rate un battement.

— J'ai agi comme un co… un imbécile. Je me suis laissé déborder par mes émotions, vous ne méritiez pas ça. Mais je suis très attaché à ce lieu. Transformer cet endroit, c'est un peu comme perdre son identité. C'était mon refuge, après des… une séparation difficile. Donc… ça ne justifie pas mon comportement, mais il fallait que vous sachiez pourquoi j'ai été… incorrect malgré moi.

Mes paupières écarquillées commencent à fatiguer, tandis que je me demande si c'est son associée qui lui a fait apprendre ces mots par cœur. Je me réveille quand ma main touche celle de Marc, sans que je l'aie décidé. La petite a tenté de les réunir pour qu'on « fasse la paix ».

— Zonz ! réprimande-t-il en rougissant.

— Mais papa, c'est comme ça que ça marche !

— Tu sais, dis-je en m'accroupissant face à l'enfant, ton père et moi, on n'est pas vraiment amis.

Un ange passe, elle lâche sa main pour mieux m'écouter. S'il est heurté, Marc ne montre rien et me laisse poursuivre mon explication.

— Ah bon ? dit-elle quand même.

— Mh mh. Donc nous n'avons pas besoin de « faire la paix » avec une poignée de main.

— Mais… pourquoi papa avait l'air si triste ?

— Euh…

— Je n'étais pas triste, se justifie-t-il, face à ma gêne affichée. Je… réfléchissais, ma puce. Les adultes réfléchissent beaucoup… parfois.

— Bon, je tente d'abréger, ce que je voulais dire c'est que, maintenant que ton papa s'est excusé, on va pouvoir s'entendre un peu mieux. Et ce sera plus facile.

Une voix mélodieuse appelle Zoé au rez-de-chaussée.

— Tu joueras encore à cache-cache avec moi, alors ?

— Bien sûr ! Allez, *ciao bella*, file !

— *Ciao bella* !

Je suis alors choquée par mon rire léger. Depuis quand n'ai-je pas été attendrie par quelque chose ? *Par quelqu'un*, me vient à l'esprit, lorsque mes pupilles retombent sur lui, mains dans les poches, toujours penaud. En l'observant une poignée de secondes, je remarque que ce qui m'a déplu au premier abord est toujours là. Ses lèvres gercées, sa cicatrice sous l'œil, son anneau sur l'oreille. Mais derrière ses efforts se révèle désormais un charme certain. C'est probablement ce naturel qui m'a contrariée, cet aspect frontal est sincère à la fois dont je n'ai pas l'habitude. Je brise le silence.

— J'ai vu des changements. C'est Janaina qui… ?

— Je lui ai donné mon accord. Après avoir admis que j'étais un connard.

Je ris encore, étouffe cette expression derrière ma main. C'est un sourire, sur son visage ? Est-ce qu'il m'est destiné ?

— J'en ai discuté avec elle, continue Marc, on s'est encore un peu brouillés. Puis, j'en suis arrivé à me dire que je ne pourrai pas toujours garder les choses comme elles sont. Une entreprise, ça évolue, même si elle prend son origine dans une passion. Mais surtout, Chiara, je n'avais aucune raison de vous parler comme je l'ai fait, je suis vraiment déso…

— C'est bon. On a mal commencé. *J'ai* mal commencé, d'ailleurs. J'ai piqué l'ours au vif dès mon arrivée.

— Tiens, du loup, je passe à l'ours ?

— En fait, vous étiez l'ours avant…

Il souffle et sourit plus franchement. *Mon cœur, stop* !

Nous soupirons de soulagement et je me sens, d'un coup, bien plus légère.

— Vous allez faire des courses ? questionne-t-il. J'ai un bon filon, mieux que le magasin, si vous voulez.

— Ah ? Je veux bien le connaître. Et…

Ses efforts me font me sentir presque redevable. Je décide d'oublier ce nouveau sentiment d'infériorité et embrasse mon envie de mieux le comprendre, d'égal à égal.

— Est-ce que vous seriez d'accord de me montrer les environs, après ? On a la chance d'être en montagne, et je ne mets presque pas le nez dehors…

Ce n'était pas tout à fait ce que je voulais demander, mais ça fera l'affaire. Je crois. Parce que Marc a l'air embarrassé durant quelques secondes.

— Si vous avez l'équipement pour l'humidité et le froid, je peux vous passer des raquettes et vous montrer les parcours de randonnées qu'on propose, répond-il en passant une main derrière sa tête.

En randonnée, *moi* ? Enfant, alors maigre pour mon âge, je supportais déjà mal les cours de sport. Plus tard, potelée, je m'essoufflais vite. C'est toujours le cas.

— OK !

Mon enthousiasme contraste avec mon angoisse. Je sais qu'il me faudra une poignée de minutes seulement pour me transformer en flaque.

Après avoir accepté le fait de m'équiper tel un Bibendum imperméable, j'encaisse le fait d'avoir failli tomber trois fois pendant que Marc attachait les raquettes à mes pieds.

— Bien, c'est parti, lance-t-il.

Nous entamons le trajet lentement. Dès nos premiers pas, je

me demande si c'est Genève qui m'a fait oublier le silence de la neige. Combien aussi le bruit, absorbé par les flocons, peut alors ressembler à de la musique délicate.

Ma respiration s'intensifie et Marc ralentit : il adapte son rythme au mien, sans que nous échangions un seul mot. Il me guide sur des sentiers tracés, d'autres beaucoup moins évidents. Je me détache du reste, me perds dans la nature.

Elle m'accueille, me montre l'envol de ses petits anges ailés, les empreintes de pas de ses éclaireurs minuscules, et se teinte encore de nuances d'automne. C'est comme si cette saison voulait marquer sa présence, avant que l'hiver n'engloutisse toutes ses couleurs. L'air froid s'engouffre dans mes narines, ma poitrine me brûle un peu, mais le picotement dans mes jambes m'indique que j'avance. Je n'ai pas la moindre idée de la vitesse à laquelle le temps s'écoule. J'avance. Et ça me fait un bien fou.

Je ne me rends pas compte tout de suite que Marc s'est arrêté pour sortir quelque chose de son sac. C'est un thermos et deux verres en bois.

— Avec certains clients expérimentés, le printemps, l'été ou l'automne, on montait des fois par là-bas, dit-il en m'indiquant de sa main libre un sentier escarpé. C'était fatigant, mais très gratifiant.

Je me rapproche, l'observe et l'écoute, saisissant distraitement mon contenant, avant qu'il n'y verse du vin chaud. Les effluves d'alcool adoucissent son ton jusque-là factuel et neutre. L'odeur de la cannelle et des épices me rassure tellement, la tiédeur dans ma main aussi.

— Sinon, d'habitude, on pratiquait des chemins plus accessibles. Ça leur permettait de discuter un peu, en faisant leur effort physique.

— Pourquoi vous parlez au passé ?

Si j'avais réfléchi deux secondes, j'aurais répondu moi-même à ma question. Trop tard, elle est lâchée, et le visage de Marc se rembrunit.

— Le peu de clients qui se bousculent maintenant vient voir les chiens.

— Et vous ne marchez jamais seul, pour vous ?

Il hausse les épaules, pose ses lèvres pour voir si le vin est encore brûlant. Je l'imite, et le laisse me répondre.

— Pas vraiment. En fait, même si Ja' est là, nos activités sont différentes, on passe peu de temps ensemble. Je me promène avec Zoé et Bosco, m'isoler ne me tente pas plus que ça.

Le Loup n'est pas si solitaire, on dirait. Je souris et la boisson m'apporte beaucoup de réconfort. J'apprécie ce moment étrange.

— J'ai bien fait de vous demander de me montrer la région, alors ? je demande d'un air un peu absent.

Marc avale le reste de son vin chaud, me réclame mon verre une fois englouti, et range le tout dans une pochette imperméable, avant de la remettre dans son sac.

— Je crois bien que oui.

Ses bretelles remises, son air déterminé de retour, il m'explique qu'on va ensuite passer derrière une petite forêt. Je m'attends presque à le voir sourire aussi, mais non. Je me sens troublée, sans pouvoir l'expliquer. Je décide de ne pas me prendre la tête et le suivre. Ne reste que le chant d'un vent glacé dans les branches pour accompagner notre balade.

De retour une heure après, je retire moi-même mes raquettes et les range dans leur petit cabanon. Marc s'apprête à me souhaiter une bonne suite de journée, et j'ose enfin demander ce que je voulais :

— Demain, on pourra… aller voir les chiens ?

Il sort ses mains de ses poches et fronce les sourcils.

— Vous êtes sûre ?

— J'ai besoin d'affronter certaines séparations, moi aussi. Si je me désensibilise, je pourrai vous aider avec eux, plus tard. Je ne crierai pas. Et je resterai loin pour commencer.

— OK, mais… ne vous forcez pas, d'accord ?

— Parfois, il faut se faire violence pour avancer. Ça fait souvent moins mal qu'on pense.

Marc hoche la tête et me laisse passer devant.

J'imagine que mon séjour sera moins pénible, avant de me rappeler mon défi personnel : affronter cette phobie va être un vrai rite de passage. À présent, je me sens moins acculée. Tout ira bien.

10

« *Rien qu'en regardant par la fenêtre, je sens l'horreur arriver. Il neige beaucoup aujourd'hui. D'énormes flocons s'écrasent sur le tapis maculé des cadavres de leurs prédécesseurs…* »

En relisant ce que j'ai écrit vers 6 heures ce matin, je relativise : ce n'est pas l'enfer non plus. En vérité, je crains davantage la chaleur que le froid. Evelyne le sait, raison pour laquelle elle ne m'a pas conseillé les Caraïbes pour ma retraite. Un frisson me traverse lorsque je m'imagine porter un maillot de bain…

Pour me donner du courage, je relis les messages que nous nous sommes envoyés depuis notre dernier appel. D'abord, je lui ai dit que je ne lui en voulais finalement pas tant que ça. Puis, qu'elle ne risquait rien avec le grizzli. Par écrit, nous avons éclaté de rire… puis nous sommes réconciliées. Je ne peux pas rester fâchée avec Evelyne. Alors, je lui ai dit qu'*a priori*, j'avais fait la paix avec Marc, et que la prochaine étape serait d'apprivoiser le loup. Je l'ai entendue glousser quand elle m'a envoyé son *smiley* pêche. Je lui ai envoyé celui qui lève les yeux au ciel, avant de recevoir l'aubergine. Nous n'en sommes clairement pas là.

Je termine de m'emballer dans une doudoune bien épaisse avant de rejoindre l'extérieur et l'enclos. Restant le plus loin possible pour éviter d'apercevoir les chiens, j'entends des bottes faire craquer le sol ; Marc est en avance sur l'heure de notre rendez-vous. Il s'occupe de dégager le toit des niches et est tellement concentré qu'il ne m'a pas entendue arriver. Le père et ses garçons sont partis, personne d'autre n'a réservé de virée en traîneau pour l'instant, mais j'ai désormais compris qu'il y a toujours à faire à l'auberge. Quand j'entends les monstres s'agiter, mon cœur s'alourdit et je recule de plusieurs pas.

Le fameux Bosco arrive vers son maître, lorsque Marc ouvre le loquet. Ce dernier sourit avec tendresse, s'accroupit et laisse l'animal lui couvrir le visage de léchouilles. *Je comprends mieux l'odeur de l'autre fois…* Grimaçant de dégoût, je persiste à observer ce qui se passe pour favoriser mon rétablissement. De caresses en compliments, la joie de Marc éblouit presque plus que la neige en plein soleil. Je me sens bien incapable de ressentir la même chose…

Une fois les oreilles de son maître bien mordillées, Bosco semble percevoir mon odeur et reporte son attention sur moi. Marc s'essuie la face d'un revers de manche, crache quelques poils blancs, demande à son chien de rester là, et vient me saluer.

— Bonjour, vous êtes là depuis longtemps ?
— Quelques minutes.
— Il fallait me dire…

Il semble perturbé, comme si je l'avais pris en flag avec une amante.

— Non, j'ai essayé de me rappeler ce que c'était qu'apprécier les chiens, dis-je en souriant.

Mes yeux s'attardent le sourire qu'il me rend, tout en surveillant l'avancée du chien. Mais rien, Bosco reste sage et attend patiemment que son maître ne lui indique la suite. Mes muscles ramollissent. Seul un ordre retient ce chien. Le souvenir menace…

— Bosco ne fera rien pour me déplaire, explique Marc pour me rassurer.

— Il a l'air différent des autres.

— Oui, ce n'est pas la même race, pas la même fonction dans la meute. La majorité des chiens de travail sont des huskies. Certains sont croisés avec d'autres races nordiques, pour améliorer la performance de l'attelage, et ils ont tous besoin de beaucoup se dépenser. Ils s'agitent énormément quand je prépare les traîneaux, ils n'attendent que ça. Mais à côté, ce sont des boules d'amour… Bosco, c'est un berger blanc suisse, il n'est pas fait pour l'endurance, mais pour la surveillance et la protection. Il a un esprit de famille, bienveillant. Je l'emmène parfois sur les traîneaux, mais il m'accompagne surtout dans les rando'. Et puis, c'est le seul que je fais entrer dans la maison.

Étonnée par la quantité de détails qu'il me donne avec enthousiasme, sa dernière remarque me questionne.

— Je ne l'ai jamais croisé à l'intérieur. Heureusement.

On dirait que Marc réfléchit, puis il hoche la tête avant de me répondre.

— Je pense que Ja' a fait attention quand vous êtes arrivée. Et… depuis que je sais que vous avez peur, je ne le prends plus dedans.

J'ignore laquelle des deux attentions me touche le plus. Quand je pense que j'ai voulu partir…

— Je crois que c'est la première fois que je vous entends parler autant, dis-je pour me détourner de mon émotion.

D'abord surpris, il pince ses lèvres et soupire.

— Oh, je ne voulais pas vous vexer ! je rectifie. Je me disais juste que c'est… attendrissant, d'aimer autant ces bêtes. Et fascinant d'être aussi passionné.

Marc hausse les épaules, ne sait probablement pas trop quoi répondre. Il est sans doute comme moi : peu habitué aux éloges.

— Merci…, réplique-t-il tout de même.

— Pourquoi un berger blanc suisse, si ce n'est pas une force de travail, alors ?

Il se tourne vers le chien, qui relève un peu la tête, plus attentif. Il réagit à peine lorsque les flocons atterrissent sur son museau.

— J'ai toujours rêvé d'avoir un chien comme ça. D'ailleurs, l'Auberge du Loup Blanc, c'est pour lui. Enfin, pour cette race que j'aime tout particulièrement.

— Vous l'aviez déjà avant… votre séparation ?

Léger silence, la neige s'intensifie et se pose dans ses cheveux. Pourquoi je me demande soudain ce qui a mené à cette rupture ?

— Non, je l'ai acheté en même temps que l'établissement. L'éleveuse ne vit pas très loin et demande des nouvelles, parfois, c'est sympa. C'est elle qui m'a orienté vers l'élevage des huskies un peu plus haut. D'abord, j'en ai pris deux, puis quatre…

— Et maintenant, vous en avez combien ?

— Vingt.

Ma tête tourne subitement, je manque de trébucher.

— À ce point-là ? me demande-t-il en souriant encore.

— Oh, ça va…

— Je ne me moque pas ! Je me dis que ça doit être handicapant…

Ah bon ? Intéressée par ce qu'il dit, je m'occupe moins de

Bosco ou de la « meute », davantage de ses propos. Il comprend ma demande silencieuse de précisions.

— Bah, je me dis qu'en ville vous devez croiser beaucoup de chiens. J'imagine que c'est angoissant, quand on a autant peur.

Il ignore que je suis restée enfermée pas mal de temps et que j'évitais, ensuite, les rues trop fréquentées. Comme je tarde à répondre, il continue.

— Bon, je pensais que la rencontre pourrait avoir lieu aujourd'hui, mais on va éviter la syncope, hein ? Bosco va rester là-bas et…

— Je peux quand même rester ici ?

Il cligne plusieurs fois des paupières.

— Ici… *ici* ?

— Pour vous regarder préparer les traîneaux, oui.

— Euh… c'est pas super… passionnant.

— Mais ça me permet déjà de m'habituer. Les bruits, l'excitation, les réactions… à plusieurs mètres.

— OK, pas de problème. Je vais faire deux attelages de dix avec des charges. On fera un tour par là-bas, l'un après l'autre. Comme ça, ils tirent tous un peu. Il fait froid, ça leur fera du bien.

Je vois Bosco frétiller, la chute de neige s'intensifie encore. Je me rends compte que mon corps s'était relaxé, puisqu'il se crispe à nouveau très fort au point que j'en tremble. La main droite de Marc s'avance vers moi, puis retombe le long de son corps.

— Après ça, je vous offre un chocolat chaud.

Je lâche un soupir amusé. La boisson brûlante et la cheminée seront plus réconfortantes que le vin. Alors, j'accepte volontiers, m'imprègne du fait qu'il semble avoir de la peine à me laisser plantée ici. Finalement, c'est quelqu'un d'agréable. Il suffit juste de laisser la confiance s'inviter entre nous.

Je l'entends nommer chacun de ses chiens au fur et à mesure qu'il les place sur l'attelage. Leur emplacement est étudié, ils sont placés à l'avant, au milieu ou à l'arrière, selon leur taille. Leur agitation grandissante m'empêche d'apprécier pleinement ce moment : ils jappent beaucoup, sautent, tiennent peu en place. L'image de ce cabot agressif me revient en mémoire. Ma main tressaille, je ne tiens plus. Je me force à rester jusqu'au départ du traîneau puis, après les quinze minutes du premier tour, bien qu'ils se soient beaucoup éloignés, je fais signe à Marc que c'est trop pour moi et que je dois rentrer. Il lève son pouce dans la presque tempête qui s'abat sur le domaine. Ce simple geste me rassure.

Plus tard, je ne me sens pas capable d'apprécier la douceur et la chaleur du chocolat chaud. Je laisse une note à l'accueil pour m'excuser d'avoir loupé ce rendez-vous-là et, en proie à une nouvelle crise d'angoisse, je me reste prostrée dans ma chambre. La chaleur de Noirousse contre moi s'évapore vite. Ressent-il ma déception d'avoir échoué à affronter ma peur ?

— Comment faire ? je répète, les jambes repliées contre mon ventre.

Je ne trouve pas la réponse dans les yeux verts de mon chat.

11

« *Il fait froid dehors aujourd'hui, mais aucun malheur n'est tombé du ciel depuis plusieurs jours.* »

D'une écriture simple, droite, claire, Marc en a fait un mot glissé sous ma porte : « Séance complicité avec Zoé et Bosco mardi. Vous êtes la bienvenue. » Comme un contrat tacite, je reste spectatrice jusqu'à ce que j'aille mieux. Rien de plus.

J'observe donc un père attentif, ce matin. La petite en combinaison de ski s'avance vers le Loup Blanc avec un morceau de viande déshydraté entre les doigts. La bête est assise et à force de voir sa récompense agitée devant sa gueule, elle bave. Pourtant, elle ne bronche pas. Plus délicatement que Noirousse lorsqu'il décide de m'élire « fauteuil de l'année », Bosco lève sa patte pour la poser dans la main de sa jeune maîtresse ; elle rit. Marc m'adresse un bonjour silencieux ; une fraction de seconde suffisante pour que Zoé se laisse chourer très délicatement son objet de chantage.

— Arrête de perturber papa, Chiara ! reproche-t-elle en tapant du pied.

Je ne sais pas si je suis davantage gênée par la remarque ou par le fait qu'il soit embarrassé aussi.

L'enfant continue son expérience de dressage et je me rends compte que le chien est vraiment sage, délicat, et très attentif à ce que pourrait dire son maître. Cela n'empêche pas ce dernier d'être prudent pour pallier toute réaction inattendue de la part de l'animal. Mais Bosco est si habitué qu'il exécute toutes les demandes sans broncher et sans demander autre chose que sa friandise.

— Tu veux essayer de lui donner ? me demande Zoé en s'approchant et en me tenant le contenant en verre.

Dedans, je distingue que les morceaux sont en fait des cœurs de poulet séchés. Dans mes gants, mes doigts sont déjà glacés, moins par le froid que par le stress.

— C'est un peu tôt, ma puce, répond Marc à ma place. Chiara a encore très peur. On commencera par autre chose. N'est-ce pas ?

Je reviens à moi, sortie de l'angoisse par cette voix chaude et bienveillante qu'il sait adopter et observe, encore une fois, que le berger blanc suisse est resté à sa place.

— Oui, je préfère, j'arrive enfin à articuler. Pardon choupette…

— C'est pas grave ! sourit-elle en sautillant. Bosco est trèèèèès patient. Et papa aussi !

Il se racle la gorge, avant de saisir le sachet pour entraîner son chien lui-même. Son ton devient plus ferme, mais pas sévère. Il est simplement certain de son intention. Dans la semaine, j'ai d'ailleurs appris, après quelques conversations avec Janaina, que les efforts sur son laisser-aller découlaient de ma réaction à notre première rencontre. Elle m'a aussi avoué qu'il était souvent revenu vers elle à propos des suggestions que j'avais faites, dans l'optique de s'ouvrir davantage, désormais conscient que son comportement influençait beaucoup le ressenti des clients. Il reste malgré tout fidèle à lui-même et garde son regard perçant et son côté intimidant quand il perd le contrôle ou qu'il souhaite impressionner. Cette dualité me trouble, je ne sais pas encore bien

sur quel pied danser. Mais je m'approche petit à petit, jour après jour, de cet être intrigant, en me rappelant la valeur qu'ils me donnent tous les deux.

Les jours suivants, je fais quelques pas supplémentaires vers les niches. Derrière les grillages, posés sur le toit d'abris en bois fourrés de paille ou endormis à l'intérieur, les huskies me semblent moins imposants. En plus, je suis assez impressionnée par leur capacité à travailler beaucoup et à en exiger au moins autant de leur chef de meute, s'il ne donne pas assez d'énergie. J'apprends que Marc les nourrit au BARF[5] et que cela contribue grandement à leur bien-être, même si ça lui coûte beaucoup en temps et en argent. Pour l'instant, les imaginer croquer des os réveille une nouvelle fois un frisson dans mon dos. Et dès que les chiens aboient ou me regardent, je continue à me sentir très stressée… là où je m'habitue de mieux en mieux au côté animal de Marc.

Alors, j'appelle Evelyne, le soir même, depuis le studio en ravalant ma fierté, pour l'informer que la mission « Apprivoiser le loup » est en bonne voie. Elle rit sans discontinuer durant plusieurs minutes et je l'envoie boire un verre d'eau avant que je ne la perde. Mon amie m'avoue qu'elle est heureuse que, finalement, je puisse profiter de ces moments, même si c'est encore timide. Je me promets silencieusement de la remercier, lorsque je serai enfin persuadée que ma venue ici n'est pas une erreur.

---

5. Le BARF est un régime alimentaire pour animaux. La « Biologically Appropriate Raw Food » consiste à se rapprocher d'une alimentation la plus naturelle possible. Soit principalement de la viande pour des carnivores.

12

« *Il fait froid dehors aujourd'hui, et les malheurs tombent parfois du ciel pendant plusieurs jours.* »

J'ai obtenu l'autorisation de prendre contact avec différentes entreprises de décoration ou des comptables dans la région. Tandis que j'attends leurs réponses, j'ai l'impression que la vie de l'Auberge du Loup Blanc continue sans moi. Et particulièrement sans l'attention qui m'était portée jusqu'ici. *On s'habitue vite aux choses agréables…*

Quelques clients arrivent sous réservation. Janaina et Marc appliquent quelques-uns de mes conseils. Le présentoir : remplacé par une sculpture raffinée imitation arbre, qui met en valeur les flyers et brochures. Le canapé : recouvert d'un immense plaid et de coussins douillets, est désormais accompagné de trois autres fauteuils aux tons orangés. Le comptoir : poncé et épuré. En lieu et place des photos et informations tarifaires épinglées en vrac, deux peintures à l'aquarelle représentant les environs ont été encadrées et accrochées au mur.

Mais ce qui me chagrine, surtout, c'est que les gérants passent énormément de temps ensemble. Ils se taquinent, se touchent, s'entendent à merveille. Plus du tout de disputes ou de désaccords. Comprenant que j'ai eu un rôle dans cette nouvelle harmonie, je me demande s'ils n'auraient pas un autre

lien. Ils sont associés, c'est certain. Sont-ils aussi amis ? Cousins ? Amants ?

Cette dernière possibilité m'affecte plus que je ne le souhaiterais. D'abord parce que, même si c'est dur à admettre, j'ai commencé à m'attacher à cette femme solaire et pétillante, ainsi qu'à cet homme mi-ours, mi-loup… Et je crains que ça n'influence nos relations. Mais surtout parce que, dans mon cheminement personnel, tenir la chandelle ne me tente pas le moins du monde ! C'est même la dernière chose dont j'ai besoin. Toutefois, même si ces pensées sont très égoïstes, j'ai l'impression que mes sentiments sont les derniers éléments dont ils se préoccupent.

Alors, en attendant de pouvoir éclaircir ça, je garde ma jalousie mal placée pour moi, ce drôle de pincement au cœur. Et j'oublie la douceur du prénom de Zoé dans la bouche de Janaina. J'oublie leurs repas à trois un peu tardifs après que les clients sont partis se coucher. J'oublie cette petite danse brésilienne qu'elle essaye d'apprendre à son associé (pour la millième fois, selon ses dires). J'oublie cette conversation sérieuse que j'ai surprise au coin du feu à propos de leurs parents respectifs. J'oublie *ce* sourire auquel je n'ai droit qu'à certaines occasions. J'oublie que j'agis et pense comme une pauvre ado délaissée…

***

Vingt minutes que j'entends l'agitation au rez-de-chaussée. Ça faisait longtemps ! Je descends avec prudence, désireuse de ne rien interrompre. Il s'avère que je ne tombe que sur de l'inquiétude.

— On a prévu un truc avec les clients, il faut s'y tenir, Ma' ! Sinon, c'est le début de la fin.

— Je sais Ja', mais je dois vraiment y aller… Elle m'a appelé et je…

Je décide de m'en mêler.

— Un problème ?

Tous les deux portent la même inquiétude sur le visage. Marc hésite, pose ses coudes sur le comptoir, ses mains sur son visage.

— Il doit s'absenter pour la nuit, commence-t-elle. C'est urgent et…

— Ma… mère est tombée.

L'information choit tel un cheveu sur la soupe. Comme si Janaina l'apprenait à l'instant.

— Eh bien allez-y, qu'est-ce que vous attendez ?

— Je dois bosser ici, parce que j'ai promis aux clients une soirée jeux, justifie-t-elle. Mais je ne vais pas pouvoir m'occuper de Zoé en même temps et elle a école demain. Donc il hésite à partir.

J'ai envie de pincer le bonhomme en lui disant : « je suis là, moi ! ». Mais une idée fulgurante m'attrape : si c'est sa mère, pourquoi ne prend-il pas la petite avec lui en dernier recours ? Puis… est-ce qu'il… tremble ?

— Écoutez, si ça peut vous dépanner, je peux m'en occuper. Ça règle le problème, non ?

Marc voudrait protester, je le vois, plus par embarras que par envie de refuser.

— Vous nous sauveriez la vie, dit son associée à sa place, en saisissant ma main. En plus, elle a déjà mangé, il faut juste la mettre en pyjama, l'occuper une petite heure et la coucher.

— Pas de prob…

— Merci infiniment, Chiara, s'exprime enfin Marc. Je vous rendrai ça autrement qu'avec un chocolat chaud. Bon, alors je file, je serai de retour tôt demain !

Tout va trop vite : le compliment, le flot de reconnaissance, son baiser sur le front de Janaina, sa main en remerciement sur mon épaule. Finalement, il ne reste de lui à l'accueil que ses effluves mentholés.

— C'est bientôt l'heure, je dois filer aussi, me dit la jeune femme. Zoé est dans sa chambre, je vous la laisse. Mais en cas d'urgence, je suis là, OK ?

J'ai juste le temps de hocher la tête qu'elle monte déjà frapper aux portes des chambres occupées. Je cours pour la suivre, car j'ignore où se trouve la chambre de la petite ; elle me l'indique d'un regard. Lorsque je m'introduis dans l'entrebâillement de la porte, je découvre Zoé qui joue avec de petits chevaux en bois. Elle appelle son cheval Spirit et deux juments semblent se disputer pour lui. *C'est pas vrai, même Spirit…* D'un coup, je sens mes forces m'abandonner : ce sera trop pour moi d'inventer une histoire qui tienne la route, de supporter trop de questions ou d'assurer du réconfort.

— *Ciao bella*, comment tu vas ?

— *Ciao bella* ! Papa a choisi mon livre ?

Je culpabilise encore plus, car je me ne me sens pas l'esprit de conteuse, en plus de ne pas savoir où sont rangés ses bouquins (visiblement pas dans sa chambre).

— Il a dû partir très vite et Janaina est occupée, alors… c'est moi qui m'occupe de toi ce soir.

D'abord, ses grands yeux écarquillés me donnent des frissons.

Puis, elle saute de joie en lançant bruyamment un « ouaiiiiis ». Elle en crie un autre quand je lui annonce que nous allons regarder un dessin animé dans mon studio, après avoir enfilé son pyjama et avant le dodo.

À la moitié du film, je vois qu'elle pique du nez, non pas par manque d'intérêt, mais simplement parce que cette enfant est habituée à dormir tôt. En portant son corps tiède dans son lit, je profite qu'elle se réveille légèrement pour lui murmurer qu'on regardera la suite bientôt. Et quand elle me demande si on pourra « le montrer à papa », j'acquiesce sans hésitation.

De retour dans mon propre lit, je prends conscience du fait que je ne sais pas trop ce qui m'a poussée à proposer mon aide une fois encore. Cet endroit, ces gens… ils me motivent à sortir de ma zone de confort. Et le sourire aux lèvres, je dois bien admettre que ce n'est pas toujours désagréable.

13

À l'aube, je m'installe devant le feu qui crépite, avec mon carnet et mes idées. Bianca La Fenza n'a pas beaucoup évolué. Coincée dans son désir d'évasion, elle est tombée sur un pervers narcissique qui lui mène la vie dure en la trompant avec sa meilleure amie ! *Bouarf. Je vais partir sur autre chose.*

« Bianca voulait changer de vie. Après une expérience traumatisante avec les hommes et les femmes, elle savait malgré tout que le célibat n'était pas pour elle. Sur les conseils de sa meilleure amie, elle… »

— Vous écrivez quel genre ? me dit une voix profonde à l'oreille.

Est-ce que j'ai atteint le plafond de l'auberge en sursautant ? D'habitude, j'entends le manque de délicatesse de Marc quand il ouvre les portes.

— Pardon, je ne voulais pas vous faire peur !

— Ce n'est… pas votre faute si je suis… une trouillarde…, je réponds en reprenant mon souffle, la main sur mon cœur pour l'empêcher de bondir hors de ma poitrine. Vous êtes déjà rentré ? Comment va votre mère ?

— Oui, euh. Mieux.

Ce garçon semble être l'embarras incarné. Pourtant, il s'assied à côté de moi aujourd'hui. Un long soupir, il s'appuie contre le dossier du canapé, et ses cernes discrets révèlent une fatigue certaine. Il ferme les yeux quelques secondes, ses mains sur ses cuisses et me demande :

— Ça a été, hier soir ? Zoé n'était pas trop…

— Elle était parfaite ! Elle n'a pas rechigné à mettre son pyjama, à se brosser les dents, et à me rejoindre au studio pour regarder Balto.

La tête appuyée sur le dossier du canapé, Marc la tourne vers moi et ouvre légèrement les yeux. Je viens de sursauter à nouveau ?

— Balto ?

Surprise, je mets quelques secondes à comprendre qu'il est possible de ne pas connaître ce film d'animation.

— « Balto chien-loup, héros des neiges ». Vous êtes *musher* et vous ne connaissez pas ce dessin animé ? Le film commence « dans la vraie vie », avec grand-mère Rosie, qui explique à sa petite-fille la véritable légende de Balto, un chien de traîneau héroïque et…

Son « non » a presque quelque chose de taquin.

— Vous vous fichez de moi, non ?

Son sourire s'étend, il se redresse. Je vois un brin de culpabilité dans ses yeux.

— C'est vrai, tous les *mushers* connaissent cette histoire. Par contre, je n'ai jamais vu le dessin animé. Zonz a dû adorer, murmure-t-il presque. Mais vous n'avez pas peur de Balto ? C'est un chien, non ?

Mon agitation s'estompe et je réalise que non, je n'ai pas peur de Balto.

— C'est vrai… C'est peut-être parce qu'il parle.

Marc contient un rire, un vrai. Je crois que j'aurais trouvé plus charmant qu'il le laisse sortir.

— Bref, je continue pour dissiper mon malaise, Zoé m'a dit qu'elle voulait qu'on le regarde avec vous, la prochaine fois. Elle s'est endormie à la moitié, donc elle a loupé le meilleur.

Avec le recul, j'ai davantage connu Marc prévenant et droit que velu et bougon, mais j'ai de la peine à m'y habituer. Peut-être que j'avais érigé de trop grandes barrières ?

— Avec plaisir, Chiara, dit-il, ses prunelles claires fichées dans les miennes. En attendant, si pendant une pause dans votre écriture vous voulez que je vous montre comment je prépare les gamelles des chiens, ce sera volontiers. Ja' m'a dit que le stock est arrivé hier, justement. Ensuite, je viendrai réparer votre lampe et votre douche, dans le studio.

Les informations circulent plus vite qu'en ville, ici, c'est dingue…

— Je peux venir maintenant, je manque d'idées originales.

— Alors, c'est parti !

Il n'a probablement pas fermé l'œil de la nuit, mais il pète plus la forme que moi. La motivation lui vient-elle de son amour pour ses bêtes ?

Il en faut une sacrée dose pour supporter l'odeur très forte de la viande décongelée. Dans une pièce du sous-sol froid, et dans cette vieille baignoire servant de récipient géant, dorment plusieurs morceaux de bidoche en décongélation. À côté, un énorme plan de travail professionnel porte déjà des dizaines de Tupperwares. Marc m'explique qu'au vu de la taille de sa meute, il doit commander en gros auprès de certains fournisseurs spécialisés. Pour éviter l'oxydation de la viande et la perte de vitamines, il est important qu'elle reste au frais et que le découpage soit effectué « le jour des gamelles ». Ça lui prend plusieurs heures, car il doit « reconstituer une proie » et donc adapter le poids des os charnus, de la chair, du foie, du cœur, et des potentiels compléments (huiles, fruits, légumes) pour chaque jour. Il m'indique aussi que, bientôt, il pense passer au *prey model* qui lui demandera moins d'efforts – puisqu'il s'agit de donner, par exemple, un poulet entier – mais c'est une autre logistique pour les livraisons en provenance de fournisseurs spécialisés, la conservation et la transition des chiens. Alors, en attendant, il s'en occupe lui-même, sans aide.

— Janaina ne le fait pas avec vous ?

— Si je suis malade ou en déplacement oui. Mais elle est végane, donc… C'est difficile pour elle de manipuler autant de viande. Même si elle comprend que c'est le régime naturel des chiens, je l'ai déjà retrouvée à vomir pendant les heures qui suivaient.

Ça a plutôt l'air de l'amuser que de lui faire de la peine, mais je ne relève pas.

— Au final, poursuit-il, ce n'est pas quelque chose qui me dérange. Je sais que je donne ce qu'il faut à mes chiens, dans le respect des bêtes élevées aussi, et qu'ils sont vigousses grâce à ça. Presque jamais besoin de les amener chez le véto, ils sont en très bonne santé. C'est juste, malheureusement, du temps que je ne passe pas avec les clients en activité… Mais ça fait partie du job.

Voyant que je fixe la baignoire, Marc se tait et ne me relance probablement que lorsqu'il craint que je parte en courant.

— Vous êtes végane aussi ?

— Ah non, non ! Je suis juste impressionnée par tout ça. La quantité… Et votre investissement pour eux.

— C'est un peu comme si j'avais vingt-et-un enfants à gérer, en plus de Zoé. C'est normal pour moi d'assumer.

— Bravo quand même ! Et vous m'expliquez, alors. Il faut faire vite, si j'ai bien compris !

Après que les explications ont pris fin, s'ensuit une longue séance de découpage, de calibrage et de répartition dans un silence de plomb. Finalement, même s'il est bien plus rapide que moi, c'est un instant hors du temps. Seuls le bas de mon dos et mes mains engourdies par le froid me rappellent à quel point « cette partie du job » ne peut être assumée que par quelqu'un qui respecte profondément la nature, l'instinct et l'origine de ses animaux. Je suis heureuse de m'être sentie utile en m'investissant dans la vie des chiens avec Marc. Quand je le raconterai à Evelyne, je suis certaine qu'elle va me dire « Qui donc aurait pu penser ça ? »

14

Des coups retentissent sur la porte du studio. Je tremble, sans vraiment savoir pourquoi. Ah si. Je suis troublée à l'idée que Marc entre dans mon espace personnel.

Jusqu'à présent, nous nous sommes vus dans des parties communes de l'auberge, en présence de clients, de Janaina, de Zoé ou des chiens. Nous avons bien été seul à seul dans une pièce, mais même si l'ambiance est devenue pesante après l'intrusion du silence, je restais maîtresse de mon humeur et de mes mouvements. Je pense un instant ne pas lui ouvrir, le laisser en plan, laisser le tuyau de ma douche fuir et écrire dans le noir. Mais mon corps refuse de mettre un vent à quelqu'un, surtout par ce froid. Alors, c'est lui qui ouvre. Et mon angoisse s'éteint pour laisser place à une douce chaleur.

— Eh bien alors, vous êtes toute blanquinette ! relève Janaina. Qu'est-ce qui vous arrive ?

Je ne trouve rien à répondre, d'autant plus lorsque Noirousse vient saluer sa nouvelle copine de la façon la plus naturelle du monde.

— Ce n'était pas Marc, qui… ? je bafouille.

— Moi aussi, je sais réparer les fuites et changer les ampoules, répond-elle d'une voix plus grave, en caressant le chat.

Le sourire qu'elle affiche termine de me rassurer.

— Plus sérieusement, poursuit-elle, c'était à lui de venir, mais les clients d'hier sont demandeurs d'activités avec les chiens, alors j'ai préféré le faire à sa place.

— Je vois…

Perçoit-elle mon soulagement et… la petite déception paradoxale qui en découle ?

— C'est sûr que j'ai moins de poils, dit-elle en se redressant, mais ça va le faire aussi, non ?

Elle n'attend pas que j'acquiesce, retrousse ses manches, et s'attaque d'abord à la douche à l'aide de sa caisse à outils. En même temps, elle me parle de plein de choses : du fait qu'elle soit contente, car je semble être plus à l'aise ici, du fait qu'elle soit contente, car j'ai pu faire bouger son associé, du fait qu'elle soit contente, car j'ai pris contact avec des professionnels…

— D'ailleurs, vous avez eu des réponses ? questionne-t-elle en s'essuyant le front.

— Pas encore, la fin de l'année y est sûrement pour quelque chose.

Je n'ai pas vu passer le mois d'octobre. Il fait tellement froid ici que j'en perds la notion des saisons. À Genève, il y a si peu souvent de neige, de calme. C'est bien la première fois que j'apprécie l'hiver précoce. D'habitude, il est synonyme de fêtes de Noël, de Nouvel An, de cadeaux à acheter, de dossiers à boucler, de rendez-vous à honorer.

À présent que mon déni s'est envolé, une pensée s'égare vers la dernière source de mon malheur. Le fait de ne plus utiliser Internet sur mon ordinateur ou sur mon téléphone me préserve de ses messages. Mais ça faisait tellement partie de ma vie que, parfois, je me sens comme dépossédée de moi-même. En même temps, je ne peux pas nier qu'il a volé ma vie et qu'il m'a fallu une année de suivi thérapeutique pour commencer à m'en sortir…

— Tout va bien, Chiara ?

Elle m'accompagne vers un petit fauteuil que j'ai investi pour mes lectures et me passe sa main froide sur le front.

— Oui, ça… ça va… Juste de mauvais souvenirs, un sommeil moyen et…

Quand ai-je mangé pour la dernière fois ?

— Je sais qu'on vous donne l'impression de beaucoup compter sur vous, mais… Ne vous surmenez pas, d'accord ? Le *burn-out*, c'est sérieux.

Je la remercie chaleureusement, car après Evelyne, elle est la deuxième à ne pas minimiser cette maladie du siècle. Elle retourne ensuite à son ouvrage, pendant que mes exercices de respiration profonde me permettent de reprendre pied. J'ai envie de lui poser *la* question. Mais je n'arrive pas à l'articuler.

Mince, je me sens partir. Avant de voir tout noir, j'entends la fenêtre s'ouvrir ; l'air glacé ne suffit pas, je m'évanouis, comme bercée par une voix chaude, associée à un parfum de menthe musquée.

***

Je me réveille avec le sentiment d'avoir été anesthésiée. Contrairement à ce que pense Janaina, j'ai pu dépasser mon *burn-out*. Mais la dépression et l'anxiété sont toujours là, me propulsant vers de nouvelles difficultés. J'ignore aujourd'hui si j'aurais la force de traverser une nouvelle épreuve. Pour l'instant, le mieux est de ne plus y penser.

Je ne reconnais pas le plafond de cette pièce. Je tourne la tête et aperçois une table de nuit vierge de bouquin ; je ne suis pas dans ma chambre ! Les draps doux et confortables portent la même odeur que les miens, mais le lit est plus grand, l'endroit plus spacieux, et surtout, il est plus ordonné. Je me lève à mon rythme, me maudissant d'avoir dormi si profondément que je ne me suis pas rendu compte de ce déplacement. Un vague souvenir d'une aide à me lever me revient, tandis que je sors dans le couloir. *Bordel, c'était la chambre de Marc.*

En parlant du loup, il arrive en marchant plus tranquillement que d'habitude et m'adresse un « bonjour » quelque peu inquiet. Alors que je m'apprête à lui répondre, j'entends un timide « ciao bella ! » et vois la petite planquée derrière la jambe de son père.

— Chiara, on peut regarder Balto avec papa ?

Il fronce les sourcils en la regardant et cela suffit à indiquer que ce sera pour une autre fois. Déçue, elle s'éloigne de nous en faisant la moue et entre dans la chambre voisine.

— Vous vous sentez mieux ? me demande Marc.

— Comment je me suis retrouvée… dans votre chambre ?

Il semble emprunté en me répondant :

— Vous avez fait un malaise, ça ressemblait à une hypo'.

Encore dans les choux, je ne comprends pas l'abréviation. Il le voit et continue :

— Oui, comme quand on ne mange pas. Une hypoglycémie. Je vous ai trouvée évanouie… et vous étiez assez mal installée, sur votre canapé. Alors, après vous avoir ramenée avec un peu de sucre, comme la chambre de Janaina était occupée, je vous ai portée ici pour vous laisser dormir.

Je frotte mon visage, trouve un peu de chassie au coin de mes yeux.

— Mais combien de temps j'ai dormi ? je m'indigne presque.
— Quelques heures. Je suis revenu contrôler, pendant que Ja' installait vos étagères. Vous étiez d'abord agitée, puis vous vous êtes calmée gentiment.

Est-ce qu'il est en train d'insinuer que je cauchemardais ? Ou…

— Mon Dieu, est-ce que j'ai ronflé ?
— Mhh… un peu. Et vous aviez un filet de bave qui…

Je me sens devenir écarlate et mes mains me servent de remparts contre la honte. Marc cache un rire de son poing, puis il met fin à sa blague.

— Je plaisante !

C'est à moi de froncer les sourcils pour l'assassiner du regard.

— … pour la bave, ajoute-t-il à demi-mot.
— C'est pas vrai !
— Plus sérieusement, Chiara, il faut prendre soin de vous. C'est pour ça que vous êtes venue, non ? Alors, vous vous sentez mieux ?

Je prends un instant pour ressentir et interroger mon corps. Je le sens en effet plus détendu, rechargé, apaisé. Ne sachant pas si c'est le sucre, ma sieste ou une certaine présence qui y ont contribué, je rétorque simplement, bougonne :

— Oui, je me sens mieux.
— C'est le principal !

Il m'a l'air rassuré. Je vois qu'il s'apprête à partir.

— Marc !

Son prénom s'est échappé de mes lèvres. C'est la première fois que je le prononce si distinctement. On dirait qu'il s'en rend compte, lui aussi. Je poursuis vivement :

— Je ne voulais pas vous contredire devant Zoé, mais… si vous voulez regarder Balto, je peux vous recevoir, après m'être un peu débarbouillée.

Il réfléchit quelques secondes, avant de dire :

— OK, ce soir, alors. Comme ça, j'aurai terminé les activités avec les deux clients qui sont arrivés. Je me serai aussi occupé de Zonz – manger, douche et pyjama. Demain, elle n'a pas école, je pense qu'elle pourra le voir en entier.

— Parfait.

Son hochement de tête est aussi troublant que son expression : on dirait qu'il vient de prendre conscience de quelque chose, mais je n'ose pas lui demander quoi.

15

Étonnamment, cette fois, la présence de Marc dans le studio ne me dérange pas. Peut-être parce que j'ai scrupuleusement choisi ma tenue. Peut-être aussi parce que la petite est assise entre nous deux sur le canapé. Plus attentive que la première fois, Zoé s'appuie tantôt fort contre le dossier, tantôt contre son père (pour lui raconter l'action suivante), et tantôt contre moi. L'air ambiant porte une autre senteur que d'habitude, mélange de menthe et de fraise, je me sens plutôt détendue. Noirousse l'est étonnamment aussi, installé dans son panier. Bien que je sois immergée dans le film que je connais par cœur, je pense à détacher un instant les yeux de l'écran. Est-ce une larmichette au le coin de l'œil de Marc ?

Je ne réalise qu'à présent avoir mal jugé la sensibilité de cet homme. À plusieurs reprises et sans le vouloir, il m'a prouvé qu'il était doué d'empathie et de sollicitude. Il était un peu distant au départ, et je ne sais certainement pas tout de lui, mais il a été attentif à mes besoins, au même titre que son associée. La question que je souhaitais poser à cette dernière m'est d'ailleurs restée en mémoire depuis et je peine à m'en détacher.

L'enfant m'attrape la main à l'apparition du grand loup blanc dans la neige, moment clé du scénario. Le sourire jusqu'aux oreilles, elle se plaît même à hurler comme lui et comme Balto, ce dernier acceptant ses racines et la force liée à une partie de ses origines. Elle remarque que Bosco leur ressemble un peu, puis je vois qu'elle s'attache aux autres personnages, qu'elle apprécie l'intensité de la musique, et qu'elle profite de la fin comme j'ai su le faire très jeune. Elle constate tout de même que la partie avant le générique date un peu et demande si « la vieille dame est morte ». Je lui dis que je n'en sais rien, que je vérifierai. Cette réponse lui suffit pour le moment. Quand j'allume ma petite lampe à la lueur chaude, je la vois bâiller.

— Eh bien, c'était vraiment pas mal, admet Marc en s'étirant.
— On pourra le revoir, dis ? supplie déjà Zoé.

Il hoche la tête en souriant et je n'hésite pas une seconde à lui rendre son expression, avant de me rendre compte qu'elle ne m'était pas destinée. Et je ne peux pas m'empêcher de me demander intérieurement, en rangeant l'espace télé, ce qui me prend d'être si ouverte, après ce qui m'est arrivé… Je sens que je m'attache trop, que mon cerveau réclame des choses que je m'étais juré de ne plus attendre, surtout de la part des hommes.

Mais voir Marc si spontané, si avenant, à remettre les coussins en place et à raccompagner sa fille vers la porte en me proposant encore une fois son aide… ça rallume un feu en moi. Une candeur agréable, attirante…

— C'est tout bon, je vais m'occuper du reste, filez coucher Zoé.
— Bien… Merci encore pour ce moment très sympa.

Si nous étions intimes, au moins amis, je me serais permis une réflexion du genre « Allez, va, beau brun. Sinon, je ne pourrai pas m'empêcher de… »

— *Ciao bella* ! interrompt la petite, sans que je puisse continuer d'imaginer la réplique idéale.

— Ciao bella ! je répète en m'appuyant sur le montant de la porte et en les regardant partir.

J'en profite pour apprécier le dernier coup d'œil qu'il me lance. Janaina monte les escaliers et embrasse Zoé sur le front. Elle saisit ensuite le visage de Marc et le détourne si bien que je ne vois pas où elle l'embrasse. Aucun regard jaloux ou agressif de sa part envers moi, mais un simple regard sincère et un « bonne nuit » tout doux. Je songe alors au fait que ces deux-là sont vraiment ensemble, et qu'ils méritent que la femme aigrie et opportuniste que je suis ne s'immisce pas dans cette relation sereine.

Je ferme la porte sans sourire, me déshabille et retire le peu de maquillage que j'ai posé sur mon visage. Le miroir de la salle de bain me renvoie à nouveau cette expression fatiguée, résignée... Je me sens pourtant mieux. Laisser les autres entrer dans ma coquille me permet de retrouver celle que j'étais avant.

Après avoir déplié le canapé, en me glissant sous la couette, je sens les effluves du parfum de Marc regagner mes narines. En plus de les apprécier, je repasse dans ma tête tous les moments agréables vécus à l'auberge depuis mon arrivée. Ça ne fait pas longtemps, je suis pourtant très heureuse de les vivre ici. J'attrape le roman feel good que j'ai emporté ; une romance toute simple, un peu clichée. Et si les mecs bien n'existaient pas que dans les livres ?

16

« Allez, va, beau brun. Sinon, je ne pourrai pas m'empêcher de... »

C'est ridicule. Je suis bien incapable de faire quoi que ce soit de cet ordre, depuis ma récente expérience de harcèlement. Enfant ou adolescente, même si j'ai subi des remarques d'un autre genre, j'avais du caractère, de la répartie, une envie de sourire et de me battre à la fois. Dans mon roman, j'ai d'ailleurs donné cet attribut à Bianca, pour qu'elle se défende correctement. Mais rapidement, dans mon récit, j'ai senti qu'elle ne pourrait pas être si différente de moi. Tout simplement parce que tout s'est effondré. Sournoisement, chaque expérience amoureuse s'est insinuée en moi, en saisissant au passage tout ce qui composait ma personne. Ils ont semé des graines toujours plus acides, qui ont gonflé mes chairs, fait fondre mon estime, volé mes mots.

Nunzio a été la cerise sur ce beau gâteau merdique. Il a détruit tout ce que je voyais de beau dans le mariage de mes parents. Il a réussi à me faire croire que je ne valais pas mieux qu'une autre, et à la fois que, pour cette raison, il m'était indispensable. Dépourvue d'énergie au travail et de refuge dans ma vie personnelle, sans Evelyne, j'aurais terminé au fond d'un ravin ou d'une rivière. Avec sa force, mon amie a réussi à m'extirper de cette situation au risque de perdre elle-même son job.

— Tu le vois bien, non ? m'a-t-elle raisonnée. Tu vas mal, et ce n'est pas ton boulot qui te sauve. Il faut que tu t'occupes de ta santé, maintenant.

Ma famille n'a rien vu, pour la simple raison qu'ils ne « vivaient » pas avec moi. Evelyne a supporté cette lumière qui s'éteignait, mon énergie pompée par ce vampire, celui-là même qui a sucé toute l'essence de mes sentiments.

Comment j'ose alors me permettre de regarder Marc comme je le fais ? Je sais être discrète, mais parfois je me demande s'il s'en aperçoit. Depuis quelques jours, j'ai l'impression qu'il s'adresse à moi autrement, plus maladroitement. Et je me sens aussi tellement prétentieuse de penser ça. C'est parce que j'ai surpris Janaina et Marc dans des situations plus qu'évidentes : et vas-y que je te pose la main sur l'épaule ou que je te prends dans les bras, et vas-y que je t'embrasse sur la joue ou que je te taquine, et vas-y que je te souris pour te remonter le moral quand ça ne va pas ou que je te fais des blagues graveleuses…

Aujourd'hui, je me demande si l'Univers fait exprès de me confronter à des situations cocasses. Parce que voilà que je me retrouve dans la salle à viande, en face de Janaina qui soulève sans gêne le pull de Marc. Je m'excuse platement d'avoir interrompu leur moment et veux ressortir, mais elle me rattrape, m'assure que je n'ai interrompu aucun « moment » et m'entraîne à l'extérieur… Tandis que je me sens défaillir, elle m'installe sur le canapé devant la cheminée et me sert un verre d'eau tempérée. Je prends une grande inspiration et remarque la senteur mentholée avant de suivre Marc du regard ; il s'installe sur un pouf et me scrute d'un air inquiet.

— Bon, je vais lui dire, Ma', je crois que ça vaut mieux.

Il a l'air d'écouter si peu ce qu'elle dit, baisse la tête, fixe ses pieds.
— Me dire quoi ? dis-je d'une voix tremblotante.
— Bah, pour quand est prévu notre mariage !
Ma poitrine se comprime.
— Ja', elle va nous faire une attaque, reproche Marc, la mâchoire crispée.

La jeune femme rit aux éclats et, alors que ça pourrait me crisper encore plus, cet élan provoque l'effet inverse, tout en ajoutant de la confusion dans cet étrange échange. Je renverse un peu de mon verre sur moi en voulant boire, le repose en manquant de le lâcher. *Allez, crache le morceau...* À la place, elle demande à Marc de quitter la pièce, prétextant qu'elle a oublié de remplir les gamelles d'eau pour les chiens. Dubitatif, il s'exécute tout de même. Est-ce qu'il évite de me regarder ?

— Chiara, recommence-t-elle alors, ma main dans la sienne. Marc et moi ne sommes pas ensemble.

Je ne sais pas ce qui me choque le plus entre cet aveu ou le fait qu'elle en parle aussi librement. Est-ce qu'elle a aussi deviné toutes mes angoisses ?

— Mais, pourquoi vous me dites ça ? je tente de me défendre. Je n'ai rien deman…

— J'ai vu que ça semblait vous… perturber, rétorque-t-elle sans pudeur. J'en ai parlé avec Marc et… il a l'air perturbé aussi. Alors, je préférais mettre les choses au clair avec chacun, histoire que les tensions se dissipent.

J'ai envie de répondre « quelles tensions ? », mais ce serait m'enfoncer encore plus dans l'embarras. Je suis démasquée, à moi de gérer la honte.

— OK, alors… vous êtes juste… associés ? je murmure presque.

— On est frères et sœurs, affirme-t-elle en souriant.

Je cligne plusieurs fois des yeux, incrédule.

— Pourquoi vous le déshabilliez alors, après les gamelles des chiens ?

Elle me répond sans attendre :

— Il s'est cogné en glissant sur le traîneau et il m'a demandé si je pouvais lui mettre de la pommade à l'arnica dans le dos !

Il m'est tout de même difficile de faire le lien. Car bien qu'ils aient tous les deux les cheveux bruns, leur nature n'est pas du tout la même. De plus, ses iris à lui sont d'un bleu électrique, alors que ceux de Janaina sont presque noirs. Aucun trait, aucune ressemblance dans leur ossature, dans leur grain de peau. Je pensais avoir déjà deviné une partie des origines de la jeune femme, rien qu'avec son prénom, et il fait là-bas bien plus chaud que dans le Jura bernois… Je perds la parole, et laisse la sœur de Marc prendre le relais.

— Après ma naissance, au Brésil, mes parents biologiques m'ont confiée à un orphelinat. Ils n'avaient pas les moyens de m'élever. J'ai eu beaucoup de chance dans mon malheur et celui de notre mère, parce qu'elle a entamé des démarches pour adopter et je suis restée peu de temps dans ce lieu. Je n'ai emporté avec moi que le soleil de mon pays… et un genre de miracle, parce qu'elle est tombée enceinte de Marc un an après que je sois venue au monde.

Je ferme enfin ma bouche, restée ouverte de surprise. Je comprends enfin mieux cette complicité.

— On s'est toujours très bien entendus, continue-t-elle. Et on est restés inséparables pendant toute notre scolarité à Genève. Ensuite, Marc est parti de la maison, on a fait nos vies, et à sa

séparation, on s'est dit qu'on allait ouvrir une affaire ensemble. Ça a marché quelques années, on est super fiers de ce projet… Bref, j'ai essayé de vous faire comprendre de quoi il s'agissait, mais vous alliez faire une syncope avant de le capter, alors j'ai préféré être plus directe.

— Allons, une syncope…, dis-je en passant mes mains sur mon visage.

Tout s'explique, même le lien avec la petite. Je me sens soulagée, comme libérée d'un poids. *Pourquoi, purée ?*

— En parlant d'être directe, si l'idée vous venait de penser que, comme nous n'avons pas de liens de sang, il pourrait se passer quelque chose…

— Hein ?

— Je suis lesbienne.

Le poids revient. Ne va-t-elle pas un peu trop loin ?

— Je n'en demandais pas tant, vous savez…, je me justifie.

— Et je sors avec Evelyne, ajoute-t-elle comme si de rien n'était. Donc, aucune chance.

De… *quoi ?* Le temps d'avaler ma salive, je me sens soudain indignée.

— Mais pourquoi elle ne m'a rien dit ? je demande, sans pouvoir m'en empêcher. Depuis combien de temps ? On n'aurait pas pu faire connaissance avant ?

— Ahah, elle m'a dit que vous seriez curieuse.

Voilà que je rougis… Davantage de contrariété que de gêne, cette fois. Comment j'ai pu passer à côté de la vie amoureuse de ma meilleure amie ? Et surtout de la rencontre d'une personne si importante pour elle ?

— J'ai rencontré Evelyne en allant voir des amis à Genève.

Ça a tout de suite marché, on a beaucoup discuté et on a… vite franchi le palier suivant. C'était génial, je n'avais jamais connu ça. Vous savez, quand tout fonctionne, qu'on n'a pas à se poser de questions ?

Malheureusement non, je ne sais pas. Mais ce qui fait pétiller ses yeux, j'adorerais le vivre un jour. Janaina poursuit avec une question.

— Est-ce que ça va mieux ?

Sa mine teintée de souci me brise le cœur et je questionne mon corps avant de lui répondre.

— Oui, beaucoup mieux…

— Je suis contente, alors !

— Mais c'est très embarrassant !

— Chiara, ça crève les yeux que mon frère vous plaît, je ne pouvais pas vous laisser comme ça !

— Par tous les saints, dites-moi que ce n'est pas vrai…

— Oh, mais lui n'a rien vu ! Quand je l'ai questionné, il a eu l'air gêné, mais plutôt comme si je l'avais surpris aussi…

Je me demande soudain si mes joues peuvent fondre…

— S'il vous plaît, Janaina, ne tenez pas compte des regards ou des sourires que je peux lancer.

— Pourquoi donc ? Je trouve ça plutôt bien, moi ! Marc s'est complètement enfermé depuis sa séparation et, de ce que m'a dit Evelyne, vous avez besoin de changer d'air…

— Oui, mais c'est gênant, et je ne…

— Mais non, je vois déjà une évolution depuis que vous êtes arrivée !

— Je ne suis pas prête !

La phrase s'est échappée avec fermeté de ma bouche ; je

présente immédiatement mes excuses à la jeune femme, qui presse ma main avec tendresse.

— Pardon d'avoir été insistante. On va laisser faire le temps, ce sera mieux.

Je bois le reste de mon verre, reprends mon souffle, essaye de retrouver une contenance. Ma main se resserre autour de celle de l'amoureuse d'Evelyne.

— Bon, j'entame pour changer de sujet, maintenant, j'aimerais nourrir ma curiosité. Racontez-moi votre rencontre avec elle.

Janaina me doit bien ça. Au moins ça. Et je gèrerai la honte plus tard.

17

La nuit est agitée, je tourne dans mon lit et dois même ouvrir la fenêtre parce que j'ai trop chaud. Encore beaucoup d'émotions à gérer. Et d'informations… Je me suis rendu compte que le malheur rend égocentrique. Parce qu'Evelyne a beaucoup donné pour m'aider, pour m'écouter, pour m'éloigner de ce qui me faisait du mal. Et moi ? Je ne savais même pas qu'elle avait une amoureuse… Je sais, en revanche, qu'elle ne s'endort jamais avant minuit. Alors, je l'appelle.

— Qu'est-ce que Marc a encore fait ? dit-elle en décrochant, exagérant sa lassitude.

— Rien de spécial, cette fois. C'est Janaina qui m'a expliqué qu'ils sont frère et sœur.

J'insiste sur ces derniers mots.

— Je ne te l'avais pas dit ?

Un profond râle sort de ma gorge. Evelyne comprend que le démon est arrivé.

— Dis, je poursuis sur le ton du reproche, après les chiens et ça, tu comptes me cacher encore d'autres trucs ?

— Non… je crois que c'est tout. Enfin, le reste, Marc pourra te le dire.

Je peux sentir son sourire et sa taquinerie contenue.

— Ne boude pas, soupire-t-elle. C'était pour éviter que tu refuses.

— En quoi le fait de savoir aurait changé quelque chose ?

— Peut-être que tu aurais sauté sur ce beau loup à la moindre occasion ?

— Et en quoi ce serait mal ?

Silence total. Croit-elle à ma blague ?

— Tu peux pas me la faire, Chiara, je sais que t'es pas prête.

Elle me connaît vraiment trop bien. Je change de sujet.

— Bon et alors, tu me racontes comment ça s'est passé, votre rencontre ?

— Janaina t'a déjà expliqué, non ? Elle adore raconter cette soirée.

— Oui, mais j'aimerais entendre ta version.

Un soupir faussement agacé et elle débute. Alors, j'y retourne en pensée avec elle, comme si j'y étais.

Dans cet appartement où il faut retirer sa veste puis ses chaussures, je ressens les émotions jumelles de ces deux femmes qui ne s'attendent pas à tomber l'une sur l'autre. D'abord, l'envie de passer un bon moment avec des amis. Puis, cette fille qu'Evelyne n'a jamais vue avant et que Janaina dévore longuement des yeux. Une minute interminable et une approche d'Evelyne plus tard, a lieu leur rencontre devant la table du buffet canadien. Elles se présentent ensuite, réservées, et se découvrent des intérêts culinaires et culturels pour le Brésil. Evelyne étant portugaise, elles échangent quelques mots et se moquent respectivement de leurs prénoms vieillots pour leurs âges.

Le feeling passe, se mélange à l'alcool, à la bonne bouffe et aux échanges avec les autres. Mais rien ne calme leur envie de se retrouver en tête à tête. À la moindre occasion, elles s'isolent le plus possible, jusqu'à devoir rentrer. Evelyne propose à Janaina de ne pas reprendre le train ce soir-là. Marc s'inquiète d'abord, puis voyant sa sœur habillée d'un sourire plus lumineux que jamais, il laisse sa confiance à mon amie. Et cette dernière enlève gentiment Janaina pour la ramener chez elle.

J'interromps mon immersion quelques secondes pour lui faire la morale :

— Dis, c'est pas toi qui me conseillais tout le temps « jamais le premier soir » ?

— Tu sais, quand tout fonctionne, qu'on n'a pas à se poser de questions…

— Oui, bon, continue !

— Quoi, tu veux que je te raconte *tout* ?

Evelyne aussi me doit bien ça, je lui en ai raconté, des détails.

Les deux femmes s'embrassent bien avant d'atteindre la porte. Mon amie peine à introduire la clé dans la serrure, trop occupée à défaire la ceinture de Janaina. Elles finissent par entrer, se déshabiller, se taire et se dévorer. Sauvagement, comme une bouffée d'air frais. Comme si elles avaient perdu trop de temps. Elles se découvrent à la lueur de la pleine lune, dans cet appartement sans rideaux, elles se goûtent, donnent et reçoivent, pendant plusieurs heures. Plusieurs fois, elles atteignent un but qu'elles ne cherchaient même pas à atteindre.

— C'était facile et c'était bon, conclut Evelyne.

Janaina a rendu l'échange plus poétique que sa conjointe. Grâce à leurs témoignages, j'ai pu m'imprégner de toute l'affection et l'évidence qui les a frappées cette nuit-là. J'en ai presque les larmes aux yeux.

— Elle a dû repartir le lendemain, après une douche qu'on a partagée aussi… Et on a décidé de rester comme ça.

— Comment ça ? À distance ?

— Oui. Je pense qu'on n'était pas prêtes à s'investir autant. Ça nous a bouleversées, et… Elle devait aider son frère, moi j'avais le boulot ici…

— Evelyne, dis-je fermement en attrapant un mouchoir, il ne faut pas vous priver ! Tu es la première à me dire que le boulot, ce n'est pas la vie ! Viens la retrouver !

— Hé, calme-moi cette romantique transie, là…

— Non, mais je veux dire… Ce n'est pas tous les jours qu'on tombe sur *la* personne. Le temps a passé, il faut vous revoir.

— On s'est revues plusieurs fois. Mais c'est vrai que… c'est comme si on se retenait de se donner autant. Ça fait peur, tu sais ?

Je voudrais répliquer, mais je ne comprends que trop bien ce qu'elle me dit. Tout donner, retenir un peu, ne rien faire… C'est le dilemme de mon existence. Et à présent que je m'apprête à ouvrir une porte, moi aussi, je crains ce qui pourrait se trouver derrière.

Le silence s'installe, malgré le fait qu'on soit toujours en ligne. Evelyne et moi sommes connectées, un peu comme des sœurs. Et soudain, je me dis qu'on l'est davantage que ce qu'on imaginait.

— Peut-être qu'on aura un déclic en même temps, toutes les deux, je murmure presque.

— Ce serait cool… Parce que j'ai beaucoup parlé de Marc avec Janaina et je pense sérieusement que, malgré vos traumatismes, ça peut coller.

Je ris, peu convaincue. Mais après tout, pourquoi pas ? Ouvrir une porte en restant derrière, c'est se protéger. Ici, je risque moins qu'à Genève. Mon cœur ne peut pas être brisé davantage.

— Ça peut coller…, je lâche dans un souffle.

Nous continuons à glousser quelques minutes, puis la fatigue nous rattrape et enveloppe notre bel échange. J'aime Evelyne de tout mon cœur et, pour cette raison, je souhaite qu'elle puisse devenir pleinement qui elle est avec Janaina. Naïvement, je pense que mon tour viendra aussi. Et savoir que ma précieuse collègue fait un bout de chemin avec moi me rassure énormément. Tout comme le fait de savoir que Marc possède également un cœur à réparer.

18

Les jours qui suivent, je profite d'un certain regain d'énergie pour déballer le reste de mes affaires. Mon coup de mou m'a empêchée de vraiment m'installer, et j'ai procrastiné jusqu'à m'empâter. Ma valise enfin vidée, je consulte les mails de l'auberge au rez-de-chaussée : certains prestataires m'ont transmis des devis ou demandé des rendez-vous. J'en parle directement à Janaina lorsqu'elle rejoint la réception.

— Super, je vais me charger de la suite, alors ! dit-elle, rayonnante.

Je sens un changement dans son attitude, comme si elle était libérée du même poids que moi. Il faut croire que la sincérité et la transparence ont du bon. Je repense à son récit et à celui d'Evelyne, et mon sourire s'illumine à son tour. Marc revient des enclos des chiens, les épaules pleines de neige ; avant d'entrer, il tape sur sa veste pour s'en débarrasser, puis il se fige en m'apercevant. Lui aussi a changé, et la distance qu'il installe entre nous tient davantage d'une certaine réserve que de l'embarras.

— Bonjour, Chiara.

Ce frisson le long de mon dos, d'où vient-il ? Le courant d'air me fait douter…

— Ma', on a de bonnes nouvelles ! annonce Janaina.

Bien qu'il soit désormais ouvert aux suggestions des professionnels, Marc fait toujours la grimace lorsqu'il s'agit de budget. J'en conclus que mes premiers loyers ne suffiront pas à redresser l'affaire. C'était pourtant évident… Malgré tout, j'ai profité de ma nouvelle énergie pour refaire leur site et cela a participé à augmenter le nombre de réservations. Il reste deux semaines à l'Auberge du Loup Blanc pour remonter à hauteur des prestations promises.

— En attendant que vous puissiez engager quelqu'un d'autre, je propose, je peux vous décharger de certaines choses ? Aider à l'accueil ou à la cuisine, en parallèle du travail de communication sur les réseaux, c'est OK. Je me sens requinquée.

Janaina ricane, Marc sourit. *Encore une vague de chaleur.*

— C'est gentil, commence-t-il les mains sur les hanches, mais ce qui nous aiderait aussi beaucoup, c'est de l'aide avec la préparation des traîneaux.

Petit souci pour déglutir, tout à coup.

— Si je prends l'accueil, Janaina peut…

— Le matin, j'essaye de dormir pour récupérer d'une partie de la nuit à la réception. Et Marc amène Zoé à l'école, après avoir déjà fait un tour vers les huskies.

— Vous… voudriez que je leur donne à manger pendant votre absence, par exemple ?

La panique me saisit, je me sens perdre mes couleurs et mon enthousiasme. Janaina me frotte les omoplates.

— Evelyne m'a raconté d'où venait votre phobie.

Si la jeune femme est au courant, Marc cherche une réponse dans mon regard, puis dans celui de sa sœur. *S'il savait…*

— Il faut s'en défaire, Chiara, poursuit-elle, ce sera tout bénéf' pour vous, après. C'était un évènement tellement isolé, je peux vous promettre que tout se passera bien ici.

J'ai envie de l'envoyer bouler. De quel droit se proclame-t-elle thérapeute avec sa complice ?

— On a deux semaines avant les premières grosses réservations, renchérit doucement Marc, je pense que c'est faisable avec Bosco d'abord.

J'enfouis mon visage dans mes mains, la gorge nouée. *Ne pas pleurer…*

— On peut… attendre un jour ou deux, si vous préférez, s'excuse-t-il presque.

— Non, allons-y maintenant, je conclus avec si peu de détermination. Vous avez tellement apprécié mes vocalises, l'autre fois, ce serait dommage de…

C'est au tour de la main rassurante de Marc de se poser sur mon bras. Et de ses yeux bleus magnifiques de capturer mon anxiété.

— Ça va aller, je suis avec vous.

Une légère pression de ses doigts et il m'invite à sortir en même temps que lui. La porte en bois grince et se referme sur ma volonté. Figée, j'observe qu'il neige fort aujourd'hui, et que Bosco attrape les flocons dans son enclos. À l'arrivée de Marc vers la grille, il redresse son museau et sa queue vers lui, faisant une fête énergique à son maître. Ce dernier reste de marbre et ce comportement apaise le chien, qui s'assied à l'indication du *musher*.

— Venez, m'interpelle-t-il.

Un pas et c'est plus fort que moi ; la peur me paralyse. Marc propose de s'avancer lui, de quelques mètres, ce que j'accepte d'un hochement de tête. Mon cœur s'emballe lorsque je m'arrête à deux enjambées du chien. Il ne regarde que son maître, attentif aux directives qu'il pourrait lui donner. Marc me tend la main.

— Venez, m'encourage-t-il doucement.

Je dois m'approcher pour saisir ses doigts et je remarque que j'ai oublié mes gants.

— On va s'accroupir pour que vous fassiez connaissance, d'accord ?

Il accompagne mon mouvement vers le sol et ne lâche ma main que lorsqu'il attire l'attention de Bosco avec une friandise.

— Bien, mon chien, bien.

Bosco me snobe totalement, ce qui me laisse le loisir d'observer son poil presque aussi blanc que la neige. Ses superbes yeux marron, concentrés, ont quelque chose d'hypnotique. Mais la bave au coin de ses babines noires me fait me questionner sur les limites de sa patience. Marc lui donne un discret feu vert et le chien se précipite pour saisir le cœur de poulet séché. J'étouffe un petit cri, Bosco manque de me regarder, mais son maître garde le contrôle. Il me demande alors de tendre la main pour qu'il me renifle, ce que j'arrive miraculeusement à faire.

— Mhh... Il est trop focalisé sur moi, je vais passer derrière vous.

Hein ?

Le souffle tiède du chien atterrit sur mes joues et l'odeur de son haleine moyennement agréable se mêle à celle de sa fourrure mouillée.

— Pas dans les yeux, regardez ses pattes ou sa poitrine.

C'est le souffle tiède de Marc sur mon oreille qui tient ma peur à distance et je suis attentivement ses conseils. Il s'avance, jusqu'à se coller à moi et saisir mon poignet. Sa main nue trouve la mienne, et la guide vers le museau du chien. Malgré le calme de Marc, je ne contrôle plus ma respiration.

— Non, j'ai... j'ai trop peur...

— Il ne va rien vous faire, Chiara, je suis là.

Le museau humide touche mon majeur et tout mon être frémit. *C'était aussi comme ça, avant que cette enflure...*

— Marc, il faut qu'on arrête..., j'arrive tout de même à articuler d'une voix pincée par la terreur.

Bosco renifle, s'agite. Un grognement sourd, profond, parvient à mes oreilles et je crie :

— Il faut qu'on arrête !

Bosco saute, m'écrase le ventre avec ses pattes et j'en tombe en arrière. Marc amortit légèrement le choc, se redresse plus vite que le chien ne réagit et il le réprimande, avant de l'emmener à nouveau vers sa niche. Les mains congelées par le contact avec la glace, je sens encore l'humidité de la truffe de l'animal sur mes doigts. Il ne m'a pas attaquée... Mais j'ai eu si...

— Est-ce que ça va ? demande Marc en m'aidant à me relever sans effort.

— Pas... pas trop...

— Je pense qu'il a senti votre stress.

— Je n'y peux rien !

— Hé, c'était pas un reproche !

Silence. Bosco nous scrute de loin. Il semble serein et dans l'attente à la fois.

— Pardon, je m'excuse.

— C'est moi, j'ai trop poussé, dit-il, confus.

La tension s'efface pour laisser place à la décompression ; mes larmes montent.

— J'avais tellement peur que vous lui disiez d'attaquer..., je chuchote dans l'espoir de dissimuler ma voix chevrotante.

— Pourquoi je ferais ça ? réplique-t-il en écarquillant les paupières. C'est débile !

Sa virulence est de retour et, même si elle ne m'effraye pas, elle ne me rassure pas non plus. Il semble s'en rendre compte, temporise son humeur, se racle la gorge et comprend. Un soupir m'échappe, je cache ma bouche avec ma paume, manque d'éclater en sanglots. On dirait que lui n'ose pas admettre qu'il a compris.

— C'est ce qui vous est arrivé ?

Il a l'air choqué. Son émotion, entre révolte et compassion, me bouleverse. Je m'apprête à regagner l'auberge, mais il me rattrape par le bras, sans violence aucune.

— Qui est l'enfoiré qui a demandé à son chien de vous mordre ? C'est tellement… inhumain…

En relevant la tête, les pommettes trempées, je comprends que si je lui donne son nom, il ira sans réfléchir faire la leçon au type, même s'il ne le connaît pas. C'est aussi effrayant qu'émouvant. D'un revers de main, je chasse les dernières traces de ma panique et réussis à articuler quelque chose.

— Peu importe, c'est arrivé.

— Chiara, je suis désolé…

— Non, ne vous excusez pas, s'il vous plaît. Vous étiez très bien… Et Bosco aussi… Ça va juste… prendre un peu de temps…

Les sourcils plissés d'empathie, Marc s'avance comme pour me prendre dans ses bras, mais il se résigne, probablement lucide quant au caractère encore ténu de notre lien. En cherchant inconsciemment sa main du regard, je vois son poing serré. Et je laisse ce ressenti revenir, ce bien-être de voir quelqu'un prêt à s'investir pour ma protection. Sans désirer de véritable élan de violence, je me plais à imaginer Marc casser la gueule de Nunzio. Mon front bascule en avant, échoue sur son épaule, et il ne réagit pas. Moi non plus.

Je reste plusieurs secondes là, sous la neige, avec mes cheveux de caniche, le nez qui coule, les doigts engourdis, jusqu'à sentir un bras passer derrière mes épaules. Une autre poignée de secondes passent, une inspiration de réconfort m'échappe et je m'éloigne enfin d'un pas. Puis, je le remercie sans oser croiser ses yeux, avant de filer m'effondrer dans mon lit.

19

Il fait un temps épouvantable. Par chance, personne n'a à affronter la pluie, le froid, et à subir la colère du tonnerre en extérieur, car les clients ne sont pas encore arrivés. Cela fait trois jours que je récupère de mes émotions en tentant de penser à autre chose. Cette « confrontation » m'a perturbée, depuis le premier traumatisme. À Genève, croiser des chiens dans la rue était devenu un enfer.

Je les aimais bien, avant cela. Le compagnon de Nunzio était un *Jack Russell Terrier* adorable, mais beaucoup trop frustré pour être calme. Il ne le sortait pas assez pour qu'il se dépense. Son excitation avait eu raison de plusieurs de mes jeans, mais je ne lui en voulais pas et tentais de passer du temps avec lui. Jusqu'au jour où son anxiété l'a rendu agressif ; il a commencé à mordre, non plus pour s'amuser, mais pour évacuer toute la tension de son petit corps. Les tapis, les pieds de chaises, et les coins de meubles y sont tous passés.

Mes conseils n'ayant pas été suivis, son maître a rapidement perdu le contrôle et je gardais une certaine crainte lorsque j'allais chez lui. Enfermer le chien n'y changeait rien, il détruisait les portes. Et c'est lors d'une journée de contrariété particulièrement marquée que Nunzio a pété un plomb : il a laissé le chien tout casser dans le salon et a attendu que je m'asseye sur le canapé pour le faire sauter sur moi. D'abord, le dénommé Guizmo a pincé mes doigts une fois, deux fois, puis il a attrapé la manche de mon pull. L'humain censé en être responsable ne réagissait pas, malgré mes plaintes et le sang qui coulait sur le *tweed*.

Ma menace de partir n'a rien arrangé et Nunzio a alors ordonné à son chien d'attaquer plus fort. Mon avant-bras droit a pris cher, même à travers le tissu, à cause de mon réflexe de protection. Le croc qui m'a percé la main m'a valu un arrêt de travail de plusieurs semaines, que Nunzio m'a également reproché. Il jouait déjà les chefs effarouchés au travail, je me le suis coltiné dans le privé aussi… Et je ne sais pas quelle bêtise m'a empêchée de le quitter à ce moment-là.

Je réalise en début de soirée que je pense à lui devant l'ordinateur de l'accueil : mes épaules complètement crispées me font souffrir et mes prunelles s'attardent sur mes cicatrices. Elles sont encore bien visibles, même si c'est arrivé il y a longtemps. Elles font partie de moi, comme mes vergetures ou ma cellulite. Comme mon manque de confiance en moi…

— Est-ce que je peux vous l'offrir maintenant, ce chocolat chaud ?

J'ignore pourquoi, je fais ce lien rapide dans ma tête : en saisissant ma main, il y a trois jours, Marc a-t-il aperçu les lésions ?

— Ah… oui, je veux bien, mes yeux commencent à se croiser.

Nous nous dirigeons ensemble vers la cuisine et il débute la préparation artisanale de la boisson chaude. Du vrai chocolat noir fondu, du lait chaud, un peu de sucre, et un petit tour d'une touillette électrique pour l'agrémenter d'une belle mousse. Quand il me tend la tasse, je me sens déjà mieux et mon « merci » timide traduit une certaine gratitude. Lui se prépare un café banal, nature, avant de m'inviter à retourner sur le canapé devant la cheminée.

La chute brutale des gouttes sur le toit de l'auberge ne rivalise pas avec le crépitement du bois en feu. La tiédeur qui en émane, et celle qui enveloppe mes mains, me donnent presque envie de dormir. Mais l'agréable compagnie de Marc me garde éveillée, parce que je prends conscience que je ne sais rien de lui. Je me suis trompée sur son caractère, la nature de sa relation avec Janaina, et je risque bien de recommencer si je ne fais pas un nouveau pas vers lui. Après quelques secondes d'hésitation, mon chocolat étant encore brûlant, je chasse mon embarras.

— Janaina et vous avez fait votre scolarité à Genève, alors ?

Marc pose sa tasse et se tourne légèrement vers moi.

— Oui. Toute la primaire ensemble, le secondaire, et puis nos études supérieures chacun de notre côté.

Je lui pose la question, pour déconstruire mes a priori.

— Vous avez fait l'uni ?

— Non, la Haute École de Santé pour moi, la Haute École de Commerce pour Ja'.

Il doit comprendre que le cheminement peine à trouver son terme dans mon esprit.

— J'ai un diplôme d'infirmier.

Impressionnée, je suis surtout confuse.

— Waou ! mais qu'est-ce qui vous a poussé à partir ? Je veux dire, même à changer de voie ?

Il regarde sa jambe, soupire. Je m'apprête à lui dire que je ne veux pas l'embêter, mais il me devance.

— Là-bas, j'ai rencontré… la mère de Zoé.

Il met du temps pour continuer, et je ne dis rien, soucieuse de le laisser s'ouvrir juste un peu. Première gorgée du breuvage : il est doux et délicieux. Il me regarde à nouveau, m'interroge d'un hochement de menton ; je le lui rends avec un sourire, qu'il m'offre aussi en retour.

— C'était une relation compliquée, fusionnelle, poursuit-il. J'ai failli ne jamais finir mes études, même si finalement on avait réussi à se stabiliser en s'installant ensemble. Quand elle est tombée enceinte, tout allait bien. Et puis elle a accouché, et...

Marc triture ses doigts pendant qu'il me parle d'*elle*. La source est différente, mais je comprends cette sensation de malaise qui peut nous lier à quelqu'un.

— Bref, abrège-t-il. Entre ça et mes horaires irréguliers, j'ai décidé de m'éloigner et de me reconvertir pour m'occuper de ma fille. C'était mieux pour elle, comme pour moi.

Bien que je n'ose pas demander ce qui a pu se passer, je comprends sans peine que c'était grave.

— Vous êtes très courageux.

Le ciel craque violemment et le fait sursauter. Ça l'a interrompu, il semble ne plus savoir comment réagir.

— Et vous ? débute-t-il tout de même. Qu'est-ce qui vous amène ici ?

Mes yeux se perdent dans le chocolat qui refroidit ; j'en reprends une gorgée pour trouver du cran.

— Je pensais que Janaina vous en avait parlé..., je murmure presque.

— Oh non, elle garde bien les secrets. Mais ne vous sentez pas obligée, si c'est trop...

— Ce n'est pas un secret, j'ai fait un *burn-out*.

L'info est tombée brutalement, comme l'orage sur ce lundi.

Pas de pitié sur son visage éclairé par les flammes, mais une infinie compassion. Une fenêtre ouverte dans ses iris clairs aussi. Je me confie à mon tour, l'onctuosité de la boisson chaude encore présente sur ma langue.

— Je ne sais pas si c'est le manque de chance ou le mauvais karma d'une vie antérieure qui s'exprime, mais depuis l'adolescence, j'ai eu des rapports très difficiles avec les hommes. Je n'ai que deux repères valables aujourd'hui et, le reste du temps, je me fais piétiner. Sur mon apparence, mon caractère affirmé, mes attentes, mon implication… Et je suis encore tombée sur un chef qui en a profité. Il s'est infiltré dans mes failles et a trouvé le moyen de me séduire, sur tous les plans. Nunzio est…

Je réalise avoir prononcé son nom à haute voix pour la première fois depuis des mois. Le déluge s'intensifie à ce moment-là, comme le regard bienveillant de Marc.

— Au début, j'étais la meilleure pour lui, sur tous les plans. Puis, petit à petit, il a commencé à m'isoler de tout. Il devait être le centre de mon monde, comme il prétendait que j'étais le centre du sien. Il voulait que je me sente redevable envers lui. Et puis, il a commencé à reporter sa perversion au boulot aussi. Il le pouvait, il était directeur. Et moi, une pauvre employée grosse et à son service…

Marc se redresse. Je pense d'abord qu'il est mis mal à l'aise par mes propos, mais il s'installe mieux pour me dire :

— Vous ne devriez pas parler de vous sur ce ton.

En plein cœur. Non, je ne devrais pas… Mais c'est vrai. J'enserre ma tasse un peu trop fort et me brûle presque. La pluie se calme, je reprends une gorgée de douceur.

— Bref, je tente de conclure, j'ai pris cher. Et quand il a

ordonné à son *Jack Russel Terrier* de m'attaquer, j'ai pris conscience qu'il était allé trop loin. Mais c'était trop tôt. À mon retour, je me suis encore plus investie, dans un genre de volonté de lui plaire encore. Il était toxique, mais c'était le seul qui m'avait un jour complimentée et… Je lui trouvais des excuses, je continuais de le voir, de lui demander pardon. Evelyne a senti que mon état se dégradait vite. Un jour, je n'ai pas pu me lever de mon lit. Elle m'a emmenée chez le médecin, qui m'a fait passer un test d'une trentaine de pages. J'ai pleuré quand je l'ai rempli. Et le verdict est tombé.

Le chocolat fondu apparaît au fond de ma tasse, je joue avec le liquide.

— Un an d'arrêt maladie et, après, sont venues la dépression, l'anxiété… Parce que c'était difficile, d'être confrontée à moi-même au quotidien. J'étais la seule à me faire des critiques. Ma famille et Evelyne m'ont sauvée, aidée, protégée. Mais j'étais toujours grosse… inutile, en plus.

— Chiara…

Il pose une main réconfortante sur mon genou, alors replié sous moi. *Ce frisson dans le bas de mes reins…*

— J'ai dépassé tout ça, je réponds, à moitié convaincue. J'ai guéri, promis. Reste quelques rechutes, de temps en temps. Mais… Evelyne avait raison.

Marc se détache, termine de boire son café d'une traite.

— Sur quoi ? demande-t-il, en calant à nouveau son bras sur le dossier.

— Reprendre le travail et les contacts avec Nunzio était encore difficile, alors d'un commun accord avec mon médecin, on a décidé qu'un séjour à la montagne me ferait du bien. Et je pense que je vais de mieux en mieux.

Il baisse la tête et j'ai l'impression d'apercevoir un discret sourire.

— Elle nous avait dit que vous étiez rayonnante.

Ma gorge se noue de bonheur. Est-ce que c'est un compliment ?

— Evelyne a souvent raison, dit-il en plongeant ses prunelles sérieuses dans les miennes.

Je rougis. Nettement. Parce que je sens que c'est sincère. Et je tremble en posant ma tasse sur la table sculptée dans un arbre massif. Je n'ose pas le remercier. Les secondes passent, peut-être les minutes. La cheminée émet moins de chaleur, la pluie moins de colère. La tranquillité et la générosité émanent désormais de Marc. Je ne m'en remets pas.

— Chiara, tu joues à cache-cache avec moi ? me fait sursauter Zoé.

— Zonz, qu'est-ce que tu fais debout ? réprimande son père inquiet.

— Si ton papa est d'accord, on fait une partie. Seulement une.

La petite remonte vers lui en se hissant sur le dossier du canapé, l'embrasse sur la joue, et fait jouer sa petite bouche comme dans un dessin animé pour le supplier.

— OK..., cède-t-il.

— Ouiiiii ! C'est moi qui te cherche !

Elle me fait rire et je suis surprise de voir le regard de Marc posé sur moi.

— Merci beaucoup. Pour le chocolat délicieux et votre écoute. Je suis à la vôtre aussi, n'hésitez pas.

Je ne sais pas d'où m'est venue l'aisance de lui dire ça, celle aussi de lui dire de se coucher tôt et que je m'occuperai des tasses en redescendant.

— 1, 2, 3…, commence Zoé. De toute façon, je vais vite te trouver, parce que tu es rayonnante !

Je monte vers le couloir, ouvre la porte d'un placard, et sens mon visage s'embraser. Celui de Marc porte-t-il le même sourire que le mien ?

20

— Une voisine de l'auberge, qui nous soutient depuis le début, m'a sollicitée la semaine passée, m'explique Janaina, le matin suivant. Son fils, Ryan, a besoin de faire un stage. Je n'ai pas compris les détails, mais étant donné l'aide dont on a besoin pour la réception, on a accepté. On lui rend service, et il nous rend service, je trouve que tout le monde y gagne au change. Par contre, il ne peut commencer que la semaine prochaine. L'idée de ce matin, Chiara, est donc que je vous forme pour que vous puissiez compléter vos temps de travail respectif lorsque je suis absente. Ça vous va ?

Je découvre une Janaina pragmatique et sérieuse. Elle ajoute qu'elle ou Marc seront bien sûr toujours là en renfort, car ils ne peuvent pas nous donner trop de responsabilités. Les deux associés se sont pourtant résignés : ils manquent cruellement de relais en cas de gros rush. C'est alors pleine de motivation à donner un réel coup de main que j'écoute Janaina, en prenant parfois des notes.

Je suis aussi d'accord pour aider en cuisine, particulièrement pour les petits-déjeuners, qui ont un réel potentiel pour faire rester les clients. Janaina m'a parlé de ses idées lumineuses sur leur refonte et j'ai senti mes glandes salivaires se réveiller à l'appel de la gourmandise.

Après un instant de formation sur le poste, je m'installe

dans la petite cuisine à l'équipement professionnel, puis prends connaissance des listes d'ingrédients et marche à suivre imprimées. Plus tard, ils arrivent ensemble dans la pièce. Légèrement bougon, éprouvé par sa matinée de travail intense, Marc invite sa sœur à présenter ses idées.

— Pour l'hiver, j'ai pensé à des viennoiseries plutôt courantes, des confitures et des mets salés au choix pour les carnivores – jambon, terrines – et les végétaliens – cakes et tartes. Tout ça rassemblé de la façon la plus locale possible. On peut travailler avec des artisans du coin. C'est un gros buffet, mais ce serait le premier repas de la journée, et le seul servi d'office à l'auberge.

Marc et moi hochons la tête avec enthousiasme et il me semble entendre son ventre gargouiller.

— Pour l'été, il faudrait quelque chose qui sorte du lot. La variété des produits sera plus grande, mais j'ai pensé à une recette phare, un truc qu'on ne servirait que chez nous. C'est ce qui ressort des retours de clients : « ça manque de peps », « on s'attendait à une spécialité unique ».

Un ange passe, seuls les gémissements du congélateur évitent le silence complet. Si mon cerveau faisait un bruit, ce serait sûrement le même.

— Je sais ! je déclare en les faisant sursauter. Il vous faut une brioche !

— Vos étoiles dans les yeux me donnent déjà faim, Chiara ! s'enthousiasme Janaina.

— En Sicile, je dis après un rire sincère, il est d'usage de servir une brioche en forme de chignon, qu'on appelle *brioscia co tuppo,* et de la fourrer de glace ou de ganità[6] aux amandes. Ça peut sembler spécial, mais c'est un délice !

— Vous savez la faire ? me demande l'affamé.

— Bien sûr ! Même s'il fait froid, si vous voulez en goûter…

— Volontiers ! répondent-ils tous les deux en chœur.

L'appréhension et la tension ressenties lors de la première réunion de ce genre se sont complètement envolées pour laisser place à beaucoup de complicité. Je sens la joie revenir et me donner plein d'énergie. Assez pour affronter la peine que j'ai à trouver de la glace en plein mois de novembre par ici… Durant les trois heures de temps de pose de la pâte, je m'entraîne à refaire le chemin informatique vers les fichiers à renseigner en cas d'arrivées ou de départ, puis parle encore de quelques mails à Janaina pour les travaux.

En fin de journée, quand la petite rentre avec son père, je fais une mini partie de cache-cache et retourne au travail. Occupée à façonner les pâtons, je ne remarque pas tout de suite que Marc veille au grain, près de la porte.

— C'est parti pour vingt minutes.

L'attente semble lui être interminable. Il sort et tourne en rond vers le PC, contenant ses gargouillis d'une main ; ça ne marche pas du tout…

— Vous n'avez pas mangé depuis ce matin ? je lui demande, intriguée.

— Pas eu le temps. J'ai dû retourner vers les chiens et ensuite je me suis assoupi, un peu trop longtemps. Puis je suis allé chercher Zoé…

— Mauvaise nuit ?

---

6. Glace pilée et aromatisée. Comme un sorbet, mais plus liquide et souvent servi dans un verre, en Sicile.

Il grimace, je n'insiste pas, bien qu'il admette avoir reçu un message à 3 heures du matin et ne plus avoir fermé l'œil.

Le chronomètre sonne et c'est une explosion de saveurs pâtissières qui sortent du four lorsque nous revenons à la cuisine. À l'ouverture, une image me vient en tête : Marc qui bave comme Bosco à la vue de ses friandises. Nous appelons Janaina et, le temps qu'elle arrive, je découpe les pâtons bien dorés en deux pour y placer les boules de glaces avec un peu de chantilly.

— Ce sera encore meilleur avec les produits du terroir, mais, en attendant... *Buon appetito* !

Et je pousse les assiettes vers eux. Tous les deux décident de saisir la brioche des deux mains et de croquer dedans. Qu'importe qu'on en ait partout, nous dégustons avec plaisir, les souvenirs en prime pour moi. Enfant, proche de la mer, je me rappelle n'avoir eu aucune préoccupation de ce qu'on pouvait bien penser de moi. Je jouais avec des galets, riais aux éclats avec mes parents, ma tante, mes cousins, mon insouciance alors bercée par les vagues et le vent salin. Est-ce depuis que j'ai cessé de m'y rendre chaque année que l'angoisse est apparue ?

J'entends mon nom, comme un murmure, puis je reviens à moi, à eux. Le sourire jusqu'aux oreilles, Janaina reprend une autre brioche et m'imite pour la remplir, avant de me dire.

— Adjugé, vendu ! Hein, Ma' ?

Lui se lèche encore les doigts et approuve d'un hochement de tête approbateur.

— Prépares-en encore une pour moi, s'il te plaît, suggère-t-il à sa sœur.

Les larmes aux yeux d'avoir réussi à les emmener en Sicile,

j'envoie un message à Evelyne, qui me maudit après quelques minutes : « et moi, alors ? »

Je ris aux éclats. Aujourd'hui, mon cœur est dans le sud, à Genève et dans les montagnes jurassiennes à la fois. Je me sens revenir à moi-même.

***

Il fait gris et humide ; des gouttelettes de bruine se posent sur mes joues rosies par le froid. La bête avance lentement vers moi ; aucun grognement, peut-être une curiosité ? Plutôt un intérêt pour le cœur de poulet séché que je tiens entre mes doigts. Autour de ces derniers, la main de Marc, chaude et étonnamment douce. Je sens qu'il s'est rapproché de mon dos pour m'envelopper de calme. *Est-ce que j'ai* déjà ressenti ça ? Je l'entends respirer contre moi, son souffle tiède sur mon oreille, et sa voix grave comme repère, Bosco me fait moins peur, guidé par son maître. Marc m'a d'ailleurs dit que c'était son propre stress que le chien avait senti la dernière fois ; lui aussi était tendu par la situation.

C'est le souffle du berger blanc suisse que je sens sur ma main, à présent. Délicat, irrégulier, humide comme la météo. Très lentement, sans forcer, il ouvre sa gueule et, du bout des dents, réussit à attraper la friandise. Le bref contact avec ses crocs me fait frissonner, mais je sens une nouvelle dynamique contradictoire dans mon corps. Je lâche le morceau sans trembler et le regarde l'avaler tout cru ; il en veut tout de suite un autre. J'ai envie de rire de soulagement, mais saisis déjà la seconde récompense que Marc me tend. Cette fois, ce n'est que ma main qui servira le butin à Bosco. *Est-ce que la paume de Marc est passée dans mon dos ?*

Tout va bien. Et je suis tellement étonnée que je reste figée quelques secondes. Marc recule et se redresse, le chien se détourne de moi pour reporter son attention sur un biscuit, puis les félicitations enjouées de son maître. Bosco a l'autorisation d'entrer dans l'auberge, appelé par Zoé ; il lui fait une fête à peine contenue, surveillé par Janaina qui sourit largement.

Je me redresse trop vite, ma vue se brouille, ma bouche se ferme. Puis la joie monte, à force de répéter cette phrase dans ma tête : « J'ai réussi à supporter la présence d'un chien et son contact. » La bruine qui s'intensifie n'achève pas mon bonheur ; j'ai envie de sauter partout. Puis, je me rends compte que c'est ce que je fais, en laissant exploser mon exaltation. Je ne perçois la surprise de Marc que lorsque je bondis dans sa direction pour le prendre dans mes bras. Mais je me stoppe net, joignant finalement mes doigts pour les occuper.

— Bravo, lâche-t-il sincèrement. La prochaine étape, c'est le traîneau !

Je souris plus largement et acquiesce. Je me sens prête à tout affronter !

21

Faire venir mes personnes préférées à l'Auberge du Loup Blanc est mon prochain objectif. Mes réussites, aussi petites soient-elles, m'ont donné une énergie folle. Elles m'ont permis d'envoyer un message à deux proches, dont j'attends encore la confirmation, tandis que je suis plantée devant les box des chiens à l'extérieur. Depuis quelques jours, je reste ici plusieurs minutes avant de débuter mes activités, et je sonde chacun de leurs regards. Tantôt perçants ou glaçants comme celui de Marc, tantôt plus doux ou demandeurs d'attention comme celui de Janaina, tantôt espiègles ou joueurs comme celui de Zoé, je définis la personnalité des vingt-et-un canidés enfermés derrière les grillages. Évidemment, je n'ai pas encore retenu chaque nom, mais je souris aujourd'hui en réalisant que je n'ai plus peur d'eux à cette distance. Je ne sens même plus le froid en leur présence. Et c'est déjà un tel exploit !

— Arrête de me harceler ! j'entends soudain.

Mon sursaut me fait bondir en avant et m'offre un refuge discret derrière la niche de Bosco.

— Non ! Je... Tu le sais, je t'ai déjà dit non, renchérit Marc d'une voix pincée que je ne lui connais pas.

Je le vois hésiter à s'éloigner de l'établissement, mais il décide de s'asseoir sur le banc du porche, sa jambe gauche agitée. Il se relève, une poignée de secondes plus tard.

— Bien sûr que tu as le droit de la voir, ce n'est pas la question. Mais... Laisse-moi parler ! Ju', arrê... Pff... Mais oui, parle à ton avocat, si ça te fait plaisir. Hein ? Non, mais écoute... Je te demande juste d'arrêter de m'appeler à 3 h du matin. Oui... Ce sera déjà bien, exactement ! Ouais... *Ciao*...

Visiblement, elle n'a pas attendu la formule de politesse pour raccrocher. Marc peine à respirer. Il regarde le ciel gris, piétine un peu, et je saisis son envie de balancer son téléphone sur le sol.

— Ah ! je crie en sursautant à nouveau.

Bosco vient de me lécher la paume, probablement en quête d'une nouvelle friandise. La salive refroidit vite sur mes doigts ; je les laisse pendre de dégoût et, le temps de relever la tête, Marc est déjà en face de moi. Je pense un instant qu'il va me réprimander, m'accuser de l'avoir surpris en pleine conversation embarrassante. Mais je sens ses épaules se détendre, à mesure qu'il m'observe.

— Il a cherché un truc dans votre main ?

Je me gratte la tête de l'autre, en acquiesçant. J'espère voir un sourire poindre au coin de ses lèvres un peu gercées, mais rien.

— Bosco est un gourmand...

De l'affection se dégage de Marc, tandis qu'il tend sa paume vers le chien. Ce dernier gémit légèrement, comme inquiet pour son maître. Je ne peux pas faire comme si de rien n'était en voyant les yeux clairs de cet homme s'éteindre. Je me suis trop habituée à y saisir des étincelles, maintenant.

— Est-ce que je peux faire quelque chose pour vous ?

Mon ton déterminé semble le surprendre, il replace son regard dans le mien.

— Par rapport à quoi ?

Deux secondes me suffisent à jauger la balance : soit il me taquine, soit il cherche à provoquer mon embarras.

— Bon, on n'a plus quinze ans, je vais être honnête. J'ai entendu que c'était compliqué au téléphone avec « Ju' »... C'est probablement la mère de Zoé ? Si vous avez besoin de parler, d'une présence, ou d'un chocolat chaud, je suis là.

Le soupir que lâche Marc semble plus contenu. Rien qu'à l'évocation du diminutif de « Ju' », il s'est crispé. Il frotte sa paume sur son pantalon, regarde par terre et lance, presque dans un murmure :

— Justine est spéciale. C'est toujours compliqué...

Pas d'émotion autre qu'une immense lassitude. Alors, mon caractère, le vrai, reprend les devants. J'attrape la manche de sa veste et l'entraîne derrière moi.

— Je vous entendrai mieux dans le canapé, devant la cheminée !

Je tape mes pieds sur le tapis percé de l'entrée, retire mes chaussures souillées et lui demande d'aller se changer ; le choc thermique n'est pas négligeable, il risque de fondre sur le fauteuil. Le temps qu'il enfile un autre pull à l'étage, je me lave les mains, prépare les boissons, puis les dépose sur la large table en bois massif. Je le découvre en T-shirt gris à manches longues, toujours abattu. Il s'affale de la même manière que l'autre fois et je prends le temps d'un battement de cils pour profiter de son visage entier, sans bonnet. Mon deuxième objectif sera de l'aider comme il l'a fait pour moi, en ramenant un peu de soleil dans sa vie. Mais avant le soleil, il faut marcher sur l'ombre.

— Allez, racontez-moi, dis-je d'une voix douce pour l'encourager à commencer.

— Comme je vous l'ai dit l'autre fois, dit-il en regardant les flammes, je l'ai rencontrée tôt. J'avais à peine dix-huit ans, elle vingt. Ça a tout de suite été très fort, très rapide…

Il n'entre pas dans les détails, que j'évite d'imaginer. Marc passe ses mains sur son visage et poursuit.

— J'étais jeune et jusque-là, aucune femme ne m'avait fait cet effet. Elle s'est très vite accrochée à moi, comme si elle n'avait pas de repère ou de refuge. Sans le chercher, je suis devenu son pilier, et j'ai été touché par cette confiance. Tellement touché que j'ai oublié tout le reste.

Il se penche en avant, comme pour rechercher la chaleur de la cheminée. Il hésite à boire son chocolat, mais se résigne et pose ses coudes sur ses cuisses.

— J'ai failli rater mes examens parce que je gérais sans arrêt ses crises étranges. Pendant mes études, on était évidemment sensibilisés aux maladies psychiques et j'avais une idée du diagnostic, mais j'étais dans un genre de déni. Même quand elle a dû arrêter l'école, j'ai mis ça sur le compte d'une « simple » fragilité, mais c'était plus que ça. Au lieu d'accepter l'aide qu'on me proposait, ou de suivre les conseils m'encourageant à la quitter, j'ai voulu assumer ma position de conjoint impliqué. Je me suis éloigné de mes parents, de Ja', de mes amis… Au bout de trois ans, on a fini par s'installer ensemble, et on a vécu un peu en huis clos, juste tous les deux. Moi avec mon boulot en parallèle, elle avec ses angoisses, ses reproches, sa demande d'assurance invalidité et sa maladie non traitée. Ma sœur devait m'envoyer trois messages pour avoir une réponse…

— Ça devait être éprouvant, je me permets de constater.

Il semble surpris que je l'interrompe et, pour lui montrer que je ne le ferai plus, je prends ma tasse entre mes deux mains pour la porter à ma bouche. Il soupire encore, pose son dos et sa tête sur le haut du dossier du canapé pour me regarder.

— C'était pas le pire… Quand on vit dans un aquarium, le monde extérieur nous semble loin. Notre réalité est piégée, intime. C'est quand elle m'a annoncé sa grossesse, à mes vingt-neuf ans, que j'ai renoué avec ma famille. Ils ont voulu s'impliquer, sans me juger. Mes parents étaient trop heureux d'être bientôt grands-parents, et Janaina tata… Mais j'ai pu lui confier mes craintes. Même si ça allait mieux, j'avais peur que les hormones influencent la maladie de Ju', j'ai trouvé du soutien auprès d'eux. Je savais qu'ils seraient là pour nous et pour l'enfant si ça dégénérait. Et ça n'a pas loupé.

Mon sang se glace d'un coup. Zoé est une petite fille si lumineuse, j'ai de la peine à concevoir qu'on puisse lui faire du mal. Mais je demande tout de même :

— Qu'est-ce qu'il s'est passé ?

Marc tourne son visage vers les épaisses poutres du plafond et lie ses doigts entre eux. Je peux presque sentir sa gorge se serrer.

— Zoé est née prématurément, on l'a vite placée en couveuse. Le personnel médical était très présent et a proposé qu'on se relaye pour visiter la petite. Avec mes horaires de l'époque, je ne croisais pas toujours Ju'. C'était apaisant de tenir la toute petite main de ma fille à travers cette vitre, un moment rien qu'à nous. Je l'ai tout de suite aimée. Mais je me suis rendu compte, après coup, que sa mère choisissait ses visites en fonction de mes horaires, pour que je ne sois pas là. À la dernière, l'infirmière s'est absentée cinq minutes de la salle pour chercher des pansements propres. Cinq minutes, c'est assez pour un « câlin étouffant ».

Là encore, Marc n'entre pas dans les détails et ne pourra pas en donner plus. Je le soupçonne de contenir un sanglot profond, confronté au souvenir douloureux d'une collègue qui lui explique que sa conjointe a failli priver d'air son enfant. La chaleur de la cheminée se tarit déjà ; je ne remets pas de bûche, trop captivée par la rémission de cet homme généreux, contre lequel le karma d'une vie antérieure n'a pas été tendre non plus, malgré son altruisme.

— À partir de là, j'ai saisi très rapidement les services compétents pour empêcher Ju' de voir la petite sans surveillance. C'était tellement dur… Elle a tellement pleuré et je l'ai comprise. Dans sa folie, elle n'a voulu qu'exprimer son amour pour Zoé, sans se rendre compte que c'était dangereux et… Qui j'étais, moi, pour priver une petite fille de celle qui l'avait mise au monde ?

— Son papa, je réponds sans hésitation.

Dehors, un vent puissant se met à souffler. Marc se redresse et me regarde intensément avant de s'aligner en face de moi, une jambe pliée sur le canapé. Il triture maintenant ses doigts, frotte ses paumes. Cet homme m'émeut aux larmes, j'arrive à peine à le cacher.

— Zoé a été courageuse tout du long. Elle a été privée de sa mère tôt, parce que finalement Ju' ne l'a jamais visitée pendant cette période. Mais ça m'a donné un temps précieux. Sur les trajets entre le boulot et l'hôpital, je réfléchissais sans arrêt à une solution qui lui conviendrait à sa sortie. Et c'est en discutant avec Ja', qui pensait investir dans cette auberge, qu'on s'est dit qu'une nouvelle vie pourrait nous être bénéfique. Alors, après avoir tout préparé, conclu le crédit, acheté les premiers chiens, j'ai pu officialiser le retrait de l'autorité parentale et de la garde de ma fille auprès de Ju', pour prendre Zonz avec moi et retourner dans le Jura bernois.

La conclusion est belle, or la tristesse sur son visage reste présente. Je comprends que l'accalmie n'a pas duré longtemps.

— J'imagine que si vous l'avez encore au téléphone aujourd'hui, c'est qu'elle est revenue à la charge ?

— Oui… Pendant quatre ans, elle m'a fichu la paix en se désintéressant de Zoé. Par acquit de conscience, j'avais le droit de lui envoyer des nouvelles ou des photos et les services sociaux m'ont encouragé à le faire. Dans l'autre sens aussi ; Zoé sait à quoi ressemble sa maman et à quel point elle l'aime. Elle sait aussi qu'elle est malade… Alors, la petite n'a pas compris pourquoi, à son entrée à l'école, Justine a absolument voulu la voir. Pour le coup, personne ne nous a accompagnés : la rencontre s'est faite sur un coup de tête, dans un restaurant du coin, parce que je me suis senti oppressé, coupable. Tout le monde était très agité, Ju' demandait tout le temps des bisous à Zoé et… C'était très pénible pour tout le monde. Donc, je suis retourné vers les Services de Protection de la Jeunesse à Genève et ici, qui m'ont dit le contraire de ce que je voulais, soit que ce serait bien pour la petite de voir sa mère de temps en temps. Je vous laisse imaginer avec quelle hargne la mère a sauté sur l'occasion…

Mes larmes sont colère, à présent. La Justice ne rend pas toujours les choses faciles pour le parent présent et rechigne souvent à priver complètement les seconds de leurs droits. Parfois, cela a du bon. Parfois, c'est plus qu'une ambiance qui devient lourde. Marc se penche enfin vers sa boisson, tiède désormais. Il l'avale d'un trait, sans vraiment en profiter et repose sa tasse sur la table.

— En soi, ça ne me dérangeait pas. Je me suis toujours senti le devoir de l'impliquer. C'est sa mère. Elle n'a pas choisi d'être malade et on ne peut pas la rayer de la vie de Zoé pour ça. Mais elle m'a fait vivre un enfer pendant l'année qui a suivi. Et maintenant qu'elle est sur le point d'obtenir ce qu'elle veut, je fais de la résistance. Je ne devrais pas, mais… mais j'ai…

— C'est normal d'avoir peur, Marc, elle a failli tuer votre enfant.

Un dernier craquement de bûche, le vent se calme dehors. Je n'entends plus que sa voix profonde et grave.

— Ouais… Enfin voilà, vous savez tout, conclut-il en haussant les épaules.

Ses traits sont plus nets, moins tassés. Est-ce qu'il est soulagé d'avoir laissé ce bagage ici ? J'aimerais lui poser la question, quand il reçoit un nouveau message. Il s'excuse, l'ouvre ; je retrouve sa même envie de balancer le Natel dans le feu. Marc prend une grande inspiration, remet son smartphone dans sa poche arrière et se lève. Confuse, je me lève aussi, sans savoir quoi dire.

— Chiara, je vous remercie pour tout. Je crois que ça m'a fait du bien d'en parler. Et j'espère que ça ne vous pèsera pas trop. Tout ça, c'est…

— Ça fait partie de vous, ça ne peut pas me peser.

Il me faut quelques secondes pour comprendre que cette phrase était beaucoup trop spontanée par rapport à notre degré de proximité. Je sens Marc étonné, et rattrape le coche.

— Je veux dire, c'est votre histoire, je vous avais dit que j'étais là pour vous ! J'ai dû venir vous chercher, mais si vous allez un peu mieux grâce à ça, alors…

La cheminée vient définitivement de s'éteindre, j'ai froid. Le léger sourire que Marc m'adresse, ses mains dans ses poches de devant, me réchauffe immédiatement.

— Il me semble que le chocolat chaud, dans nos cas, aide à se débarrasser d'un certain poids, plaisante-t-il. Ça peut devenir un truc chouette.

Un sourire franc à son attention, une remarque retenue, et je le laisse aller s'occuper de la personne au bout du fil. Il aura encore beaucoup à faire, à la différence qu'il sait maintenant que je le soutiens. Et que ce truc chouette du chocolat chaud, c'est un peu *notre truc* à partir de maintenant.

22

Après tout ça, je n'aurais jamais pensé que l'ambiance pourrait redevenir aussi lourde qu'elle l'était à mon arrivée. Elle est même pire. Il y a trois semaines, Janaina a engagé le fils de Priska, la voisine, pour la soulager à mi-temps à la réception. Dans le but d'évaluer s'il se débrouillait, elle a insisté pour que j'aide plutôt aux activités canines. J'ai soupçonné une ruse pour me faire passer plus de temps avec Marc. Ça aurait pu me convenir, si le nouvel employé n'était pas insupportable.

Ryan a donc pris ses aises gentiment et nous assomme de remarques acerbes comme : « Et euh… vous croyez que je vais tolérer cette poussière sur le comptoir, là ? C'est toujours aussi mal rangé, chez vous ? Franchement, je plains vos clients. Ça pue toujours le chien mouillé, c'est dégueu. Heureusement que les chambres tiennent la route, sinon… » Dans le souci de tenir la route, Marc n'a ouvert la bouche que pour expliquer ce qu'il propose avec les chiens, et se contente depuis de le snober. J'ai profité d'un moment de calme pour parler de l'attitude de Ryan à Janaina. Elle m'a dit en avoir touché deux mots à la mère du jeune homme. Malheureusement, nous devons accepter le sérieux besoin de main-d'œuvre face à toutes les arrivées et à la gestion du début des travaux. Et au-delà de ce caractère agaçant, les compétences sont là.

En outre, les tensions se sont étendues parce que, depuis le coup de téléphone de Justine, Marc semble perdu et préfère se renfermer que de l'affronter. Savoir qu'elle peut débarquer à tout moment avec un avocat ou les services sociaux ne semble pas rassurer Janaina non plus ; elle fuit, elle aussi, sa crainte en passant plus de temps avec la petite. Cette dernière ne saisit pas vraiment pourquoi nous avons tous changé de comportement et réagit en faisant ses premiers caprices. J'ai l'impression qu'elle se sent étouffée et qu'elle souhaiterait des explications… qu'aucun adulte n'est capable de lui donner sereinement pour l'instant. Même Noirousse est irrité par la situation !

C'est dans cette ambiance électrique et loin d'être agréable que je dois normalement passer le relais à Ryan, à la réception. D'abord, je m'occupe de cocher, sur le document habituel, les entrées et les sorties de ces derniers jours, comme il était prévu que je le fasse.

— Mais Chiara, pousse-toi ! peste Ryan le Râleur en me pinçant le bras.

Il s'installe derrière le comptoir, claque sa langue sur son palais et, en retraversant la pièce en trottinant, il chuchote :

— T'es toujours dans le chemin avec ton gros…

— Non, mais ça suffit, là…, s'impose Marc.

Le bougre ne se dégonfle pas, même si Marc fait une tête de plus que lui et pourrait le mettre KO avec une claque. En attendant, Marc grogne :

— Je peux tolérer beaucoup de mauvaises manières, mais pas celles-là.

— Attendez, je l'interromps en le décalant légèrement de côté. J'ai envie d'écouter le mot que cet emmerdeur allait prononcer.

Presque plus gêné par mon intervention que par celle de son patron, Ryan se racle la gorge et met du temps à répondre quand j'insiste en disant : « Tu allais dire quoi ? »

— Ton gros cul prend toute la place, finit-il par dire avec un certain aplomb quand même.

Marc fulmine. Pour le repousser encore, sans le faire exprès, j'attrape sa main au lieu de son avant-bras. Il reste silencieux, tandis que, de mon autre main, j'attrape le col de Monsieur Ducon pour lui murmurer :

— Je t'ai vu dragouiller une fille bien plus grasse que moi l'autre matin.

Sa bouche forme un « O » scandalisé, mais il n'a pas le temps de renchérir, que j'enchaîne :

— Puisque tu n'as pas assez d'espace, mon gros cul et ton chef allons te laisser toute la place que tu veux. Janaina est au cinéma avec Zoé, tu vas pouvoir gérer les deux *check-out* de ce matin et les trois *check-in* de cet après-midi. Il risque aussi d'y avoir deux-trois coups de téléphone pour les travaux.

— M… Mais attends, y a pas d'activités cet après-midi ?

— Non, l'activité on va la faire seuls avec Marc, tu nous gonfles trop. Je te laisse aussi t'assurer d'une compensation pour les clients déçus de cette annulation.

Et je tire Marc vers l'extérieur, une moutarde bien piquante dans le pif, et une envie immense de mettre des coups de pied dans les côtes de ce petit merdeux. Quand la porte claque, j'attrape sans plus de manières l'un des coussins humides laissés sur le banc du porche et m'éloigne de quelques pas décidés. Mon visage blotti dans le tissu, j'étouffe plusieurs séries de cris. C'est lorsque ma colère s'est enfin évaporée que je reviens à la réalité : je vais devoir

expliquer mon attitude à Marc et c'est extrêmement gênant. Mais tandis que je me retourne, le teint rouge coquelicot, je sens une main glisser sur mon épaule et m'emmener vers l'enclos de Bosco.

— Ça va aller ? me demande-t-il doucement.

Ainsi près de lui, je me dis que, peut-être, il a compris. Son expression est lisible : il est clairement soulagé d'être sorti pour s'éloigner de Ryan.

— On va recruter quelqu'un d'autre dès que possible…, se justifie-t-il, soudain embarrassé.

— J'ai l'habitude d'être dénigrée, vous savez.

— Je vois que vous avez aussi l'habitude de répondre, je ne me fais pas de souci. C'est plutôt que… je ne sais pas combien de temps j'arriverai encore à me retenir de lui dévisser la tronche.

Un rire gras m'échappe, je crois qu'il prend le dessus sur celui de Marc, bien plus timide. Il se détache de moi, prend une inspiration, et relâche son souffle dans une question :

— Puisque les activités sont annulées pour cause de tempête, Madame Valente, je vous invite pour une balade privée à traîneau.

***

La préparation dure environ dix minutes, durant lesquelles j'observe l'air concentré du *musher*. Cela doit faire la millième fois qu'il répète ses gestes, mais il les applique tous avec soin : laisser la luge à plat, l'ancrer au sol avec un frein solide, ainsi qu'une sangle fixe, et y déposer dans l'ordre un revêtement antidérapant, deux tapis de gym très épais (pour le dos et les fesses), puis une peau de mouton. Je suis d'abord rassurée de ne pas piloter avec lui, mais réalise ensuite qu'être assise, c'est être plus près des chiens… Avant d'aller les chercher, il me tend des gants à ma taille en précisant qu'il va faire très froid, à cause du manque de soleil, et que je pourrai utiliser la couverture pour bien profiter de l'expérience.

Enfin, il part les harnacher et les ramène un par un pour les attacher à l'ensemble du char. Je manque de me décomposer plusieurs fois face à ce défilé, surtout avec les premiers qu'il attache au plus près du traîneau, parce qu'ils sont particulièrement massifs. Marc m'explique qu'il y aura huit chiens, dont deux de tête, car il entraîne sa dernière recrue qui a besoin d'un mentor expérimenté. À l'arrière, il place les deux grands costauds et me vante leur importance : ce sont eux qui tirent le plus de poids. Ceux du milieu servent de stabilisateurs et doivent tant suivre la direction des chiens de tête que s'assurer de tirer assez la corde pour maintenir l'attelage. Il me dit ensuite que cette meute est aussi composée du *musher*, car sans lui, pas de direction, mais qu'il doit faire corps avec le tout (y compris le passager), pour laisser une marge de guidage aux chiens.

Évidemment, il me présente chacun d'entre eux, mais j'oublie instantanément leurs noms, trop concentrée à contenir mes tremblements. Les voir derrière leur grillage, je m'y suis habituée. Savoir que rien ne nous sépare est très angoissant pour moi. En plus, ils sont tous très agités, excités par la course qui s'annonce, me détaille l'intéressé. Ils chantent beaucoup, sautent, me regardent, le regardent, tirent sur les cordes. Dans mon pire scénario, le frein lâche, le harnais aussi, et au lieu de partir au loin faire leur course, ils fondent sur moi et me dévorent.

— Vous êtes bientôt blanche comme la neige..., constate Marc. Tout va bien ?

Ses yeux bleus me rassurent, m'ancrent au sol, à ce que je

me suis engagée à changer en venant ici : oublier cette stratégie d'évitement et redevenir qui j'étais, en mieux.

— Je... je crois.

— Si vous voulez, je peux faire un premier tour d'une vingtaine de minutes seul, puis changer le groupe pour vous reprendre après. Les chiens n'ont pas encore couru aujourd'hui, ils doivent tous y aller de toute façon.

Je tremble plus fort, sans savoir si c'est la neige, le brouillard, le froid, la cacophonie, la surveillance, ou le stress lancinant qui me paralysent. D'un coup, je sens Marc très concerné : il pose sa main sur mon bras, celle que j'ai tenue dans la mienne avant.

— Chiara, si vous préférez ne pas y aller, ça ne me dérange pas.

À nouveau, je me concentre sur ses iris clairs et m'imprègne de la chaleur qu'ils diffusent dans tout mon corps. Une grande inspiration plus tard, je réponds :

— Je vous ai dit qu'on ferait cette activité.

— Oui, mais c'est une grosse étape, je ne veux pas que vous vous sentiez mal ou que vous mettiez du temps à vous en remettre. Vraim...

— Ça va aller, je suis prête. Il faut que je sois prête. Il faut que ça change, tout ça.

Je vois sa ride d'inquiétude disparaître au fil des secondes. Puis, il hoche la tête et m'invite à m'installer.

Assise, je constate que l'inconfort que j'imaginais n'existe pas. La largeur de la luge et l'installation des éléments sont parfaites. Je me retrouve ainsi à la hauteur du derrière des chiens, que j'imagine sans problème me faire caca dessus. Avec le bol que j'ai...

Je sens alors Marc saisir les poignées situées au-dessus de mon crâne. Les chiens s'agitent davantage, je m'accroche aux cordages latéraux de mon carrosse. Et j'entends un « clic », un « clac », le craquement de la neige. Nous voilà partis.

23

Le traîneau file moins vite que je l'imaginais et, au final, tant mieux. Le ciel est très couvert aujourd'hui, on ne voit pas loin ; admirer le paysage, ce sera pour une autre fois. Je n'ai donc que les chiens à observer. Ils se sont mystérieusement calmés : plus de chants, plus de sauts incontrôlés, ils sont concentrés sur l'exécution du job que Marc leur a confié. Lui s'arrête rarement de parler, il les guide avec des injonctions sans réel sens pour les humains. Ce sont plutôt des intonations, une énergie dont il m'a décrit la symbiose et l'importance. Les bruits courts et aigus pour les inviter à aller plus vite, les bruits lents et graves pour les apaiser et ralentir. Je me sens d'abord peu intégrée à l'attelage. Ma peau se tend au contact du vent, j'enfile ma capuche en souhaitant que mon nez ne coule pas, et je coince la couverture sous mes pieds pour avoir le plus chaud possible.

— Dites-moi si quelque chose ne va pas, OK ?
— Tout va bien pour l'instant.

Aucun des huskies ne court de la même façon. Certains fixent leurs yeux droit devant, d'autres font de mini zigzag, le regard d'autres encore divague au loin. Mais le traîneau avance. Parfois, quand ça grimpe un peu, j'entends Marc descendre et le pousser avec les chiens. Je pourrais me sentir mal à l'aise de le faire porter tant de masse, mais il est habitué et ça a l'air d'être un moindre effort pour lui.

Puis, d'un coup, c'est un sentiment de liberté qui me submerge.

Je rêve de partir sur des plaines immaculées, sans savoir où je vais. Juste partir, me fuir en quelque sorte, et rester dans ce nulle part que j'aurai trouvé. Ma gorge se noue, je manque de pleurer sous la caresse coupante de ces flocons de neige transformés en toutes petites lames par la vitesse. Je ferme la bouche et la recouvre de mon écharpe.

Une odeur moins agréable me ramène à l'instant présent. Sans s'arrêter, l'un des premiers chiens nous lâche une belle crotte foncée et à moitié liquide. Il me faut une seconde pour me dire qu'on va glisser dessus et que les effluves vont nous poursuivre jusqu'à la fin de la course. Il me semble entendre Marc glousser et, sans prévenir ou freiner, il soulève le patin droit du traîneau pour éviter la belle trace marron.

— Il arrive que l'enthousiasme et l'exercice activent leur transit…

Est-ce qu'il se retient de rire ? Moi oui. Parce que j'ai senti le truc venir à des kilomètres. Mais ça ne gâche ni le parcours ni ce moment.

Nous apercevons les abords des forêts, entendons les chiens soupirer et suivre les indications de leur *musher*. Ce dernier m'explique que la volonté contenue dans ses onomatopées suffit à leur indiquer le chemin, mais que quelques mots comme « gauche » ou « droite » permettent aussi à l'attelage de rester soudé. Finalement, je me sens intégrée, unie à eux, et je me surprends à me pencher d'un côté ou de l'autre pour les aider dans leur traction. Arrive le moment d'une descente où je me sens faillir : mes intestins me chatouillent aussi quand le traîneau s'incline. C'est une autre vitesse, qui me fait perdre ma capuche, que je retiens d'une main, la seconde accrochée à la corde latérale de la luge. La cadence change à nouveau, ça remonte légèrement, et Marc reprend fermement l'un des huskies plongeant son museau dans la neige pour chercher des mulots.

Après qu'il m'a expliqué que cette race reste prédatrice et qu'il suffit d'un parfum musqué un peu fort pour rendre le contrôle difficile, je ne panique pas. Et je me rends compte que faire confiance à cet homme a été tellement aisé que je m'en veux presque. C'était comme ça avec Nunzio au début aussi. On voit où ça m'a menée… Une question arrive. Spontanée, indiscrète. Est-ce que Marc sera surpris qu'elle ne concerne pas les chiens ?

— Je suis en train de me dire qu'en me parlant de vous, vous avez surtout évoqué des faits. Je crois avoir donné un peu plus de ressentis, quand c'était mon tour…

Je ne voudrais pas que ça sonne comme un reproche, c'est pourtant un peu le cas. Mécanisme de défense, sans doute…

Brusquement, les chiens s'arrêtent en haut d'une petite colline. La jeune chienne en apprentissage lève le museau et reste plusieurs secondes ainsi. Marc ne répond pas à ma remarque, il gère. En contrebas, j'aperçois une ferme. Seul le souffle de la brise fait concurrence au ton de Marc.

— On n'est pas loin de la forêt, elle a dû sentir passer du gibier. Gauche, Opale, Gauche ! Nooooon, gauche, gauche.

Fascinée par la scène, je comprends que sans chien de tête obéissant, l'attelage pourrait partir à l'assaut d'une proie, telle une meute de loups. Marc prend le temps de gérer l'incident, il me dit que ça ne sert à rien de les forcer ou les réprimander, qu'il faut juste le temps de les laisser sentir, s'imprégner, pour ensuite qu'ils repartent. Je hoche la tête et observe. Discrètement, entre deux tentatives de la seconde chienne de remettre la meute sur le droit chemin, il glisse d'une voix cassée :

— Je n'avais jamais aimé autant quelqu'un. La savoir en détresse psychique, la vivre avec elle, ça m'a usé. Quand Zoé est née, même si on a eu peur à cause de sa prématurité, je me suis dit que ça nous souderait, comme pendant la grossesse. Mais la peine de Ju' était trop grande, elle a avalé mon bonheur et celui de notre fille… Quelque chose s'est brisé là.

Je sursaute quand les chiens se lancent sur l'étable. Marc les stoppe, plus franchement que précédemment, et insère le frein dans la neige. Je suis impressionnée qu'il me réponde si ouvertement. Est-ce que c'est dû au fait qu'il soit dans mon dos ?

— Vous en parlez encore avec beaucoup d'affection, je renchéris. Vous… pensez l'aimer encore ?

Silence, les chiens se figent. Puis Opale se détache de ce qui l'hypnotisait précédemment, part à gauche, épaulée par sa partenaire. La course reprend, Marc se détend et m'éclaire :

— Depuis l'accident, je n'arrive plus à voir la même femme. C'est comme si elle avait volé toute ma patience de soignant. La limite qu'elle a franchie, même si ce n'était pas sa faute, je suis incapable de l'oublier. Elle est la mère de ma fille et ce sera toujours le cas. Je ne l'aime plus que comme ça. Elle m'inspire trop de choses négatives.

Je comprends son tiraillement d'abord, puis je me sens comme éloignée de lui ; nous arrivons vers l'auberge et les enclos. Déphasée, je laisse Marc m'aider à sortir du traîneau. Il me dit que, pour les féliciter du trajet, je peux caresser les chiens. Puis, il se reprend et précise qu'il n'y a évidemment rien d'obligatoire. Ce réflexe, cette passion qu'il a pour ses bêtes, est-ce le seul amour qu'il est capable de donner à présent ? Évidemment, il aime Zoé et c'est incomparable. Il aime sa sœur, ses parents…

Je me demande si cette profonde blessure, il pourrait la réparer avec une autre ?

Le *musher* sépare ses chiens de l'attelage un par un et leur retire leur harnais. Il les complimente tous avant de les faire rejoindre leur niche respective. Il recouvre ensuite le traîneau d'une bâche et me dit qu'il va repartir pour un tour, seul, pour faire courir le reste de la meute, et éviter de croiser le réceptionniste. Ryan ne me manquait pas… Marc me conseille d'aller me réchauffer dans le studio, de me reposer, et m'invite à rediscuter de l'expérience lorsque je l'aurai digérée. Hochement de tête. J'ai envie de le retenir lorsque je sens son élan vers les grillages. Un pas, puis deux, et il revient de lui-même, en triturant la corde restée dans sa main.

— Et vous alors ? Vous l'aimez encore ?

Il m'a regardée droit dans les yeux en me posant cette question. Mon cœur a raté un battement et j'ignore si c'est parce qu'il a encore une fois été franc, ou si je lui invente des intentions inexistantes. Peut-être que c'est juste un retour d'ascenseur…

— Après ce que vous m'avez dit, je réponds sans le quitter du regard, j'ai réfléchi. Depuis toujours, je pense que je tombais vite amoureuse des mauvais gars. En fait, je crois que je n'ai jamais vraiment aimé. Ni les premiers ni Nunzio.

Marc semble surpris, puis compatissant. Il m'adresse un sourire que je n'avais pas encore vu sur son visage.

— Ça viendra, Chiara. Quand vous trouverez le bon, sûrement.

J'ai envie de lui dire que, dans son cas aussi, ça reviendra. Qu'il n'a pas eu de chance avec Justine et que la « bonne » se cache quelque part. Je n'ai pas la prétention de penser que c'est moi, même si l'idée s'invite dans mon esprit. Et je ne dis rien, parce que je sens à nouveau mes larmes monter. Je me demande s'il les voit, en m'indiquant l'établissement du menton.

— Allez, filez retrouver Noirousse. Vous méritez bien une séance de ronrons.

Mes larmes ne coulent pas, je les ravale avec un rire.

— Vous avez l'air de moyennement l'apprécier, je le taquine.

— J'ai de la peine avec les chats, on ne sait jamais ce qu'ils ont dans la tête. Et ils me le rendent bien.

— Je vais donc lancer le défi à Noirousse en rentrant : « apprécie le Loup, montre-lui que tu es un ami, et il t'offrira quelques gratouilles. »

— Bonne chance ! conclut Marc d'un signe de main.

Ryan n'est pas au comptoir, ça me permet de filer tout droit dans le studio et la douche, mais Marc a déjà réchauffé mon cœur. Surtout, il a réussi à me faire admettre, pour la première fois, que je n'ai pas besoin de Nunzio, ni du prétendu amour qu'il se vantait de m'apporter. Je souhaite désormais m'affranchir de cette prison affective dans laquelle il m'a enfermée. Encore quelques pointes de courage et j'y arriverai. J'y arriverai parce que ce séjour me rend plus forte.

24

Ce soir, il y a beaucoup de vent. Le mois de décembre va s'installer avec la baisse des températures qui rendent ces instants nocturnes devant la cheminée encore plus appréciables. Je relis mes notes ; la moitié est barrée ou raturée. Je ne suis plus sûre de ma plume. Ces derniers temps, l'histoire de Bianca stagne. Au départ, ma ligne directrice me permettait de lui dessiner une existence semblable à la mienne. Mais Marc a tout chamboulé. Je n'arrive plus à la faire sortir avec des enfoirés, à lui faire subir autant que j'ai subi. Elle a besoin d'autre chose pour grandir. J'ai besoin d'autre chose pour écrire.

En attrapant ma tisane pomme cannelle, je vois une notification sur mon téléphone. On me confirme la visite que j'attendais.

— C'est la première fois que je vous vois sourire comme ça, dit doucement Marc pour ne pas me faire sursauter.

— Vous êtes dur, je souris ! Plus qu'avant.

— C'est vrai.

Il s'installe à côté de moi, la tête en arrière, comme souvent après une longue journée. Je profite encore une fois de ses yeux clos pour me délecter de son visage. Quand je pense qu'il se laissait complètement aller quand je suis arrivée, c'était dommage.

— Comment avancent les aventures de votre héroïne ? demande-t-il sans me regarder.

Mes doigts se serrent sur mon carnet et je lâche un soupir.
— Je crois qu'elles affrontent une jolie panne.
Comme l'autre fois, il tourne ses yeux vers moi, un sourire au coin des lèvres.
— Bianca manque de soleil ?
Je ris discrètement.
— Non, je crois… qu'elle manque d'un mec bien.
Son sourire s'efface, il semble réfléchir, puis il se redresse et me regarde plus franchement.
— Eh bien, inventez-le-lui, conseille-t-il spontanément.
— Il faut que ce soit crédible…
— Vous avez bien dû croiser des types qui valaient la peine dans votre vie, non ?

J'ai envie de répondre que non, ils étaient tous à jeter. Puis, j'en ai deux ou trois qui me viennent à l'esprit. Dont lui. Je n'ose bien sûr pas lui dire.
— Il y aurait bien mon père ou Luca, mais…
Marc ne demande pas qui est le deuxième et se frotte le menton, décontenancé.
— C'est fou comme certaines personnes tombent sans arrêt sur des couillons, alors qu'elles ne le méritent clairement pas.

Je mets quelques secondes à rougir, laisse mon carnet en friche sur la table, et m'installe en tailleur sur le canapé.
— Dans le genre brochette de couillons, j'ai connu le gars qui ne pense qu'à son apparence, celui qui mène une triple vie, celui qui n'aime que les mannequins, celui qui voulait tester les bourrelets, celui qui veut qu'on reste amis…
— Joli gratin.
Je hausse les épaules.

— Le top du gruyère, c'est le dernier. Et je vous ai déjà bien détaillé le croustillant de l'histoire. Donc... pas facile d'inventer un bonhomme qui tient la route avec tout ça, il n'y a rien de bon à prendre.

Il hausse aussi les épaules.

— Alors, basez-vous sur votre père ou... Luca. Ce sera toujours mieux que rien.

— Pour écrire, j'ai besoin de m'identifier à des situations réelles, de m'immerger. Et là, ça me fait bizarre. Mais je vais y...

— Chiaraaaaa ? nous interrompt Zoé.

— Zooooonz, gronde son papa. On avait dit dodo.

— Mais j'aimerais bien qu'elle me lise une histoire...

— Je t'en ai lu deux...

— Chiara lit mieux !

Je sens le cœur forgé de Marc se fendre en deux.

— Sympa, dit-il en jouant des sourcils d'un air outré.

— La première qui arrive en haut décide qui lit le mieux les histoires, je défie la petite.

Elle s'agite, je fais le tour du canapé et nous grimpons les marches quatre à quatre. Heureuse gagnante du *challenge*, je manque de décéder et m'installe sur le lit. Zoé me glisse l'histoire de Balto illustrée dans les mains et je lui déplace ses mèches de cheveux derrière son oreille, avant qu'elle ne se blottisse contre moi. Cette tendresse, cet instant à deux, m'apporte tout le réconfort dont j'ai besoin aujourd'hui. À la fin de la lecture, je lui demande de s'allonger et l'embrasse sur le front.

— *Ciao bella...*, murmure-t-elle avant d'enlacer Morphée.

La porte est restée entrouverte et je distingue Marc dans

l'entrebâillement. Je me sens d'un coup épiée ; l'affection qui s'affiche sur son visage me fait ravaler une remarque acide.

— C'est vrai que vous lisez bien les histoires. J'ai des progrès à faire.

Sans réfléchir, je glousse et tapote son bras du dos de la main.

Je n'ose pas penser à ce que nous sommes devenus l'un pour l'autre. Il ne s'agit que d'un lien de quelques semaines. Et je connais mon talent inexistant pour interpréter les signes ou les marques d'intérêt.

Nous empruntons les escaliers pour regagner le canapé. Je saisis mon carnet gribouillé et suis d'abord dépitée. Puis, une idée me vient : Bianca pourrait avoir une fille. Je termine ma tisane gardée tiède par la proximité du feu puis, à nouveau face à Marc, j'affronte sa question hésitante :

— Vous aimez les enfants ?

Jusqu'ici, j'ai toujours été relativement mal à l'aise avec les nourrissons. Ma crainte viscérale de les casser au moindre faux mouvement les fait toujours pleurer dans mes bras. Mais Zoé est plus grande. Elle éveille en moi une certaine innocence, l'âme de cette petite fille qui ne s'occupait pas des regards malveillants, tout en cherchant à tout comprendre.

— Je ne me suis jamais posé cette question, je réponds alors. Mais, en tout cas, on dirait que je les aime plus que les chiens.

Marc ne s'attendait pas à cette réponse ; il est d'abord stupéfait, puis, après un sourire contenu, il rit franchement. Il rit pour la première fois et la mélodie qui se dégage de lui fait s'emballer mon cœur. Il rit et savoir que ce sont mes mots qui ont déclenché cette expression me donne des frissons. Ses dents découvertes, ses épaules et son torse qui tressautent, sa grande main sur son abdomen, ses petites larmes sur ses cils. Mon ventre frémit, m'envoie le signal que je le désire. Pas seulement physiquement. C'est le gars qu'il faut à Bianca La Fenza. Le gars qu'il faut à Chiara Valente. Est-ce que c'est ça, l'Amour ? Il saurait me répondre… Je demanderai à Evelyne.

Tandis qu'il se calme après un long moment, l'envie d'essuyer moi-même le coin de ses paupières me saisit. J'aimerais enlacer mes doigts aux siens, soulager ses abdos endoloris par quelques caresses, le prendre dans mes bras et sentir plus franchement la menthe dans son cou, l'embra…

— Excusez-moi, je ne me moquais pas, articule-t-il entre deux sursauts. Ça m'a surpris.

— J'ai vu oui, je peine à articuler. Je suis parfois drôle sans le faire exprès.

— En tout cas, ça faisait longtemps que j'avais pas eu de fou rire… Ça fait du bien. Merci.

De rien, beau brun…

Je tremble trop pour saisir ma tasse, mais mon carnet me sert d'ancrage. Je termine par annoncer que je me sens fatiguée et qu'il serait préférable que nous allions dormir. Marc comprend – comme toujours – et monte à l'étage avec moi. Quand il me redit « bonne nuit » d'une voix grave, l'idée de la passer avec lui m'obsède. En intégrant mon lit, je réalise que c'est comme si mon corps et mon cœur s'étaient pris un électrochoc. J'envoie un message tardif à mon amie, trop concis pour exprimer tout ce qui se trame dans ma tête et dans mon corps. Mais suffisamment clair pour qu'elle me réponde trente secondes plus tard :

« Je viens à l'auberge dans une semaine et demie, il faut que tu me racontes comment tu es tombée amoureuse ! »

25

Une belle agitation positive m'attire en bas, ce matin. Ryan a congé et Janaina fait un câlin enthousiaste à un couple de notre âge. La petite saute dans tous les sens.

— Il va être trop content de vous savoir ici tous les deux ! se réjouit Janaina. Ah, Ma' !

Il entre par la même porte que d'habitude et j'accélère ma descente des escaliers sans le vouloir. *Il va falloir que je me calme...* En relevant la tête, son regard s'illumine comme jamais et, après avoir lancé un « Hééé ! » à l'attention de l'arrivant, il l'enlace aussi, et tapote son dos énergiquement.

— Comment ça se passe, à l'Institut ? demande Marc. C'est dingue qu'en trois ans on n'ait pas eu le temps de se prendre un café.

— Janaina m'a dit que tu ne sors pas trop de ta tanière, taquine leur ami. Et puis on n'est pas trop sortis de la nôtre non plus. Alors, on s'offre un petit séjour par-là. Émilie rêvait de tenter l'expérience avec les chiens.

La main de cet homme dans le dos de sa compagne l'enveloppe de façon si avenante.

— J'ai donc l'honneur d'enfin rencontrer l'élue qui rend heureux Quentin ! dit Marc en se penchant pour faire la bise à la conjointe.

— Qu'est-ce que tu as encore raconté ? réprimande-t-elle timidement.

— Que des belles choses ! affirme Marc pour dédouaner son ami. Oh ! mais… bonjour Chiara !

Il me fait signe d'approcher et j'avance presque à reculons ; ça fait beaucoup de monde d'un coup.

— Quentin, c'est un ami de papa ! m'explique fièrement Zoé en me prenant la main.

— Enchantée, dis-je en bataillant pour éviter qu'elle m'arrache le bras.

— C'est vous, la douce locataire ?

Hein ?

— Locataire, en tout cas, oui, je réponds en lui serrant la main qu'il me tend.

— On va jouer tous les quatre à cache-cache ? insiste la petite.

— On va d'abord aller poser nos affaires, on revient plus tard, d'accord ? répond Quentin.

— Je vous montre votre chambre pour que vous vous installiez ! s'enjaille Janaina.

Et je reste seule face à Marc, car Zoé les a poursuivis à l'étage. Il a encore le sourire aux lèvres et, voyant que je l'interroge du regard, il m'explique :

— J'ai connu Quentin au Cycle d'Orientation[7]. Même si, ensuite, on a pris des voies différentes, on est toujours restés en contact.

— C'est chouette. Mais pourquoi il dit que je suis la *douce locataire* ?

---
7. École obligatoire effectuée à Genève entre la primaire et une autre école plus spécialisée, traditionnellement entre 12 et 15 ans.

— Je lui expliquais que les affaires allaient mal, alors je lui ai un peu parlé… de vous.

— *Douce*, vraiment ?

Il se gratte l'arrière de la tête, puis décide d'assumer complètement.

— Vous auriez préféré *séduisante* ?

Je me fige et lui aussi. Il n'assume peut-être pas tant que ça, et on dirait que la venue de son ami lui a donné des ailes. Elles sont soudain coupées par la sonnerie tonitruante de mon téléphone. Je décroche maladroitement, Marc s'éloigne et fait mine de s'intéresser à l'ordinateur sur le comptoir.

— *Ciao, stellina mia !* s'exclame Luca.

— *Ciao !* je lui réponds et me retournant.

Mon silence doit l'intriguer, car il me demande :

— Quelque chose ne va pas ?

— Tu tombes un peu mal, je venais de recevoir un joli compliment…, je chuchote.

— Ohhh, désolé… Je voulais t'avertir que j'arrive cet après-midi.

— Déjà ? C'est génial ! J'ai hâte de te raconter tout ce qui se passe ici et de t'embarquer partout.

— Je me réjouis ! *Bacci*.

— *Sì, bacci*.

Lorsque je reviens vers Marc, il ne regarde pas du tout l'écran, et semble attendre plus de détails.

— Luca arrive cet après-midi, vous pourrez faire connaissance.

J'ai l'impression qu'il sourit tristement, avant de me dire qu'il doit retourner voir les chiens. Je le laisse filer, un peu déçue, et décide de m'installer sur le canapé avec mon carnet. Le temps de

boire ma tisane, des ouvriers arrivent pour débuter les travaux dans la salle à manger. Pas très pratique pour les petits-déjeuners à venir, ça…

Le début de l'après-midi se passe dans le bruit et l'agitation. Les autres clients du jour accaparent Marc à l'extérieur, Janaina passe des heures au téléphone pour tenter de décaler les travaux qui ont déjà commencé, Zoé ne lâche pas Quentin et Émilie, puis se rabat sur moi quand ils vont faire un tour. Je tente de l'occuper avec des jeux et sors finalement avec elle pour observer les chiens restés dans les enclos. Au retour d'une virée, le *musher* a enfilé son masque de « commercial » pour échanger avec les clients ravis du moment magique qu'ils ont vécu. Il lance quelques regards furtifs dans ma direction, sans oser s'échapper, puis leur propose de faire connaissance avec les huskies derrière le grillage.

Surveillant de loin, en s'occupant des ballots de paille vers les niches, il les laisse entrer dans chaque cage pour qu'ils se fassent littéralement inonder d'amour. Je découvre cet aspect des canidés avec curiosité et appréhension, puis m'approche de Marc, qui se redresse en anticipant ma question.

— Je ne vous ai pas proposé ça l'autre jour, il me semblait que le traîneau vous avait déjà éprouvée.

Il me regarde sourire, tandis que je reste focalisée sur une Opale câline à l'infini. D'abord blottie contre le couple, elle cherche à leur mordiller les oreilles. Marc m'explique que c'est leur façon de saluer les gens, puisqu'ils n'ont pas de mains. Je me plais à sourire davantage. Et, du coin de l'œil, je vois que les yeux de Marc ne quittent pas mon visage.

— Chiara…, commence-t-il sans pouvoir finir.

— *Stellina mia* !

Luca me fait des signes au loin, encombré de deux valises, et m'indique qu'il ne va pas pouvoir me rejoindre au vu de l'irrégularité du chemin. Un léger hochement de tête pour un Marc chagriné, et je me précipite en courant dans les bras de l'arrivant.

— Tu m'attendais à ce point ? dit-il en m'embrassant sur la joue.

— Oui ! Je vais te présenter les gérants, ils sont adorables.

— Celui qui me regarde de travers en fait partie ?

Je me retourne vers Marc, sans lâcher Luca, et constate qu'il ne pourra pas venir tout de suite, car les clients sortent de leur « bain de meute ».

— Normalement, oui. Je ne sais pas ce qu'il a, depuis que tu m'as appelée tout à l'heure, il a l'air…

— J'ai ma petite idée.

— Mais comment tu vas, toi, depuis le départ de Caro ?

Ses yeux ambrés se chargent de tristesse.

— Ce n'est pas tous les jours facile. Elle me manque… Il faut dire qu'on se voyait tout le temps au boulot, mais depuis qu'elle est partie, elle ne m'a envoyé qu'un seul message. Et c'était pour me demander de lui lâcher la grappe.

— Elle a sûrement besoin de temps…

— Je lui en donne en venant ici. J'ai prévu de ne rien attendre et de très peu regarder mon téléphone.

— Tant mieux ! Tu verras, la déconnexion est totale. Viens, on rentre, tu as l'air frigorifié.

— Ils n'annonçaient pas du soleil, à la météo, d'ailleurs ?

Nous entrons pour nous réchauffer et installer les affaires de Luca, après une brève présentation à Janaina, toujours très occupée. En ressortant de la chambre, nous tombons sur Quentin et Émilie ; ils s'immobilisent devant mon cousin. Visiblement, ils se connaissent.

— Eh bien, la déconnexion, ce sera pour une autre fois…, soupire Luca.

26

Pour calmer l'agitation qui saisissait Émilie, Quentin et Luca, je me suis installée avec eux sur le canapé de la pièce principale. Janaina, elle, a regagné le comptoir pour le reste de la journée. Le soleil de fin d'après-midi a pointé le bout de son nez et a réchauffé l'immense endroit, tout en lui offrant une luminosité que je ne lui connaissais pas jusqu'ici.

Dans ma tête, je replace alors le contexte : Quentin et Émilie ont ouvert l'Institut Joly il y a trois ans. Il accueille des jeunes personnes « traumatisées de la vie », qui ont besoin de se reconstruire. Émilie nous explique qu'il y a une année, l'une des résidentes a été interrogée par Luca et sa collègue Carolina. L'agresseur de cette résidente était recherché par la police. Tout s'est bien terminé à l'Institut, mais cette enquête a bouleversé Luca. Le départ de Carolina, juste après le dénouement de cette affaire, n'a pas arrangé les choses…

C'est dans cette ambiance tendue que Marc rentre de ses activités. Il indique à sa sœur qu'il redescendra pour discuter du repas une fois qu'il aura pris une douche. Petit à petit, tandis que Quentin, Émilie, Luca et moi nous regardons dans le blanc des yeux, l'environnement s'apaise enfin. Le soleil se couche, les ouvriers s'en vont, le téléphone arrête de sonner. Janaina s'adosse au mur quelques secondes, penche la tête en arrière, regarde ensuite son Natel et sourit. Elle me dit qu'elle revient dans une petite heure, le temps de se préparer pour la soirée, ce qui me permet d'entamer une réflexion sur le programme.

Pendant que les trois autres discutent de façon plus sereine, je m'empare de la réception et appelle les clients présents à l'auberge pour leur demander s'ils souhaitent partager un instant convivial avec nous. L'idée ne fait clairement pas l'unanimité : certains seront absents, d'autres souhaitent se reposer après leur découverte du jour. Dès lors, je conclus que nous resterons en cercle restreint ce soir, et je vais chercher ce qui peut m'inspirer dans la cuisine. Je sors les ingrédients et commence à cuisiner des pâtes. Ce plat facile à faire a toujours su me réconforter. L'odeur des deux sauces *pesto* que je prépare attire Luca, qui me chuchote ce qu'il a raconté au couple. En le prenant dans mes bras pour le réconforter, j'espère que ce repas aura le même effet sur tous.

Lorsque Janaina, Marc et Zoé descendent, la table de la salle à manger est prête. Quentin et Émilie se sont occupés de nettoyer la poussière laissée par les ouvriers et ont mis la table avec mon cousin. Tandis que tout le monde s'installe, Zoé fait les yeux ronds devant les trois casseroles sur la table.

— Oh là là, ça sent comme chez la *mamma* ! s'exclame Luca en me prenant dans ses bras, joyeusement cette fois.

Je m'assieds en face de Marc. Tout le monde a le sourire et je suis déjà soulagée que l'atmosphère se soit allégée. Même si le silence règne pendant la dégustation de mes spaghetti, il n'a rien à voir avec le malaise précédent.

S'ensuit une soirée banale où nous apprenons à mieux connaître les amoureux. Ils nous annoncent avoir ouvert cet Institut suite à une épreuve personnelle de deuil difficile.

Luca explique que nous avons grandi ensemble, comme des inséparables, et que c'est le passage à l'âge adulte qui a séparé nos chemins. Nous nous trouvons un point commun avec Quentin et Marc, qui ont continué à s'envoyer des messages, malgré leurs orientations professionnelles et personnelles différentes. Janaina et Émilie échangent sur le fait que partager son quotidien avec des entrepreneurs, ce n'est pas facile, surtout quand on l'est aussi.

Régulièrement, le regard de Marc passe de Luca à moi, de moi à Luca. Et, de bouchée en bouchée, j'ai peur de comprendre le problème. Je ne lui ai jamais précisé notre lien de sang et soupçonne, comme je l'ai fait pour sa sœur et lui, qu'il pense que nous avons une histoire plus intime… Je pourrais éclaircir les choses à leur façon, mais je ne veux pas casser l'ambiance. Est-ce que ça vaudrait vraiment la peine, d'ailleurs ? J'ai pris du recul et en ai déduit qu'il est impossible que Marc s'intéresse à moi. Il n'a donc aucune raison d'être jaloux.

J'ai l'impression que Luca a aussi compris et, dans un souci d'entretenir ce je-ne-sais-quoi, il agrémente nos échanges de gestes affectifs. C'est coutumier chez nous, depuis petits, mais je sens qu'il appuie de façon plus évidente sur cette proximité. Mon cousin a toujours été assez taquin.

Nous débarrassons ensemble et la salle est remise en ordre rapidement. Janaina s'installe au comptoir, tandis que Marc va coucher la petite. Luca monte dans sa chambre, tout comme Quentin, qui laisse, avec un peu de regrets, une Émilie souhaitant rester en bas ; elle part s'installer sur le porche avec une couverture. Une invitation de la tête de Janaina me pousse à sortir discuter avec la jeune femme.

— Je peux ? je demande timidement.
— Bien sûr !

Comme elle, je m'enveloppe dans une couverture. Le froid mord mon visage et l'intérieur de mon nez, mes oreilles étant bien protégées par le volume de mes cheveux. Émilie regarde au loin, pensive, et je n'ose pas perturber le calme qu'elle dégage. Nous restons ainsi quelques minutes, à écouter la tranquillité de la nuit : les quelques morceaux de neige qui se détachent des arbres, le bruit du vent dans les branches nues. Sur la petite table de la terrasse, une fausse lanterne à huile pose de la douceur sur nos joues. Et je me rends compte que ce qui rend Émilie jolie, ce sont les traces de son vécu sur son visage. Ces évènements douloureux la poursuivent encore. Elles ne traduisent pas une beauté si lisse que je le pensais. J'imagine qu'on apprend à vivre avec.

— Alors, vous et Marc…, dit-elle de but en blanc.

Euh… Quoi ?

— Oh non, j'ai mis les pieds dans le plat…, se corrige-t-elle, voyant que je ne réponds pas. J'ai vraiment le chic, je suis un boulet !

— Ce n'est rien, pardon, j'ai été un peu surprise !

Un rire nerveux s'échappe de ma gorge. Je sens qu'elle veut poursuivre sur le sujet.

— Tous les deux, vous me faites penser à Quentin et moi.

Un fil d'air frais s'infiltre dans mon cou.

— Dans quel sens ? je demande, la mâchoire crispée.

— Nous avons passé près de cinq ans à éviter notre intérêt et notre attirance l'un pour l'autre. Les aléas de la vie nous bloquaient, mais même sans ces freins, nous avons continué à fuir…

Son discours me captive, il me touche.

— Et… qu'est-ce qui vous a décidés à franchir le pas ?
— La peur de se perdre.

Mon cœur rate un battement. Une question me hante alors : qu'est-ce qui pourrait se passer si je ne tente rien ? Repartir de l'Auberge du Loup Blanc sans avoir osé, laisser son ex ou une autre le reconquérir et, même s'il ne vit pas à l'autre bout du monde, comprendre que notre lien restera une déception.

— Je ne veux pas vous mettre la pression, Chiara ! se justifie Émilie.

— Ne vous inquiétez p…

— J'ai parfois tendance à encourager les gens à croquer la vie à pleines dents, à profiter… Sans parler des excès de mon premier copain, il m'a appris que chaque instant est unique et mérite d'être savouré. Parce que tout est éphémère.

— Mais qu'est-ce qui vous fait penser que Marc et moi…

Le rire d'Émilie est comme une caresse.

— Je suis désolée, mais il n'y a rien de plus évident. Des deux côtés, d'ailleurs.

J'ai soudain trop chaud sous ma couette et je prends un peu de fraîcheur en passant mes mains sur mon visage.

— Ce n'est pas possible…, je souffle alors.

— Vous savez, on peut avoir une vie difficile, penser que tout est insurmontable. On a pourtant tellement de chance d'être nées ici. Quentin dit souvent que la société nous rend malades et il y a du vrai ; à chaque siècle son cancer. Par contre, je crois aussi que nos personnalités ou nos éducations nous font parfois construire des murs de frayeurs entre nos désirs et ce que nous sommes capables d'accomplir. Je ne connais pas votre parcours et je n'ai que dégusté vos délicieux spaghetti au pesto… Je peux malgré tout dire que vous êtes une femme superbe sur tous les plans et que Marc et vous méritez de vivre cette histoire.

Rendue muette par la surprise, je ne dis rien pendant plusieurs secondes, jusqu'à me couvrir à nouveau. J'ai envie de dire qu'elle a raison, bien que je ne croie pas un seul de ses mots. Je mérite une histoire avec Marc ? Pas sûre… Marc mérite une histoire avec moi ? Je ne vaux pas grand-chose…

— La nuit porte conseil, Chiara. Il y a beaucoup de choses que j'ai comprises après avoir dormi sur des idées. Prenez le temps qu'il vous faut et tout ira bien. Sachez juste que, si le seul obstacle à franchir c'est votre conviction de n'être rien, il faut l'affronter. Détruisez-le. Nos existences sont trop courtes pour perdre du temps à se dévaloriser.

Je regarde encore un instant le ciel avant que nous rentrions nous réchauffer. Je ne dors presque pas, me passe en boucle les mots d'Émilie dans la tête. Je peux entendre que je ne mérite pas ce que j'ai vécu avec les hommes, particulièrement avec Nunzio. Mais de là à envisager Marc…

La prochaine fois, je préparerai un plat de pâtes sauce confiance.

27

« *Parfois naissent des espaces hors du temps, des moments suspendus où les émotions règnent. Ils peuvent être si nombreux dans une vie et presque absents dans une autre… C'est quand les minutes se figent que l'on sait qu'ils existent.* »

Ce matin, j'interromps mon élan de relecture en voyant Marc rentrer et une certaine tension sur le visage de Janaina. Puis, la porte s'ouvre sur une nouvelle personne familière.

Dans les regards de Janaina et d'Evelyne, je retrouve ce bonheur, cette évidence qu'elles m'ont décrite toutes les deux en me parlant de leur rencontre. Elles sont poussées à s'aimer, poussées à se rapprocher, au-delà d'une volonté propre. Marc et moi nous regardons brièvement et je saisis qu'il a aussi compris.

Mon amie profite de la béatitude de Janaina pour m'accueillir entre ses bras. Je m'imprègne de cette affection, de son odeur fruitée, maternelle et bienveillante, de sa présence.

— Je suis contente de te voir, tu m'as l'air en forme, me dit-elle en nous faisant basculer d'un pied à l'autre, comme pour une danse.

— Toi aussi ! Je pensais que tu viendrais plus tard.

— Nunzio m'a gonflée, j'ai pris des heures en récup'. Qu'il se démerde pour me remplacer jusqu'à Noël inclus.

Nous gloussons toutes les deux, ça faisait longtemps. Et même si ce prénom continue à me faire angoisser, le réconfort qu'elle m'apporte est toujours aussi doux.

Mon amie se détache de moi, salue Marc d'un signe de main pudique, et retourne son attention sur Janaina. Evelyne dépasse le comptoir pour s'avancer et les jeunes femmes s'arrêtent à quelques centimètres l'une de l'autre. Spontanément, Marc m'indique la cuisine pour les laisser dans leur bulle de retrouvailles et je le suis sans opposition aucune.

— Merci, j'ai senti qu'on était de trop, je dis, tandis qu'il ferme la porte.

— C'est toujours comme ça quand elles se retrouvent.

Un sourire attendri s'imprime sur son visage et je suis prise d'un tiraillement. Je suis heureuse qu'elles puissent partager une telle symbiose. Puis, Marc sort une caisse verte de sous le piano pour y déposer les gamelles du jour.

— Prête à le faire avec moi, ce coup-ci ? me demande-t-il sans prendre de pincettes.

Déstabilisée par le flot d'émotions et cette demande, je ne réponds pas tout de suite. Il pose la caisse sur un plan de travail et précise :

— C'est en attendant qu'on puisse chacun vivre une histoire aussi belle que celle de Ja' et Eve'.

Un instant, je me sens contrariée par ce « chacun », confrontée au fait que Marc n'envisage pas une seule seconde de nous voir évoluer ensemble.

— Vous n'en avez pas déjà vécu une, vous, de belle histoire ? je lance comme une pique.

Je crois qu'il saisit qu'il n'y a aucune taquinerie ou maladresse derrière cette interrogation. Je ne suis pas sûre qu'il saisisse non plus la bougonnerie de mes propos.

— Franchement, je ne suis pas sûr que celle que j'ai eue avec Ju' ait été aussi forte…

— Je me demande si c'est vraiment possible, en fait. Deux histoires aussi puissantes en même temps dans l'univers…

D'abord, nous rions un peu, puis nous restons plantés là, à nous regarder. Mon cœur s'emballe, sa main s'échoue sur le plan de travail. Il se mord la lèvre inférieure, baisse la tête. *Est-ce que ça peut coller, finalement* ?

— OK, je suis prête à le faire avec vous, ce coup-ci.

Une ride d'inquiétude barre son front, il semble perdu, puis mes yeux rencontrent la caisse pleine de viande crue, et il replace le contexte. Le nôtre.

Me rendre devant les cages, je l'ai déjà fait, tout comme rester à regarder les chiens dormir ou jouer. Ouvrir une porte, entrer dans l'enclos avec une gamelle pleine, la poser sur le sol et rester à proximité… Je pense si peu pouvoir le faire à cause de ma phobie, que je me déconnecte, comme si j'étais sortie de mon corps. Un vrai *blackout*. Avant que nous retournions dans l'auberge, Marc doit me faire un résumé de l'exploit que je viens d'accomplir : sauter dans une fosse remplie de bêtes sauvages affamées. C'est donc en croyant à peine à ce qu'il me dit que je regarde avec dépit le salon vide, et le petit mot laissé sur le comptoir à notre intention.

Les filles ont disparu. Ryan est arrivé pour son créneau du soir et me jauge de haut en bas. Je suis surprise qu'il soit toujours muet… Tant mieux ! Parce que sa voix n'ajouterait qu'une confusion supplémentaire à ce que je ressens lorsque Marc déplie le papier. Un long « Euh » sort de sa bouche, il ne s'arrête que lorsque je lis le papier à mon tour.

« Ces retrouvailles étaient trop intenses, on s'est senties

obligées de s'exiler ailleurs pour profiter l'une de l'autre. On risque de revenir avec la décision ferme de nous installer ensemble dans la région. Alors, on vous laisse quelques jours, mais ça va le faire. Ryan est là, et vous êtes ensemble. Plein de bisous ! »

— Les lâches…, je peste.

Cet abandon signe une preuve de confiance de la part d'Evelyne ; elle me pense capable d'assurer les tâches qui m'ont été assignées jusqu'ici par Janaina, tout en maîtrisant l'agacement que le réceptionniste peut provoquer en moi. Je me sens légèrement réconfortée, sans parvenir à mesurer la masse de travail qui nous attend. Et sans concevoir que c'est uniquement l'amour qui les a fait fuir sans se retourner.

***

Il a été convenu que le réceptionniste prenne les horaires du soir, afin que je puisse assurer une bonne partie de la journée, pendant que Marc s'occupe des activités en extérieur. Une tranche de la nuit restera non-couverte, mais les personnes présentes nous ont assuré qu'elles dormaient bien de minuit à six heures du matin.

Dans la soirée, je prends donc la responsabilité de vérifier chaque pièce pour m'assurer que tout se trouve à sa place. Les clients présents doivent être satisfaits, car il est impensable pour moi que Ryan gère des personnes mécontentes, puisqu'il l'est lui-même sans arrêt. Ce n'est que lorsque je termine de préparer les ingrédients du petit-déjeuner de demain que je réalise qu'il est déjà 23 h 30. Et je me rends compte aussi que la fatigue m'a saisie plus tard que d'habitude. Après réflexion, je comprends que je n'ai plus fait de malaises, ou subi de surcharge émotionnelle depuis plusieurs semaines. Souriante, je vais chercher une confiture dans le cellier quand je tombe sur des voix étouffées à l'extérieur. Des voix que je reconnais très bien.

— … honnête avec vous, Chiara m'avait dépeint quelqu'un de moins agréable.

Je colle mon oreille contre la paroi pour mieux entendre Marc rire à la remarque de Luca.

— Elle a ce don, vous ne trouvez pas ? insiste le second.

Comme Marc ne répond pas, il continue.

— Celui d'amener la lumière là où il n'en existe pas.

Il me semble entendre que Marc s'appuie contre le mur et j'ai le réflexe de reculer, alors que ça ne sert à rien…

— Oui, c'est vrai, semble-t-il dire en souriant.

— Elle m'a aidé à une période pas si lointaine. Tellement aidé… Si ma sœur, mes parents et Chiara n'avaient pas été là, je pense que j'aurais chuté très bas. Elle m'a réconforté, chouchouté, écouté pour éviter que je ne plonge. Je lui en serai toujours reconnaissant.

Marc soupire. Je fais deux suppositions : soit ce discours l'agace, soit il adhère aux éloges sincères que me lance mon cousin. J'en ai d'ailleurs les larmes aux yeux. Lui aussi a toujours été là, c'était la moindre des choses…

— J'imagine que vous étiez un soutien pour elle aussi quand elle se sentait mal ? questionne Marc.

— Oui, mais c'était difficile. Parce qu'elle était à Genève, moi pas loin d'ici. Et puis, je ne le connais pas, son patron pourri, là. J'ai proposé d'aller lui casser la gueule, mais Chiara m'a supplié de rester à ma place.

— « À votre place »… Ça ne m'étonne pas qu'elle vous demande ça.

Léger silence. Le vent siffle à travers le vieux bois.

— Ah ? encourage Luca.

— J'ai l'impression qu'elle avait besoin d'être réconfortée plutôt que défendue. Et je pense que les deux mecs bien dont elle m'a parlé ont su l'épauler.

— Et j'étais un de ces mecs bien ?

— Oui, c'est normal qu'elle valorise la personne dont elle est amoureuse, non ?

Encore un silence. Mes mains sont glacées et je dois me concentrer pour ne pas lâcher mon pot de confiture.

— Attendez, je crois qu'il y a confusion, rit nerveusement Luca.

— Ça me semblait pourtant clair…

Je sursaute à l'éclat de rire qui transperce la nuit et j'hésite presque à sortir pour lui demander de se taire. Si Luca a réveillé des clients… Marc se décolle de la paroi et Luca finit par se calmer.

— J'adore Chiara, mais on est cousins, Marc ! Il ne se passe rien sur ce plan, elle est comme ma petite sœur.

— Oui, hum, j'ai compris… OK, cousins…

L'embarras de Marc traverse le mur, tellement il est évident, et je ne peux pas m'empêcher de penser qu'à présent, plus rien ne le retiendra de venir vers moi. À part le fait que je ne sois pas à son goût… Mais est-ce que je pourrais l'être ?

28

Le lendemain, je dois gérer tellement de choses concernant les travaux et les clients que je ne vois pas la journée passer. Je mesurais déjà à quel point la présence de Janaina était indispensable à l'établissement, mais je m'en rends davantage compte à présent que je m'occupe de la majorité de ses tâches. Et je ne sais pas comment elle a réussi, jusqu'ici, sans prendre congé. Est-ce qu'elle l'a déjà fait ? Si non, je lui pardonne de s'enfuir avec celle qu'elle aime, maintenant qu'elle a une remplaçante. Mais mon pauvre Noirousse n'a pas beaucoup d'attention, ces derniers temps...

Marc court partout, enchaîne les activités, sans avoir cinq minutes pour lui. Il le fait toujours avec plaisir et avec le sourire, mais arrivé à la fin de l'après-midi, je sens ses yeux, d'habitude chargés d'énergie, presque éteints. Nous nous croisons plusieurs fois à l'accueil et il me regarde à peine. La révélation de Luca semble l'avoir perturbé, et j'ignore si c'est positif ou négatif. Je pense d'abord que ce changement d'attitude est dû à ça, puis je le vois s'agiter à l'arrivée de Ryan, après la lecture d'un SMS sur son téléphone.

Je souhaite le rejoindre à l'étage, or le temps que je fasse mon résumé de la journée au réceptionniste, puis que j'arrive en haut des marches, Marc a disparu. Après une douche ressourçante, une fois changée, j'entends derrière ma porte des pas lourds que je reconnais distinctement. Ils font des allers-retours nerveux entre la chambre de

Marc et les escaliers. Je regarde l'heure : c'est normalement l'instant calme de la soirée. Zoé se met en pyjama, il lui lit une histoire et la couche. Comment peut-il sembler si impatient ? J'ouvre franchement la porte du studio vers le couloir, car je ne voudrais pas qu'il pense que j'écoute la conversation à son insu. Même si c'est bien ce qui s'est produit la veille… Il traverse devant moi sans vraiment me voir.

— Reviens, s'il te plaît. Je peux pas gérer ça tout seul…

La dernière personne aussi désespérée que j'ai pu observer, c'était moi.

— Je comprends que tu aies besoin d'une pause… Bien sûr… Oui, tu arriverais trop tard, mais au moins tu serais là… Je… Je sais, Ja'… Trop loin… OK… Merci… Oui, je ferai un bisou à Zonz. Je t'attends.

Il expulse un énorme soupir, se frotte la tête d'une main et se retourne vers moi. Inutile de faire comme si de rien n'était, j'avance vers lui.

— Je peux faire quelque chose pour vous aider, en attendant que votre sœur revienne ?

Je sens qu'il aimerait que je me transforme en Janaina, mais comme c'est impossible…

— Je ne sais pas, Chiara…

Il se penche par-dessus la rambarde, aux aguets, tel un loup qui sentirait le danger approcher.

— Qu'est-ce qui se passe, Marc ?

Sa main s'accroche sur le bois verni, il hésite à me regarder et vérifie l'heure sur son Natel avant de me parler.

— Ju' m'a envoyé un message cette nuit et un autre tout à l'heure. Elle arrive pour voir la petite. Ou pour la prendre… J'ai pas tout compris. Et même en relisant, je…

— Quand ?

Il déglutit difficilement, peine à respirer.

— D'une minute à l'autre.

Je tente de rationaliser la situation, bien que ce soit compliqué en face d'un si grand bonhomme en panique.

— Est-ce qu'elle peut vraiment la prendre ? Je veux dire, légalement, elle a le droit de venir et de vous la retirer ?

— Non, mais elle m'a dit qu'elle venait avec son avocat. Et la protection de la jeunesse.

Alors là, ça pue…

— J'imagine qu'ils ne sont pas là pour vous mettre la pression. Vous vous en êtes occupé jusque-là, de votre fille, et elle a grandi de la meilleure des façons. Vous n'avez rien à prouver.

Son angoisse ne se laisse pas dompter par la gentillesse. Marc regarde toutes les deux secondes son téléphone, puis en bas. Je me sens démunie, et surtout, incapable de lui proposer de l'accompagner pour ce rendez-vous. Ma légitimité est nulle, il aurait en effet besoin de sa sœur.

Soudain, nos corps se contractent dans un même sursaut, en réaction au bruit de la porte d'entrée qui s'ouvre. Il se penche à nouveau, glisse son téléphone dans sa poche arrière et observe. Enfin, j'aperçois Justine par en haut. C'est une belle femme, maigre, aux cheveux fins, foncés, attachés en chignon désorganisé. Elle est en effet accompagnée d'un homme en costume, dont l'expression déterminée montre qu'il est prêt à en découdre et qu'il ne lâchera pas l'affaire. Derrière eux, je devine que c'est l'assistante sociale, plus souriante, pas impressionnée pour un sou, qui observe ce qui se trouve autour d'elle.

J'entends vaguement que Justine s'annonce à l'accueil.

Comme Ryan est trop fainéant pour se déplacer, il appelle Marc. L'appareil vibre dans sa poche. Il sonne, sonne, sonne… Marc reste figé vers l'avant. Quand le vibreur s'arrête, le réceptionniste envoie les trois personnes patienter plus loin. Marc recule, tire ses cheveux courts en arrière, fait un tour anxieux sur lui-même.

— Ça va aller, dis-je en m'approchant encore. Je serai avec vous en pensées.

— Je veux pas qu'elle voie Zonz aujourd'hui…

— Ce n'est pas obligatoire, vous pouvez dire qu'elle dort. Je veillerai sur elle.

Son souffle est de plus en plus court, le mien aussi lorsque ses yeux perçants se figent dans les miens.

— Je peux pas gérer ça…, souffle-t-il, au bord des larmes. Je peux plus…

Son menton tremble sous sa barbe de deux semaines, je suis alors prise de gestes incohérents, aussi confus que mes pensées. Mes mains s'attardent près de son col, mes doigts s'en emparent, je l'attire vers moi et pose mes lèvres sur les siennes. Aussi vite que ça, un furtif instant, les yeux ouverts. Je sens une très légère résistance, son essence mentholée plus présente que jamais ; Marc se retient à la barrière pour ne pas basculer sur moi et, tandis qu'il semble se laisser aller, je me détache de lui, sans lâcher son vêtement.

Tout mon oxygène s'échappe en même temps que mes phalanges se desserrent. J'entends que ça s'impatiente en bas. *Il faut que je lui demande pardon…* Mais alors que je l'imagine scandalisé, il s'approche, aussi vite que je l'ai fait, et m'embrasse. L'intention est ferme, le mouvement doux. Il encadre ma mâchoire avec ses mains solides, caresse ma bouche avec la sienne, me goûte par petites touches. Puis, ses lèvres deviennent plus entreprenantes et, en même temps qu'il me fait reculer contre le mur, sa langue rencontre la mienne.

Je laisse sortir un soupir profond, un ton au-dessus du sien. Et je dois me faire violence pour ne pas me laisser envahir par ce nouveau désir ; je n'ai jamais ressenti ça. Ma main gauche reste dans son dos pour ne pas soulever sa polaire, et la droite remonte jusqu'à sa joue. Mon corps bout, mon bas-ventre, surtout. Un frisson délicieux prend naissance sur ma fesse pour remonter le long de mon dos quand il aventure ses doigts sur ma hanche. Il ne fait que jouer avec le bord de mon pull sans oser le soulever non plus. Pourtant, plus les secondes passent, plus ce baiser est soutenu. On pourrait aller plus loin… On pourrait… Alors qu'on est déjà si…

— Bordel, j'y crois pas ! s'exclame Ryan, arrivé en haut des marches.

La rupture est violente, ma bouche brûle encore de ce contact et je pose ma main dessus pour l'apaiser, tandis que Marc recule vers la rambarde.

— Vous avez rien d'autre à foutre que me laisser galérer avec cette psychopathe ? s'énerve le réceptionniste.

— Marc, descends ! crie l'intéressée restée en bas.

Mon cerveau hurle à mon corps de se calmer. Marc semble avoir repris ses esprits ; ses iris se sont rallumés, comme rechargés.

— Allez-y, je vais m'occuper de Zoé, lui dis-je en hochant la tête.

— Merci…

Je ne l'ai jamais senti si sincère. Je me précipite alors dans la chambre.

— À partir de maintenant, tu la coinces, Ryan, OK ? dit le gérant, les dents serrées, en descendant lourdement les marches.

Lentement, le silence revient et la lumière s'en va. Dans la chambre tiède, il n'y a que la lueur d'une veilleuse et le souffle de la petite endormie pour apaiser ma confusion. *Marc m'a embrassée...* Je me pince une fois, deux fois. *Marc m'a embrassée, moi...* La gorge nouée, c'est à mon tour d'avoir les larmes aux yeux.

Je pense d'abord voir Zoé se tourner, mais c'est un simple soupir d'aise ; perdue dans ses rêves, elle n'a aucune idée de la rafale qui nous a balayés, dehors.

29

Je sens ma tête partir, mais ma nuque la redresse spontanément lorsque la poignée de la porte grince. Marc entre, regarde le sol, referme délicatement, puis semble réfléchir avant de reporter son attention sur moi. Il reste sur place quelques secondes. Est-ce que son cœur menace de sortir de sa poitrine, comme le mien ? Non... Quelque chose d'important s'est déroulé, je n'ai rien à voir avec ça.

Marc soupire et se dirige vers sa fille ; j'utilise son silence pour me ressaisir. Il l'embrasse sur le front, elle râle un peu en bougeottant ses pieds découverts, pas tout à fait consciente. En silence, Marc soulève les jambes de Zoé pour me libérer et m'inviter à me relever. Ceci fait, la petite se tourne sur le dos, sort un « Bonne nuit, papa » et repart au pays des songes. Vers la sortie, je prépare un « bonne nuit » et vois que Marc me suit. Il m'accompagne dans le couloir peu éclairé, veillant à laisser une ouverture pour surveiller son enfant.

Il est resté proche, si proche que nos mains se touchent presque. Cette proximité me trouble, je n'ose plus respirer. Lui laisse sa tête flancher sur le mur et ferme les yeux, comme après un bel effort ou une journée interminable. Plusieurs minutes doivent passer jusqu'à ce que je sois obligée de reprendre de l'oxygène et que je cède.

— Comment se profile la suite ? je chuchote.

Marc aspire une bonne goulée d'air avant de me répondre. Il m'explique que la discussion a été longue, mais bien plus apaisée qu'il ne l'avait imaginée. Apparemment, Justine s'est agitée sous le coup du stress et, au final, il a fait de même. Alors, après avoir échangé calmement avec elle, en présence de l'avocat et de l'assistante sociale, il a pu arrêter de lutter. Il estime toujours que la mère de son enfant a le droit de la voir, particulièrement parce qu'elle est désormais accompagnée pour surmonter ses troubles.

— Évidemment, rien n'est jamais stable à 100 %, mais elle semble être sur la bonne voie. Le service social fait confiance aux expertises médicales. On va essayer… Les premiers temps, ils ont dit que ce serait sous surveillance, la journée. Spontanément, j'ai proposé que mes parents accueillent Zoé pour les nuits à Genève ; l'idée a été retenue, je dois m'organiser avec eux. Ça évitera trop de trajets les week-ends. Ils me diront aussi si ma fille change d'attitude.

J'ai envie de répondre un truc bateau, du genre « C'est plutôt encourageant ». Je ne sais pas si ça l'est vraiment pour lui. Pour cacher mon embarras soudain, je m'adosse à la paroi.

— Si vous avez besoin de quelqu'un d'extérieur pour expliquer tout ça à la petite, n'hésitez pas.

Son souffle s'interrompt. Peut-être de surprise ? Je le vois hocher la tête, discret, puis il s'approche jusqu'à toucher mon bras avec le sien. C'est mon souffle à moi qui se fige alors.

— Tout s'est bien passé ici ? demande-t-il de cette voix rauque que j'adore.

— O… Oui, elle était déjà endormie quand je suis arrivée, l'agitation ne l'a pas perturbée.

— Tant mieux…

J'ai le sentiment qu'il voudrait saisir ma main. Une boule se forme dans mon estomac. Ça pourrait le faire, comme ça. Mais… Il y a ce « mais » insupportable, ce frein, cette impression que non, ça ne marchera pas. Mon cerveau fait passer des raisons à n'en plus finir, sans qu'au final, je puisse expliquer pourquoi. Pour finir, je me redresse, et Marc s'écarte. Sa chaleur qui s'éloigne me tord les boyaux, tout comme ses yeux inquiets.

— Je vais vous laisser vous reposer, je dis avec peine et regrets.

— OK, répond-il d'abord simplement.

Ce n'est que lorsque je me retourne qu'il m'interpelle par mon prénom, en oubliant de murmurer.

— Merci encore infiniment pour tout ce que vous apportez ici.

J'ai envie de répondre que je n'apporte pas grand-chose ; il ne me laisse pas le faire.

— Du pragmatisme, des solutions, des projets, de l'aide pour l'auberge. Et puis de la lumière, de la positivité, des sourires, de l'humour. Surtout de la douceur, Chiara… Vous m'apportez beaucoup de douceur.

Le nœud dans mon estomac se dissipe pour laisser une plus grande place à mon cœur qui gonfle. Je ne vais pas finir ce jour vivante…

— Je ne sais pas encore comment vous rendre tout ça…, continue-t-il.

Je vais pleurer.

— Vous me le rendez tous les jours, j'articule avec difficulté.

Je le sens douter, alors avant qu'il me dise ce que ce n'est pas assez, je rétorque :

— Mais la nuit porte conseil.
— C'est vrai, lâche-t-il, résigné.
— Reposez-vous bien. Bonne nuit, Marc.

À peine me répond-il que je ferme le studio. Même les ronronnements de Noirousse n'apaisent pas mes pensées. Pourquoi me suis-je sentie si mal, tout à coup ?

La bouche, la langue, la peau, le désir, l'intention, le sourire et les blessures de cet homme m'ont complètement bouleversée. Et me voilà perdue, tandis que la possibilité de les apprivoiser ou de m'offrir à lui est là. J'ai l'impression qu'il suffirait de le laisser me rencontrer, plus délicatement, pour que ça marche. Mais rien que ça, c'est effrayant. Et s'il était comme les autres, au fond ? S'il me faisait souffrir ?

Je serais incapable de supporter cette douleur une nouvelle fois.

30

« On a parfois l'impression que la vie nous glisse dessus. Elle coule sur notre corps, sans nous demander notre avis. De temps en temps, elle nous nargue et, quand elle prend un virage entre deux bourrelets, elle nous rappelle sa présence. Les traces qu'elle laisse derrière elle marquent la peau, et la douleur associée marque l'esprit. Il est bon de vivre. Il est préférable d'exister. »

Janaina et Evelyne reviennent tôt ce matin. Incapable de dormir plus longtemps, je les vois rentrer ; les prendre dans mes bras me fait un bien fou. Elles ne perdent pas de temps : la première file trouver son frère et la seconde grimace en saisissant mes mains. Sur un coup de tête, j'enfile une combinaison et repars fissa avec Evelyne.

C'est comme si je flottais, avançant vers un objectif dont j'ignore la teneur. Mes raquettes s'enfoncent un peu dans la neige, légèrement poudreuse. Mes cuisses s'endolorissent et je me concentre sur cette sensation d'avancer pour ne penser à rien d'autre. Mais rapidement, la morsure de la bise et mon amie rappellent leur présence.

— Ça fait du bien de marcher, purée !

Elle s'arrête, étire son dos et ses bras vers le ciel. Plus essoufflée que je ne le pensais, après une gorgée d'eau, je réponds d'un hochement de tête qu'elle ne voit pas.

— Et tu me dis que c'est Marc qui t'a montré ces coins-là, l'autre fois ?

Mes yeux visitent le ciel à leur tour, je vois très bien où elle veut en venir et lui tourne le dos. Je sais qu'avant-hier, elle a vu que nous nous évitions.

— Il faudra quand même que tu me dises ce qu'il s'est passé pour que vous vous retrouviez dans cet état..., souffle-t-elle, les mains sur les hanches. Mais je ne veux pas te brusquer !

Ses précautions ne sont pas sincères, je sais à quel point mon amie est taquine. C'est elle qui m'a appris le sarcasme. Menacée par ses yeux sombres désormais suppliants, je suis contrainte d'avouer.

— Dans la panique de l'autre soir, il se peut qu'on... se soit embrassés.

Son sourire grimpe jusqu'à ses oreilles.

— Et... ? insiste Evelyne. Vous devriez être plus contents que ça, non ?

— C'était un contexte étrange. Il venait d'appeler Janaina, désespéré. Le voir comme ça, ça m'a tordu les tripes et...

— C'est *toi* qui l'as embrassé ?

Mon cœur s'emballe, d'un coup, des images et sensations me reviennent. Une chaleur dont j'aurais bien besoin là, tout de suite.

— Oui, mais il a continué bien comme il faut, hein..., je grommelle.

D'abord, elle rit. Puis, j'ai l'impression qu'elle perçoit la tension dans mes épaules. Celle-ci n'a rien à voir avec mon attirance pour Marc.

— J'imagine que vous allez en reparler, non ? me demande-t-elle prudemment.

— Comme je l'ai dit, c'était un contexte spécial, je ne pense pas que ça… se reproduira.

Au final, cette situation d'évitement m'arrange, je peux moi aussi faire semblant, imaginer qu'il ne s'est rien passé. Même si mes nuits sont une répétition infinie des sensations que ce baiser m'a procurées…

— Chiara, dit Evelyne en frictionnant mes bras, tu ne vas pas pouvoir éviter ce que vous avez partagé. Les non-dits, les secrets… On n'est plus des ados, c'est important de débriefer. Sinon, tu vas te rendre malade.

— Hé, la marche, c'est pour se vider la tête, OK ? Si tu ne me laisses pas tranquille, j'appelle Luca.

— Luca n'est plus flic, il ne veille plus au respect des lois. Mais celle qui dit qu'on doit débriefer avec sa meilleure amie après un chamboulement émotionnel existe. Et si ton cousin exerçait encore, ça t'aurait valu une belle amende !

Evelyne reprend la marche et part devant. Je me retiens de pouffer pour préserver ma fierté. Cette femme est un sacré numéro. En continuant à avancer, le plus discrètement possible, j'attrape un peu de neige collante sur les branches basses de la forêt pour l'agglutiner entre mes mains.

— Sérieux, marmonne-t-elle, t'es pas sympa, j'ai pris des vacances pour venir…

Elle se retourne au moment où je lance la boule sur son épaule. Les confettis glacés se dispersent dans son cou. Mon amie lâche des exclamations de mécontentement, avant de riposter sans attendre.

Bientôt, nous sommes trempées, gelées, les joues rosies par l'effort, la griffure des projectiles, et les rires. Son ultime geste de vengeance est de foncer sur moi tel un canard déchaîné, et de me faire tomber. À bout de souffle, cette fois à cause de l'amusement, je perds ma raquette droite en voulant dégager ma jambe de sous mes fesses. C'est un miracle que je ne me sois rien tordu.

Nous récupérons tant bien que mal, allongées sur le sol blanc, froid et humide, à aspirer et recracher l'air comme des carnivores après la chasse. Un unique sentiment prend alors la place dans ma poitrine, au fil des secondes : le bonheur de connaître Evelyne et de la savoir près de moi.

— Je ne sais pas si je vais y arriver, je souffle.

Elle comprend immédiatement ce que je veux dire. C'est aussi ça que j'aime chez elle.

— Allons, je n'ai pas vu Marc montrer les crocs devant toi. Ça va bien se passer.

— Comment tu as fait, toi, pour croire en ton pouvoir de séduction ?

Evelyne éclate de rire, je la suis beaucoup plus timidement.

— Je ne croyais en rien du tout, avec Janaina. T'as vu la portée de sa lumière ?

— Justement. Qu'est-ce qui t'a fait penser que c'était possible de l'approcher ?

— C'est elle qui me l'a montré, ma belle. Alors, je n'ai plus voulu perdre de temps.

Le feu s'allume dans son regard, une passion que beaucoup rêvent de connaître un jour et qui pourrait embraser les nuages.

— Maiiiis, poursuit-elle, moi, je n'ai pas connu de pervers narcissique qui, en plus de me voler du temps avec mes proches, s'est nourri de ma confiance en moi.

Le feu laisse place à la compassion. Je tourne la tête, m'assieds, soupire profondément.

— Il faut que tu prennes ton temps, ajoute mon amie. Même si j'avoue que tu me manques beaucoup.

Mon cœur rate un battement, je me tourne vers elle pour répondre.

— Je suis là, pourtant.

— Hmm, non. Je parle de la Chiara Valente qui riait à toutes les blagues, qui sortait volontiers et revenait le lendemain avec des cernes de trois kilomètres, en souriant. Je parle de celle sur laquelle j'aurais sûrement craqué, si je n'avais pas déjà trouvé mon Soleil. Cette Valente-là, elle mérite clairement quelqu'un qui la regarde comme Marc le fait. Je le connais bien tu sais, à travers Janaina, et je t'assure que je lui confierais plein de trucs, si je le voyais plus souvent. Ah, peut-être que si j'étais hétéro…

J'enfouis mon visage entre mes gants humides pour le refroidir. C'est vrai que je ne suis plus la même. Avant, je faisais confiance aux autres, je les laissais me voir telle que j'étais, quitte à être déçue. Avant, cette amertume pimentait ma vie au lieu de la rendre écœurante. Avant, je gardais l'espoir de rencontrer des âmes plus belles, de trouver un job plus intéressant. Cette positivité s'est envolée petit à petit et j'ai arrêté de la poursuivre, sans m'en rendre compte. Je l'ai laissée disparaître.

Une sensation de satin délicat et mouillé s'attarde sur ma joue, je relève la tête.

— Même si ma Chiara est partie très très loin, tu es sur le point de la retrouver bientôt. Ça va sûrement te faire mal, parce que les claques ça fait toujours mal. Mais si tu savais comme on attend tous que tu te réveilles. *Que tu reviennes.*

Ce que j'ai hâte de revenir, d'un coup, de partager à nouveau ces moments avec Evelyne et ma famille. Et de nouvelles choses avec de nouvelles personnes. Pour cacher mes larmes, je prends mon amie dans mes bras, la fais basculer en arrière. Dans un élan de nostalgie certain, je commence à chanter la chanson de Patrick Fiori en réinventant les paroles. Mon amie rit encore. Il y a parfois des âmes sœurs auxquelles on est connecté à travers les époques, même si on les rencontre tard. En ça, j'y crois.

31

J'assiste en direct au départ de Ryan, deux jours plus tard. C'est une Janaina requinquée et souriante qui lui confirme que son contrat ne sera pas renouvelé. Accompagné de sa mère, l'ancien stagiaire râle, proteste et menace, avant de partir en claquant la porte. Priska se confond en excuses auprès de Marc et sa sœur en leur promettant une immense faveur, pour compenser. Après le départ de la voisine, je croise le regard de Marc, mais cela ne suffit pas à arrêter le temps ; il sort. Luca m'embarque par l'épaule à l'extérieur. Il me tient fort, comme s'il voulait éviter que je tombe. C'est peut-être ce qui va m'arriver quand je vais revoir le *musher* dans son élément. Devant l'enclos, je baisse la tête et ferme les yeux.

— J'ai jamais vu comment ça se passe, les chiens de traîneau. C'est sympa ? me demande mon cousin.

Je n'ai pas le courage de lui répondre et, au lieu de trouver Marc, nous rejoignons Émilie. Bien qu'ils soient toujours à l'auberge, je n'ai pas trop croisé les amoureux. Ils ont peut-être fait profil bas, en voyant que la situation était tendue ?

— J'ai fait mon tour en premier, dit-elle en souriant. C'est Quentin qui y est, maintenant.

— Vous avez apprécié ?

— C'était génial !

C'est comme si une lumière de plus éclairait son visage. Elle m'a parlé de réaliser ce rêve, après tout. Je me demande quel effet ça doit faire, et me sens heureuse pour elle. Ensuite concentrée, Émilie semble chercher les garçons perdus dans le brouillard ; au loin, on entend Marc expliquer sa passion, et Quentin poser d'autres questions.

Le traîneau revient au bout d'un quart d'heure, Quentin nous offre son plus beau sourire et Marc une satisfaction certaine. En sortant de la luge, le premier enlace puis embrasse Émilie, en lui demandant ce qu'elle en a pensé. Ils échangent presque en chuchotant et leur complicité me fait rêver.

— C'est votre tour cet après-midi, affirme Marc, après avoir rentré les chiens.

Ce n'est pas à moi qu'il s'adresse et je le regrette un peu. *Mince, pourquoi il m'a l'air encore plus beau ?* Luca sautille comme un enfant et demande pourquoi ce n'est pas possible d'y aller tout de suite.

— Tous mes chiens ont déjà couru ce matin, je leur laisse un temps de pause.

Sans rapport aucun, ses yeux arrivent à nouveau sur moi et restent là quelques secondes. Je ne sais pas quoi dire et, sans le faire exprès non plus, les miens glissent sur sa bouche. Je la vois alors s'étirer en un sourire gêné, il pose sa main sur l'épaule de mon cousin et entre dans l'auberge. La boule de mon estomac remonte dans ma gorge. Pourquoi tout le monde arrive à avancer et pas moi ?

32

— J'ai jamais réussi à gagner au Monopoly, de toute façon…

Je m'énerve et boude. Mauvaise perdante depuis toujours, je supporte mal de n'avoir acquis aucune maison ou hôtel, alors que tous ont réussi à acheter quelque chose. Trop gentille, je suis fauchée, nulle en affaires, et je fais perdre Luca. Parce qu'on a décidé de faire des équipes, en plus. Il n'a pourtant pas l'air de m'en vouloir et s'amuse comme un petit fou, surtout lorsque je visite la case Prison.

Je frotte mon visage et sonde le plateau, puis Émilie. Elle a tout compris et a refusé de jouer. « Je gère la banque », dit-elle tandis que Marc et Quentin ont échangé un *check* de victoire avant même de commencer la partie. Ils savaient qu'ils y arriveraient. Et moi j'étais sûre de rater mon coup. Cette proposition vient de l'ancienne Chiara Valente : créer du lien par le jeu, vouloir passer un bon moment. Et il n'y a que moi qui déchante… Néanmoins, je suis heureuse en partie. Même si nos échanges de regard sont très timides depuis quelques jours, j'ai l'impression que Marc se détend un peu. On avait besoin de ça.

Luca choisit le moment où je me fais le plus charrier pour aller chercher à boire dans la cuisine. Je me bats alors contre les réflexions gamines des deux amis, presque sauvagement, cherchant de la solidarité féminine. Puis, j'entends quelqu'un sangloter. Marc se lève immédiatement. La main droite dans celle de Luca,

Zoé serre très fort son doudou de l'autre. Elle le frotte sous son nez plein de morve, la gorge encombrée de sursauts.

— Je l'ai trouvée en train de pleurer dans l'escalier, explique mon cousin, décontenancé.

Marc s'agenouille en face de sa fille.

— Tu as mal quelque part, ma puce ?

Son timbre ne m'a jamais semblé si doux, si maternel. Il est vrai que, jusqu'ici, je ne me suis jamais demandé comment la petite avait vécu cette séparation. Non pas qu'elle puisse s'en souvenir, mais elle a sans doute dû gérer l'absence de sa mère. Et même si Janaina est très présente, Marc et sa sœur ne peuvent pas compenser le manque ou l'absence de celle qui l'a mise au monde. Du moins, psychologiquement. Zoé doit se poser beaucoup de questions…

— Au cœur, souffle-t-elle, la voix enrouée.

L'inquiétude s'imprime sur la figure du papa, je croirais presque que c'est son propre cœur qui va mal. Il saisit le poignet de Zoé et prend son pouls.

— Pas *là*, papa, j'ai mal à l'amour, à l'intérieur, dans ma tête !

Sa colère est saisissante, ses mots si simples et pourtant si parlants. Émilie et Quentin se regardent, sans trop savoir quoi faire face à ce soleil éteint, Luca affiche une mine soucieuse, et je sursaute quand Marc se redresse.

— Je suis désolé, je vous laisse pour ce soir, dit-il en glissant à peine ses yeux sur nous.

Après leur sortie de la pièce, entre deux reniflements, j'entends alors un autre accès de colère, et des pieds qui tapent au sol :

— Non, dis à Chiara de venir ! J'ai besoin de Chiara !

Consciente de sa souffrance, bien que je n'en connaisse pas l'origine, je me prépare à passer la soirée avec elle. Marc semble embarrassé au plus haut point lorsque je m'approche, surtout quand la petite lâche sa main pour se serrer contre mes jambes et pleurer de plus belle. Je la soulève et la blottis contre moi, en la berçant légèrement. Ce geste spontané me chamboule, je ne sais pas d'où il sort, mais il apaise légèrement Zoé, qui loge son visage mouillé dans mon cou. L'expression de Marc, entre déception et soulagement, m'invite à monter les marches avec lui pour rejoindre la chambre de la fillette.

Elle pèse son poids et je tente de la décrocher de moi pour la poser dans son lit, sans succès. Elle gémit, sanglote une nouvelle fois d'agacement.

— Tu as fait un cauchemar ? dis-je en m'asseyant, plaçant ses jambes en travers de mes cuisses tant bien que mal.

Son père s'installe à côté de moi et lui caresse les jambes.

— Non…

— Alors c'est quoi, ce gros chagrin ? Dis-nous.

Elle mordille l'oreille de Lapinou – si tant est qu'il s'appelle comme ça – puis la mâchouille, jusqu'à oser enfin avouer.

— J'ai peur de voir Justine.

Marc avale son souffle, choqué. La bataille a eu lieu, mais les dommages collatéraux apparaissent maintenant. Lui a-t-on seulement demandé son avis, à elle ?

— De quoi tu as peur, Zonz ? demande son père.

— Tu m'as dit que, quand j'étais bébé, elle avait fait une bêtise…

Un soupir de maîtrise, Marc est fort et garde son sang-froid. Je vois ses doigts trembler sur le mollet de Zoé.

— Tu crois qu'elle va la refaire ?

Cette crainte est légitime. Je sais que, malgré tous leurs efforts, les parents transmettent leurs peurs à leurs enfants. Celle de

Marc était évidente, sa fille l'a forcément perçue et se l'est peut-être appropriée.

— Non, ma chérie. Ta maman ne la refera plus.

Son aplomb est saisissant. Moi-même je pense qu'il y croit. Je caresse le dos humide de la petite, tandis que Marc saisit sa main libre.

— Tu sais que c'est elle qui t'a offert Miss Toumou, d'ailleurs ?

Ah, le voilà, son nom…

— Ah oui ?

— Oui, elle l'a achetée quelques mois avant ta naissance et l'a tout de suite placé dans ton berceau. Et comme tu n'es pas rentrée tout de suite à la maison, elle l'a mis à côté de ta tête dans ton œuf transparent.

Elle regarde la peluche, dubitative. D'un revers de bras, elle éponge sa frimousse, regarde son père, puis se retire de mes jambes pour s'installer entre nous deux, accroupie.

— Alors, elle m'aime ?

— Elle t'a toujours aimée, même si elle ne pouvait pas te le montrer comme il faut.

— Mais…

Ce sont ses doigts qui sont triturés, maintenant. Miss Toumou fait une sieste à côté d'elle, dans le lit. Le regard de Marc croise le mien, c'est comme s'il me disait que la crise était passée, puis qu'il cessait d'y croire au même instant, sous le timbre pincé de son enfant.

— À l'école, mes copines m'ont dit que, parfois, il y a des mamans qui n'aiment pas leur bébé, qu'elles l'abandonnent à la naissance, ou qu'elles leur fait du mal. Alors moi, je voulais en chercher une autre, pas aller vers celle-là, parce que ça fait peur. Et je voulais que Chiara soit ma nouvelle maman.

Je sens le papa à court d'arguments, il fatigue et a tout essayé pour éviter de décrédibiliser son ex-compagne. Le malaise s'installe d'abord entre nous, comme avant la partie de Monopoly, parce que nous n'avons jamais reparlé de quoi que ce soit qui nous concerne ; la petite va plus vite que nous pour ça. Pour elle, je garde courage et, à l'aide d'un hochement de tête, je demande l'accord de Marc pour tenter quelque chose.

— S'il y a bien quelqu'un qui ne te veut que du bien, c'est ton papa. Il est là pour te protéger, et il ne t'enverrait pas vers une personne qui pourrait te faire du mal. Je peux te le promettre.

Il ne m'a pas quittée des yeux et je perçois une émotion forte, stable dans ce regard souvent vaillant. Est-ce que j'ai réussi à réparer une faille ? Miss Toumou m'embrasse, Zoé aussi, et leurs sourires dégoulinants marquent la fin de ce gros chagrin.

— Si tu promets, alors je te crois plus que mes copines ! Parce que t'es trop gentille, trop belle, trop douce… Hein papa ?

Marc rit, prend sa fille dans ses bras, l'embrasse sur la tête et lui souffle qu'il aime sa petite chipie. Il prend ensuite un mouchoir dans le tiroir de la table de nuit et demande à Zoé de se moucher, puis d'aller se rincer les joues avant de se rendormir. Elle acquiesce sans résister, confie son doudou à son père, file à la salle de bain attenante. Une légère gêne revient. Marc soupire, probablement libéré d'un poids. Et peut-être heureux qu'elle lui ait confié ses craintes à ce sujet.

— Je ne sais pas comment vous remercier…, souffle-t-il, en guettant la porte entrouverte, puis en appuyant sur ses yeux.

Je hausse les épaules après un soupir profond, empreint d'un certain soulagement. Et ma main glisse sur son avant-bras, que je presse affectueusement entre mes doigts, pour le relâcher aussitôt.

— Je suis prête !
— Allez, *buona notte principessa*, je dis en quittant la pièce.
— Bonne nuit, Chiara, me répond la voix grave de Marc.

Un frisson de plaisir descend le long de ma colonne, mais j'en profite peu, car elle m'interpelle à nouveau.

— Dis, ça va aller d'attendre ?
— Attendre quoi ? je lui demande, revenue sur le pas de la porte.
— Attendre avant d'être ma nouvelle maman.

Marc s'étouffe, j'éclate de rire sans retenue.

— Tu n'as qu'une maman, petite fille. Mais ça ne m'empêche pas de t'aimer.

J'embrasse ma main et souffle mon geste d'affection dans sa direction, avant de refermer la porte. Elle est adorable, son père aussi… Il y a tant d'amour dans cette maison.

33

Dans trois semaines, c'est Noël. Depuis son retour, Janaina s'occupe de toute la logistique des travaux et les choses se profilent bien. Alors, j'ai spontanément proposé de décorer la pièce principale avec elle, pour lui offrir un sas de décompression, entre deux tâches. À plusieurs reprises, je sens son regard attendri, comme teinté de reconnaissance et de nostalgie. Elle me raconte avec émotion le déclic qu'Evelyne et elle ont eu. Je manque de pleurer lorsqu'elle me confie être « si heureuse de m'avoir rencontrée » et nous échangeons une étreinte, avant qu'elle ne reparte au travail.

Me remettre du passage de ce rayon de soleil et sortir l'énorme sapin artificiel de la cave est une épreuve. Choisir comment l'embellir avec le stock de l'année passée s'annonce plus amusant. Janaina et Marc n'ont pas mauvais goût et le recyclage est de mise ; j'apprécie la démarche. Entre ça et tout ce qu'il s'est passé ces derniers temps, une idée me vient : celle de montrer au monde entier combien l'Auberge du Loup Blanc accueille ses amis chaleureusement. Je la note sur un papier, en vitesse, et me remets au travail.

J'ai toujours aimé cette période de l'année. Lorsque j'étais enfant, mes parents me gâtaient beaucoup. Trop. Mais le cadeau que je préférais, c'était leur sourire. Me réjouir de cette fête, c'était comme attendre la neige à Genève aujourd'hui : une intarissable impatience. Croire au père Noël, c'était comme m'évader un peu des difficultés de la vie. Oh, je n'en avais pas tant que ça, ce n'est qu'à l'adolescence que les remarques ont commencé... Plus grande, j'étais toujours gâtée, mais j'ai vu les adultes devenir moins enthousiastes. Les années faisant, il manque certaines personnes de la famille autour de la table...

Noirousse trône sous l'arbre et patiente : il aimerait jouer avec les plus petites boules, qui roulent bien et rebondissent. Malgré son âge, il est resté espiègle et j'ai bien conscience que, depuis que je l'ai récupéré de chez Tata Lulu, je ne l'occupe pas aussi bien que je le devrais...

— Bel effort.

Je frissonne en voyant Marc s'accroupir à côté de moi. Il ne me regarde pas. Je le scrute, le détaille, le respire – discrètement tout de même – comme s'il m'avait manqué. Nous n'avons pas évoqué notre baiser une seule fois en quinze jours. Et la distance malaisante est toujours là. Je sais que Zoé ira voir sa mère quelques week-ends définis, à partir de maintenant, et ce sont des moments où Marc sera particulièrement occupé. Peut-être pour mieux gérer son angoisse ? Même si l'auberge est encore défraîchie, les affaires ont repris un bon chemin. Mon idée pourrait donner une ultime impulsion, et la dose de confiance suffisante.

— Merci, je réponds timidement en me réfugiant dans le carton à côté de moi.

Il s'installe en tailleur, et semble prêt à poursuivre notre conversation. Puis, Noirousse s'avance vers lui, curieux, mais pas courageux. Marc se contracte, il ne sait pas vraiment quoi faire pour apprivoiser le fauve.

— Ils ont en commun avec les chiens d'avoir besoin de sentir les gens.

Sans grande conviction, il avance alors sa main. Noirousse sursaute, Marc voudrait peut-être faire un bond en arrière, puis le museau humide de mon chat se pose sur son index.

— Apprécie le Loup, je chuchote, montre-lui que tu es un ami, et il t'offrira quelques gratouilles.

Lorsque le souffle du rire timide de Marc sort de son nez, Noirousse frôle la crise cardiaque.

— Allez mon chat, lui dis-je en le prenant dans mes bras. Ça va aller.

Quelques caresses sur la tête et il commence à ronronner. De peur ou de délice, je n'en sais rien, mais il ne lutte pas. J'embrasse sa tempe et le rassure.

— Tu vois, il est gentil.

Marc ose une nouvelle approche et laisse le félin s'habituer à ses phéromones. Puis, Noirousse se frotte et débute alors un long moment tendre, durant lequel j'espère maladroitement que la paume de Marc fasse un écart sur ma main plutôt que dans le cou du matou.

— Vous l'avez depuis chaton ? me demande-t-il.

Au fond, je comprends qu'il aimerait me poser une question différente. Mais c'est une entrée en matière comme une autre.

— Non, j'étais proche d'une voisine âgée de mes parents dans notre immeuble. Et à son admission en EMS[8], je me sentais un peu seule dans mon appartement, alors j'ai adopté Noirousse. Il a tout de suite été adorable.

— Je vois. Et cette voisine, elle va bien ?

---

8. Établissement Médico-Social : il s'agit plus communément d'une maison de retraite.

— Elle est décédée.

Marc ferme les yeux, mal à l'aise.

— Je suis désolé…

— Pas de problème, ça fait quelques années, maintenant. Et cette période était tellement floue. À l'adolescence, j'étais harcelée à l'école et j'ai progressivement arrêté d'aller la voir. Mes parents ne m'ont pas vraiment expliqué ce qu'il s'était passé… Tout s'est décidé avec sa fille. Je n'ai rendu visite qu'une seule fois à Tata Lulu en établissement, je l'ai trouvée un peu… désincarnée. Ensuite, on m'a dit qu'elle était retombée amoureuse, j'étais super emballée. Les années ont passé… Puis elle est morte, sans qu'on me dise vraiment pourquoi.

Les ronronnements de Noirousse se font plus insistants quand j'arrête de lui pétrir le ventre. Il est maintenant couché, entre nous deux. Marc recommence à flatter ses oreilles.

— C'est un regret ? interprète-t-il.

— Je crois, oui. Je leur demanderai un jour d'éclaircir mes souvenirs. J'aimerais savoir. Et lui rendre hommage, d'une certaine façon. Bien avant Noirousse, elle m'accueillait toujours volontiers. Avec « Questions pour un champion » en fond sonore, on a fait des parties de Scrabble, elle me racontait son époque pendant que je lui posais des bigoudis dans les cheveux… Ils étaient doux et tout blancs, j'adorais ça. J'avais l'impression de prendre soin d'elle, de son corps tout frêle.

Mes larmes montent, je déglutis et m'arrête un instant.

— Je ne sais pas pourquoi je vous raconte tout ça, je souffle en retournant à mes cartons.

J'ai l'impression qu'il soupire. Est-ce que je l'ennuie ou l'agace ?

— Chiara, je suis désolé d'avoir encore une fois été con…

Je… je vous ai évitée, alors que vous faites tellement. On ne discute plus, on se regarde à peine…

Noirousse s'agite, il en a marre des câlins. Je me relève et le prends à nouveau dans mes bras.

— Je vais le ramener dans le studio. Et ce n'est pas grave, Marc, j'ai fait pareil…

Un pas, deux pas et il saisit mon bras délicatement.

— Quand vous redescendrez, est-ce que vous pensez qu'on pourrait en parler ? Je crois que c'est important.

Ma respiration se coupe, l'anxiété revient. *Pourquoi il est si difficile de devenir adulte, même à trente ans ?* Je réponds trop vite, sur un ton qui ne convient pas à la situation et à sa gentillesse.

— Non.

Et je pars, trop vite aussi. J'arrive essoufflée comme jamais en haut des marches. Parce que je suis montée sans le regarder, parce que je n'ose pas imaginer comment il se sent après ce refus débile, alors que *j'ai* amorcé cette situation avec mes impulsions…

Je ne redescends pas de la journée, passant mon temps à regretter mon attitude détestable. Puis, le soir, mon téléphone sonne. Mon cœur tambourine dans mes oreilles au rythme du vibreur. Le numéro n'est pas dans mes contacts, mais je le reconnais : c'est celui de Nunzio.

34

J'ai passé une nuit infernale, à me réveiller plusieurs fois en sueur et en panique. Noirousse me l'a reproché, en s'enfonçant un peu plus dans son panier, quitte à me tourner le dos. J'ai fini par m'installer sur une chaise jusqu'au matin, les bras appuyés sur la fenêtre, la tête en arrière et le regard vers la lune. Celle-ci m'a eu l'air particulièrement massive.

Mon téléphone m'attend sur la table de nuit et m'indique qu'il est 8 h 30. Je bondis quand il sonne à nouveau. C'est le numéro de la boîte qui s'affiche, désormais. Comme hier, je ne décroche pas. Comme hier, je regarde derrière moi, en imaginant qu'il y surgisse. Ça y est, Nunzio m'a retrouvée. Deux minutes après l'appel, une notification WhatsApp s'affiche. Je sais qu'il attend une réponse et qu'il ne me lâchera pas tant qu'il n'en aura pas. Il est comme ça. Son obstination faisait partie de ce qui m'a charmée au début. Il savait ce qu'il voulait et moi j'étais tout le temps perdue...

Ce retour en arrière me terrifie. Lui adresser la parole, même par écrit, c'est revenir affronter mes démons. *Ce* démon. Cette manipulation, mon *burn-out*, ma dépression. Je pensais que fuir m'aiderait, Evelyne aussi. Et je prends conscience à présent que m'approcher d'un autre homme, c'était partir loin de Nunzio. Mais j'ai fait ça toute ma vie et ça ne peut plus durer. Parce que personne ne mérite d'être utilisé. Et certainement pas Marc...

La fraîcheur de la brise glacée sur mon visage enflammé vivifie mon courage. Bientôt, le soleil se lèvera et il faudra que je réponde. Pour refuser. Pour arrêter de fuir et guérir vraiment. Quand je compare les sentiments que j'ai éprouvés pour mon tortionnaire et ceux que m'inspire Marc, mon cœur change de fréquence. À la fois, c'est si effrayant. Parce que… peut-être que je ne l'ai pas utilisé. Peut-être que c'était bien la première fois que je ressentais ça pour un mec bien et que ça m'a fait drôle.

Noirousse s'invite sur mes genoux. Jamais il ne s'était autant frotté sur un homme. Au-delà d'une potentielle affection qu'on peut prêter aux chats, j'interprète plutôt ce signe comme : « Je veux m'approprier cette personne, comme je me suis approprié la voisine de l'époque. » C'est mon cerveau qui bout, maintenant. Parce que je me dis que, si je suis tombée amoureuse, il n'y a pas de raison d'avoir peur de Nunzio. Mais si j'ai encore peur de lui, peut-être que je ne suis pas tombée amoureuse…

D'ailleurs, j'ai peur de quoi, quand Marc m'approche ? De son sourire ? Du piquant de sa barbe ? De ses lèvres un peu gercées sur les miennes ? De ses mains sur mes hanches ? Non. J'ai peur de ne jamais connaître ça. J'ai eu un baiser, et bon sang que c'était bon, même si je pense encore ne pas mériter ce que j'ai reçu. Alors… est-ce que j'ai peur de le perdre, avant même de l'avoir eu, tout simplement ? Mais comment pourrait-il partir, si je ne le laisse pas arriver ? Peut-être que je me suis encore une fois perdue et enfoncée dans un certain déni. J'ai besoin de lui, mais lui n'a pas besoin du boulet que je suis.

En silence, je descends cacher mon Natel sous le comptoir de l'entrée. Il se déchargera tranquillement et, au moins, je ne l'aurais plus sous les yeux. Le jour arrive, finalement, et j'attends qu'il révèle les grains de poussière de mon studio pour prendre une douche. L'eau trop chaude coule sur mon corps engourdi. Une désagréable nausée s'installe du bas de ma gorge jusqu'au bout de ma langue. Je sens un malaise me gagner et décide de sortir au plus vite avant qu'on m'entende tomber et qu'on me trouve allongée nue, telle une flaque sur le sol.

Une fois habillée, je prends plusieurs inspirations, ouvre la porte et percute Marc.

— Bonjour, Chiara, articule ma voix préférée.

Je recule d'un demi-pas, m'excuse de lui avoir foncé dedans, vérifie si je ne lui ai pas fait mal. Son expression renfermée me fait douter sur ses intentions et m'apaise à la fois. Il ressemble au gérant que j'ai rencontré au début de la saison : bourru, secret, juste ce qu'il faut de politesse.

— Quelque chose ne va pas ? je demande, spontanément.

Et puis, ses yeux se fixent aux miens ; un frisson glacé descend jusqu'en bas de mon dos, activant encore une fois les battements de mon cœur. Évidemment que quelque chose ne va pas.

— Vous savez à quel point je respecte vos émotions et vos traumatismes, depuis votre arrivée, commence-t-il. Et je vous donnerai le temps qu'il faudra. Mais… Je me sens obligé de vous dire ce que je ressens aussi. Vous êtes d'accord de m'écouter ?

Refuser, c'est fermer la porte sur *mon* respect pour lui. Accepter, c'est l'ouvrir sur un dialogue, un échange que je n'ai pas envie de vivre. Je me sens traquée, piégée. *Comme avec Nunzio.* Incapable de sortir un mot, je hoche malgré tout la tête, crispée.

— Je ne suis certainement pas la personne la mieux placée pour comprendre ce qui nous arrive. Mais j'ai beaucoup réfléchi

pour laisser passer le fait qu'il m'a fallu peu de temps pour changer. En plus d'être dans le bon sens, j'ai compris que c'était grâce à vous. Et je ne sais pas à quoi c'est dû...

— Marc...

— Est-ce que ce sont les moments passés ensemble ? Ou est-ce que c'est suite à...

— Marc !

Sa respiration s'aère, la mienne m'étouffe. J'étouffe. J'ai dit OK pour l'écouter, alors que je vais m'effondrer d'une minute à l'autre. Je me tiens au montant de la porte, tandis qu'il m'observe.

— Je vais être sincère avec vous, je réussis à formuler, cette conversation m'angoisse.

Il ne réagit pas et je me sens obligée de rectifier :

— Pas à cause de vos ressentis ! Vous pouvez toujours me les confier, ça ne me dérangera jamais. Mais j'appréhende tellement l'instant où vous allez parler de *ce* moment. Je ne peux pas expliquer pourquoi, je cherche une solution depuis des jours, rien de rationnel ne me vient... Je... Je crois que je deviens folle.

Noirousse s'emmêle dans mes jambes et vient vérifier qui se trouve là, à l'entrée de chez lui.

— Alors quoi, on ne parle pas de ce baiser ?

La pointe de contrariété mêlée à son désespoir me projette à la figure un mélange de couleurs que je n'apprécie pas. Je préfère quand il sourit, quand il me fait ses compliments maladroits, quand on discute au coin du feu...

— Une autre fois..., je chuchote. Je préfèrerais une autre fois.

Un soupir nous sépare encore un peu. Je remarque qu'il s'est appuyé sur le montant de la porte aussi ; il s'en éloigne.

— Bien... Je vous laisse tranquille. À tout à l'heure, peut-être.

Il a la mine d'un enfant déçu, celle, aussi, d'un homme meurtri. Et quand il descend les cinq premières marches de l'escalier grinçant, les larmes restées sur le bord de mes yeux et dans ma gorge me coupent le souffle. Impossible de capturer l'air. Ma poitrine se comprime, alors qu'elle devrait me faire vivre. Je tremble. Puis je tombe.

35

Ma vue se trouble, j'entends comme dans un aquarium. Le bruit de ma chute a fait courir Marc. Il m'empêche de basculer et crie, sans que j'entende quoi. Puis, son attention revient à moi. *Sérieusement, qu'est-ce que je lui fais subir ?*
— Chiara, écoutez-moi.

Sa voix est tout aussi calme qu'avant. Elle me captive, à chaque fois qu'il prononce une phrase. Depuis le début, même s'il m'insupportait, il était mon guide dans la montagne. Mon roc. Il n'a plus l'air si solide, maintenant, mais il ne panique pas. Grâce à son souffle posé, je me rends compte que je suis en train d'hyperventiler. C'est pire quand je comprends que je ne peux pas me calmer.

— Inspirez par le nez.

Je le fais.

— Soufflez par la bouche. Et videz tout l'air. Videz.

Je le fais aussi.

— Recommencez, je compte. 1, 2, 3, 4… Expirez.

Je suis la cadence qu'il m'impose avec un ton de professionnel du corps médical. *Il devait être un infirmier en or…* Ça fonctionne, mais voyant que ce n'est pas assez rapide, il glisse sa main sur la base de ma gorge. La légère pression froide qu'il exerce par moments me permet de me calquer davantage sur son rythme, de me concentrer sur autre chose que ma poitrine verrouillée. Derrière lui, sur les marches, j'aperçois Luca, qui semble horrifié et à la fois confiant. C'est un drôle de paradoxe. *Je me sens partir…*

— Il faut rester avec nous, OK ? Il reste des fournées de brioches à préparer.

Un goût sucré arrive sur ma langue, puis une vive acidité. Je me rends compte qu'Evelyne me fait boire… du jus de citron ?

— Le médecin est en route, dit-elle à Marc.

Ce dernier hoche la tête et demande à mon amie de me chanter ma chanson préférée, tandis qu'il continue à me faire respirer. Concentrée sur les fausses notes, j'agrippe doucement le bras de Marc et réussis à reprendre une certaine contenance.

Un homme aux cheveux gris arrive alors, se présente, déballe du matériel stérile de sa petite valisette. La panique revient, parce que j'ai aussi peur des aiguilles. Marc me prend la main, Luca me demande de ne pas retomber dans les pommes, Evelyne chante plus fort. Légère piqûre dans mon biceps qu'on a découvert sans que j'y fasse attention. Une seconde, deux secondes, et je ferme les yeux.

Je me réveille dans le studio, dans mon lit. Je frotte mes yeux et pense que le froissement des draps ne réveillera que moi. Malgré la douceur du médecin, je me sens diminuée et ce n'est qu'après quarante minutes de consultation que je suis affublée d'un nouveau traitement. Prescription que je n'ai aucune envie de respecter… Je sais quoi faire pour aller mieux.

Après son départ, assise, mais recroquevillée, j'accueille une Janaina qui s'excuse au moins mille fois de ne pas avoir été là ; elle veillait sur la petite et c'est bien normal que je lui pardonne.

Evelyne s'excuse également, en m'embrassant une douzaine de fois sur les joues.

— Je suis tellement désolée d'avoir voulu te caser ! Ce séjour devait te permettre de te reposer, pas de faire des crises d'angoisse à répétition. Franchement, je suis trop nulle et…

Je lui demande de s'occuper un peu de Noirousse pour se détendre, sinon c'est elle qui va céder à l'anxiété. Lorsqu'elle prend le chat dans ses bras, ma culpabilité m'assaille ; c'est moi qui devrais demander pardon de ne pas me rétablir assez vite dans des conditions aussi belles.

Enfin, Luca me serre dans ses bras une bonne poignée de minutes, sans dire grand-chose, juste pour recharger mes batteries. Puis, j'entends ce pas lourd qui me rassure aujourd'hui. Voir Marc là, appuyé contre le chambranle de la porte, ça me donne des frissons – agréables cette fois. Et je me rappelle sa peau sur la mienne, ses mots factuels et réconfortants. Je rêve qu'il m'enlace à son tour en caressant mon dos, qu'il m'embrasse de la même façon que la première fois…

Pour l'instant, il s'assied à côté de moi, sur un pouf, et m'adresse un regard entre remords et soulagement, tandis que mon cousin se relève. S'ensuivent de longues œillades pleines de sens et pudiques à la fois et, quand tout le monde est parti, je me décide enfin à lui parler.

— Merci… et désolée…

— Ce n'est rien et ce n'est pas votre faute.

Un nouvel ange passe, plus présent.

— Allez vous reposer, Marc, je ne veux pas vous prendre plus de temps…

— Je vais rester encore un peu, si vous êtes d'accord. Parce que la dernière fois que je vous ai laissée à votre demande, je suis sorti de l'expérience un peu froissé.

Il est d'abord sérieux, puis je reçois son sourire charmeur en pleine face. *J'ai envie de pleurer...* Ma tête réfugiée entre mes genoux, je renchéris alors :

— Il faut que vous partiez, je refuse de vous imposer ça. Vous avez assez subi ce genre de choses pendant des années…

— Chiara, si je reste, c'est que je me sens capable d'assumer la situation.

— Non, c'est parce que vous êtes trop gentil…

J'aimerais *voir* sa réaction, mais je la *sens* ; il se déplace sur le parquet grinçant et saisit ma main gauche entre les deux siennes. En plongeant dans ses yeux électriques, je comprends que le moment est là, ça y est. Le médicament fait encore effet, et tant mieux… Mon cœur menace d'exploser dès les premières nuances de sa voix.

— Le plus grand traumatisme de mon existence, c'est d'avoir pensé que Ju' était la femme de ma vie, puis de me la faire enlever par une maladie qui semblait incontrôlable à l'époque. J'ai subi ça pendant des années, c'est vrai. Et je ne veux pas vous mentir : certaines de vos angoisses me rappellent cette époque.

Marc empêche ma main d'échapper à ses doigts en la couvrant de caresses.

— Malgré ça, je ne regrette pas une seule seconde que vous m'ayez embrassé, poursuit-il.

Mes larmes montent ; il l'a dit. Et je ne suis pas morte. J'arrive presque à y croire, quand il renchérit.

— Je regrette encore moins de vous avoir embrassée en retour, poursuit-il.

Ma déglutition devient vraiment difficile. Mon corps entier

ramollit, incrédule face à des paroles que j'ai rêvé d'entendre toute ma vie. Incapable de parler, je le laisse continuer et m'imprègne de la chaleur de ses phalanges et de son expression. Je crois que sa bouche tremble un peu...

— Vous l'avez vu, vous l'avez senti. À chaque fois que je vous croise, Chiara, à chaque fois... je voudrais recommencer.

Mon ventre, mes reins, ma poitrine lui hurlent en silence de passer à l'action. Mais ma raison m'emmure dans le silence.

— Vous savez pourquoi je ne le fais pas ? me demande-t-il d'un ton brisé.

Je n'arrive qu'à laisser ma tête se balancer à la négative. Notre connexion visuelle se rompt, il se concentre sur ses jambes sans pour autant séparer nos paumes.

— Je ne veux plus être la victime collatérale des troubles psychiques.

Son corps entier s'affaisse. Mais Marc est entier dans sa sincérité.

— Pourquoi vous me tenez la main, alors ? je réussis à dire, malgré ma gorge encombrée d'émotion.

Il relève la tête, retrouve mes yeux, commence à agiter sa jambe, inspire et expire profondément, et déroule d'autres phrases que je rêvais d'entendre... de *sa* part.

— Parce qu'avec vous, j'aimerais que ce soit différent. Avec vous, je ne veux pas être le Sauveur. Mais je ne veux pas non plus être celui qui vous laisse tomber. J'aimerais marcher à vos côtés, longtemps s'il le faut. J'aimerais m'ouvrir, pour que cette volonté de recommencer se transforme en « oser à nouveau ».

Un sanglot m'échappe, tel celui d'une enfant. Une grimace, aussi, sûrement. Marc lâche ma main pour m'empêcher de me cacher avec mon bras droit. Il sèche mes larmes avec une tendresse que je n'aurais jamais pensé recevoir d'un homme.

— Maintenant on va arrêter de s'éviter, conclut-il, j'aimerais vous rappeler qu'on n'est plus des gamins et que, si quelque chose ne va pas, vous pouvez me le dire. En plus de prévenir les catastrophes, ça nous permettra de... je ne sais pas. Échanger ?

Il essuie mes joues humides avant de lâcher un nouveau soupir, et de me dire, en se relevant, qu'il va me laisser me reposer.

— Merci infiniment, dis-je, libérée aussi.

Il se penche et essuie une dernière marque sur ma pommette. Il s'attarde un peu, ses yeux passant des miens à l'ensemble de mon visage, pour s'égarer sur mes lèvres. Une, deux, trois, quatre, cinq secondes...

— Marc, je murmure.

— Hmm ?

— Ma crise d'angoisse, ce n'était pas seulement parce que j'avais peur de nous...

Il me semble que son pouce se rapproche du coin de ma bouche. Il passe sa langue sur la sienne, tiraillé entre le fait de me laisser parler ou de craquer déjà.

— Quelle était l'autre raison ? réussit-il quand même à me demander.

Moi aussi, je suis tiraillée. Mais je réalise que, sans avancer sur l'autre plan, je n'avancerai pas sur celui-ci. Alors, je sacrifie ce deuxième baiser auquel je croyais, cette fois.

— Nunzio m'a retrouvée. Il m'a contactée plusieurs fois.

Marc assimile l'information, comprend certainement la même chose que moi. En quelques secondes, il fait le deuil de notre moment d'intimité. Tout ça aurait été trop facile… Mais je constate aussi que, désormais, nous sommes deux. Et que je risque bien, grâce à ça, de sortir du fossé dans lequel cette dernière relation m'a fait tomber.

36

Trempée par un nouveau cauchemar, je tente de gérer au mieux ma respiration avant de me lever. Même en rêve, Nunzio est d'abord charismatique, séducteur, flatteur… puis exécrable, manipulateur, dévalorisant. Ce contact sur ma peau semble plus réel et dégoûtant que jamais. En soi, je ne suis partie que depuis quelques semaines… Je me demande ce qui a bien pu m'attirer chez ce sacré enf… Le pic d'angoisse revient. Je me lève, ouvre la fenêtre, profite de la brise glacée, et découvre les premières décorations de Noël des résidents de la commune. Les lumières clignotantes m'apaisent et me rappellent que cette année de bataille est bientôt terminée.

Le traitement que le médecin m'a prescrit est resté dans la table de nuit. Les semaines restantes avant les fêtes, pour survivre quand même à ces nuits très compliquées, je me concentre sur mes progrès. J'ai gagné suffisamment confiance en moi pour me sentir capable d'au moins lutter mentalement contre mes démons. De là à les affronter pour de vrai…

Une grande bouffée d'air par la fenêtre, un nuage de buée, et je pense à tout le beau monde qui m'attend. J'ai conscience qu'ils ont pris des vacances très longues pour être à mes côtés. Et que je n'ai jamais vraiment été seule. Telle une lionne blessée, je me suis cachée pour mourir, et ça n'a pas réglé mon problème. À présent, je sais qu'ils sont là pour moi, et j'y ai même gagné au change. Parce qu'au-delà de la présence de Luca et d'Evelyne, j'ai pu rencontrer Quentin, Émilie, Zoé, Janaina et…

Un bruit sourd contre la porte me fait sursauter. Je pense d'abord que c'est lui, mais en ouvrant prudemment, je reçois la colère de mon amie.

— Quand est-ce que tu comptais me dire que notre connard de patron avait trouvé ton nouveau numéro ?

Elle brandit mon téléphone sous le nez et mon anxiété monte d'un cran. Visiblement, Janaina l'a trouvé et l'a donné à Evelyne.

— « Ma chère Chiara, le Service de Santé du personnel m'a donné tes coordonnées, en voyant mon désespoir face à ton départ. » Il a *aussi* réussi à les manipuler, tu y crois ?

Je mets quelques secondes à comprendre que cette question s'adresse à quelqu'un d'autre dans le couloir.

— « Ma chérie, j'ai infiniment besoin de toi. Rien n'est plus pareil au boulot ni dans mon lit. Je rêve de ta chair, de ta douceur, de ta gentillesse… Reviens vite. » Quel beauf ! Attends, le meilleur c'est le dernier, envoyé il y a vingt minutes : « Mon Amour, j'ai besoin de toi pour guérir de cette solitude qui m'accable. Si tu ne reviens pas, je ne répondrai certainement plus de mes actes… »

— Evelyne…, je commence en sentant la déprime et le stress s'abattre sur moi.

— Le gars, il s'est tapé quasi toute la boîte, il dit qu'il est en manque de ta chair. Il pourrait être en manque de n'importe quoi, on s'en fout ! Cette manie de jouer les victimes…

— Eve'…, intervient cette voix grave aux pouvoirs magiques.

Je repousse le battant dans la précipitation. Marc ne doit pas voir mon pyjama Snoopy.

— Non, mais t'es d'accord qu'en plus d'avoir entourloupé le Service de Santé du personnel le plus incompétent du monde, ce type est une enflure ?

— Bonjour, Chiara, dit-il, en ignorant Evelyne.

— Bonjour, Marc.

C'est comme ça depuis notre dernière conversation : nous nous voyons, nous nous figeons, nous prenons le temps de nous saluer, et nous avortons la moindre chance d'entamer quoi que ce soit en déviant notre attention ailleurs. Je n'ai jamais vécu une histoire aussi forte, qui soit allée aussi peu loin. Mais elle a le don d'apporter de l'espoir dans ma vie. Ma vie d'aujourd'hui, celle qui va me guérir.

— Dis quelque chose ! s'indigne Evelyne en tapant le bras de Marc.

— Euh… oui, c'est une enflure, affirme-t-il en souriant.

— À ton avis, pourquoi j'ai laissé mon Natel en bas ? je continue avec sérieux.

Tous les deux font les yeux ronds, puis mon amie se dépatouille comme elle peut.

— Pour avoir la paix ?

— Exact…

— Mais tu peux pas le laisser te harceler encore !

— C'est pour ça que j'ai laissé…

— Non, mais il faut couper court à tout ça, Chiara ! Tu dois le quitter pour de bon et démissionner.

— Quand je lui ai dit que je prenais congé, ça le concernait aussi.

— Visiblement, il n'a rien compris… Et tu vas pas simplement lâcher ton téléphone ! Si tes parents essayent de te joindre, tu le sauras comment ?

— Je n'y ai pas réfléchi... Je voulais juste... faire comme s'il n'existait plus...

Mes yeux se fixent sur mes pieds et je songe à m'enfermer pour la journée, mais Marc empêche cette séparation en plaçant sa main sur la porte.

— Laisse-la tranquille, Eve'. On peut l'éteindre et, en attendant, avertir ses parents qu'elle les appellera avec la ligne de l'auberge pour les fêtes. Ça vous va ?

Je lâche un « je crois que oui » peu convaincu, tout en le remerciant intérieurement. Evelyne peste encore, respire à fond, tapote un truc sur mon téléphone, me le rend, me demande pardon. Puis, Janaina l'appelle. Une fois que nous sommes seuls, Marc est sur le point de s'exprimer, quand le vibreur s'enclenche. Je lis à haute voix, sans m'en rendre compte.

« Chiara, en fouillant l'historique de navigation d'Evelyne, j'ai trouvé où tu t'es installée. Si tu ne me réponds pas, je monte te rejoindre. »

Je lâche le téléphone ; mon pouls s'accélère et je transpire à nouveau. Marc ramasse mon Natel, semble lire le message. *Nunzio ne peut pas s'infiltrer dans mon refuge...* Une main fraîche se pose sur mon épaule.

— Evelyne a raison : ce type est toxique. Ne répondez pas. Je pense demander conseil à Quentin. Il était avocat, avant d'ouvrir son Institut. Je suis sûr qu'il aura des pistes pour vous sortir de là.

Bouleversée, je n'arrive pas à répondre. Mais une conviction profonde naît en moi, ancrée et concrète : je crois qu'il est temps d'avancer. Marc me prend dans ses bras, lentement. Il n'y a jamais eu aussi peu de tissu entre ma peau et la sienne. Peut-être qu'il s'en rend compte en passant ses doigts dans mon dos, parce qu'il interrompt ses caresses. Il ne semble même pas remarquer ma tenue. Il n'y a qu'ici que je me sente vraiment en sécurité. Mais je sais que personne ne pourra régler ce problème-là de l'intérieur, à part moi.

Je passe mes bras sous sa polaire ouverte et des papillons s'invitent dans mon estomac. Il m'accepte décoiffée, torturée, défraîchie, affaiblie… Et derrière ça, il a réussi à voir qui j'étais vraiment. Ce que jamais Nunzio n'a détecté. Ni aucun autre homme, d'ailleurs. *C'est presque trop beau.* Mon oreille collée sur sa poitrine, j'entends les battements de son cœur s'emballer lorsque je me blottis plus franchement.

— OK, je veux bien les conseils de Quentin, dis-je, presque inaudible. Merci.

Le visage perdu dans mes cheveux, Marc hésite. Voulait-il m'embrasser sur la tête, sur le front… ailleurs ? Il ne dit rien de plus et s'éloigne doucement, m'offrant une expression troublée.

— Je vais m'habiller et… me mettre au travail, dis-je pour m'échapper encore une fois.

— Oui, à tout à l'heure.

Il me semble l'entendre partir après plusieurs minutes, une fois la porte refermée.

Mon téléphone vibre à nouveau. Cette fois l'envoyeur est nommé « Trouducul ». L'attention et l'humour d'Evelyne me touchent. Je souris et éteins l'appareil.

37

Retrouver du béton, des parkings, des magasins, une Poste, et du monde, ça me fait drôle. Ce qui m'amuse aussi, ce sont les gens qui regardent Luca. Avant de travailler dans ma ville, il a eu quelques années de pratique à Tavannes. Même si nous sommes plus proches de la civilisation qu'à l'Auberge du Loup Blanc, nous nous trouvons tout de même dans une petite bourgade, comparée au Grand Genève. Tout le monde ne se connaît pas, mais presque tout le monde connaît Luca. Il est né ici et il a passé la plus grande partie de sa jeunesse aux côtés de ses parents, de sa sœur Tina, et de ses copains de classe.

Ce matin, mon cousin s'est porté volontaire et s'occupe de mes sacs, pendant que je lèche les vitrines. Ce n'est normalement pas trop mon style, c'est l'urgence qui m'y pousse. Embourbée dans mes problèmes, je n'ai pas pris le temps d'acheter des cadeaux pour remercier tout le monde. Pour s'imprégner de ma motivation, Luca a proposé de m'accompagner.

En le regardant marcher, je suis étonnée de voir qu'il semble porter un fardeau moins lourd. Ses dernières années dans la police ont été éprouvantes pour lui, sur le plan professionnel et personnel. Son ancienne collègue Carolina l'ayant beaucoup soutenu, il a été marqué profondément par son départ. Et même si Luca et moi nous sommes rapprochés pendant ces différentes périodes sombres, j'ai toujours eu l'impression qu'il m'avait davantage aidée avec mes problèmes. J'espère que la surprise que je lui ai préparée depuis des mois suffira à lui rendre définitivement son sourire.

Désormais, je ne regarde plus les vitrines, mais observe mon frère de cœur. Il a toujours été mon double, la distance ne nous a jamais éloignés. Nous sommes le soutien l'un de l'autre, je l'ai toujours admiré pour ça. Luca porte son prénom à merveille, ses yeux et son sourire transmettent une telle lumière chaleureuse aux gens, qu'ils ne l'oublient jamais. Convaincue de cela, avant d'être trop fatiguée, j'ai mené ma propre enquête et ai tenté de retrouver sa coéquipière. C'était long, fastidieux, le chemin était jonché de fausses pistes. Mais j'ai retrouvé Carolina, un peu avant d'arriver à l'Auberge du Loup Blanc. Elle m'a confié, par message, n'avoir jamais oublié Luca, et se sentir plutôt prête à reprendre contact. Au timbre de sa voix, j'ai senti qu'ils n'étaient pas que des collègues et que cette rencontre devait être organisée. Alors, je lui ai demandé si Luca pouvait la rejoindre là où elle se trouvait. Elle n'a pas hésité à me répondre oui.

Cette femme et moi, on se ressemble, sans nous connaître. On a construit des carapaces face aux épreuves et, à force, on a éloigné les gens. Puis, quelqu'un est entré dans notre vie, a trouvé la brèche. En s'y infiltrant, le soleil est entré, et de merveilleuses plantes de bienveillance ont poussé. Elles nous nourrissent aujourd'hui et nous redonnent ce que nous avions perdu de vue depuis des années : l'espoir d'aller mieux.

Je me reconcentre sur mes achats, bien que le tour soit vite fait. Cette ville comprend moins de trois mille cinq cents habitants, mais on y trouve l'essentiel. Pas besoin de cadeaux impressionnants, s'ils sont offerts avec le cœur. Et j'ai appris, petite, en rendant visite à ma tante, que Tavannes savait en donner, du cœur. Beaucoup.

— Dis, *stellina mia*, c'est quoi *mon* cadeau ? me surprend mon cousin.

— Tu ne sauras rien, espèce de vil et fourbe détective.

— Un indice ? insiste-t-il, l'air taquin.

— Ce n'est pas quelque chose de matériel.

Luca Valente a gagné la réputation de résoudre facilement les énigmes. J'espère bien avoir l'honneur de la mettre à mal.

38

Je me trouve d'abord horrible, ce matin. Puis je regarde longuement dans le miroir, en commençant par mes pieds. « Tout ce qui est petit est mignon » fonctionne bien jusqu'à mes chevilles. Je dois ensuite apprivoiser l'idée que la perfection est une illusion, et que ce ne sont pas les détails lisses qui racontent des histoires. D'ailleurs, le sourire lumineux de Janaina n'est pas symétrique, la démarche d'Evelyne est un peu bancale, le visage de Marc est attaqué par le froid. Ça ne m'empêche pas de les trouver séduisants. Il en est de même pour les caractères. Donc je me répète que je dois arrêter de penser que le monde entier est parfait, au contraire de moi. Dans l'armoire, je saisis mes plus jolis vêtements, ceux dont personne ne soupçonne l'existence. Et je les enfile. Au passage du tissu sur ma peau, j'imagine la délicatesse d'un autre épiderme, et je trouve soudain mon corps plus désirable.

Cette impression nouvelle d'avoir une valeur est agréable. J'en connais l'origine, qui me revient à l'esprit. « *J'aimerais m'ouvrir, pour que cette volonté de recommencer se transforme en « oser à nouveau ».* Je glousse, en oubliant que ça me semblait impossible. Depuis, ce sont des regards en coin, de tendres sourires, et des instants plus rapprochés lorsque nous passons l'un à côté de l'autre. *J'ai envie que ça recommence.* Sentir mon être, mon intelligence, ma consistance, mes pensées… Redevenir une femme. Marc a exprimé le besoin de temps et j'en ai besoin aussi. Mais je me remercie de ressentir tout cela à nouveau. Le temps que j'aille mieux, le temps pour lui de gérer ce changement. Le temps de *nous* construire et de construire ce *Nous*.

J'ai trouvé ce que je vais porter et je souris en appréciant le tableau. Peut-être qu'il aura autant envie de craquer que moi ? En attendant, le maître mot est Patience.

Il me semblait devoir poser la dernière boule et la dernière guirlande avec Zoé aujourd'hui. Mais le sapin dit le contraire ; il est prêt. Nous sommes le 24 décembre en fin d'après-midi et, à ses pieds métalliques trônent des dizaines de cadeaux, dont un lot emballé en *Furoshiki*[9].

J'en ai commandé certains chez de petits artisans locaux ou les ai achetés en librairie, en pensant à la personnalité de chacun, mais surtout à ce qu'ils m'ont apporté. Quentin est revenu me dire qu'il étudierait gratuitement le dossier de son côté et qu'il me demanderait des précisions si besoin. J'ai partagé plusieurs heures de discussion avec Émilie, sur le porche, et en transparence, elle m'a parlé d'elle et de son amoureux, de la lourde histoire qui les lie, des épreuves qui les attendent encore. Évidemment, Janaina a pris le relais pour l'auberge et nous continuons à échanger sur des poignées d'idées. Mais elle passe surtout du temps avec Evelyne, et je ne tiens pas à perturber leurs moments à deux. J'ai l'impression qu'elles n'arrivent plus à se séparer, d'ailleurs. Je suis d'autant plus satisfaite de voir ma précieuse amie s'épanouir enfin et envisager l'avenir à deux. Ce tour avec Luca m'a fait du bien. Je

---

9. Le Furoshiki est une technique de pliage et de nouage à partir d'un carré de tissu qui vient du Japon. On l'appelle d'ailleurs souvent « l'origami du tissu ».

l'ai senti prêt à revenir s'installer là et à m'inviter à faire de même. Sans répondre, j'ai laissé cette idée mûrir pour la cueillir plus tard. Quant aux innombrables parties de cache-cache et de chat perché avec Zoé, elles nous ont rapprochées dans tous les sens du terme. Il n'est pas rare, désormais, que je lise une histoire à la petite et qu'à cette occasion elle se blottisse et s'endorme contre moi. Imprégnée des marques mentholées de son papa, elle a aussi son propre effluve sucré d'enfant. Enveloppée dans cette douceur, Zoé me transmet beaucoup d'amour et je ne peux que lui rendre au centuple, en me laissant surprendre par cette affection inédite.

La seule ombre au tableau reste les messages de Nunzio, que je n'ai pas lus depuis la dernière fois. Sur les conseils de Quentin, je ne réponds toujours pas. Je sais pourtant que la patience de mon harceleur atteindra aussi bientôt ses limites. J'espère trouver en la nouvelle année le courage dont j'ai besoin pour mieux supporter la situation.

— Vous êtes très belle, jolie étoile, murmure une voix familière à mon oreille.

Ce n'est pas celle que j'espérais et je flanque une gentille claque sur la poitrine de mon cousin, qui rit aux éclats.

— Hé, je suis sincère ! Je ne savais même pas que tu avais des robes dans tes armoi…

— Tais-toi !

— Ma Chiara, tu es magnifique !

Evelyne, Janaina, Quentin et Émilie sont descendus pour l'apéro traiteur qui nous attend. La première m'enlace, me secoue un peu, reluque carrément mes nichons en faisant une grimace malaisante d'homme hétéro en manque. Je ris et salue tout le monde. Je ne suis pas la seule à m'être apprêtée, même Zoé, qui descend les escaliers en trombe et en imitant le bruit et les ailes d'un avion de chasse, arrive en étant revigorée. Je sais qu'elle passera le Nouvel An chez sa mère, avec ses grands-parents, et que cela démoralise un peu Marc et sa sœur. Elle me saute dans les bras, je l'enlace, la repose et la fais tourner sur elle-même. Elle dit se réjouir du cours de salsa et bachata que Quentin et Émilie nous ont préparé.

Puis Marc arrive, avec son pas lourd comme toujours, mais plus beau que d'habitude. J'ai l'impression que mon cœur reprend vie lorsqu'il hoche la tête dans ma direction pour me dire bonjour. Est-ce que ma robe le rendrait muet ? Je vois un peu plus de sa chair que d'habitude, parce qu'il a enfilé un pull blanc au col arrondi pour remplacer ses polaires. Le vêtement souligne mieux sa silhouette. Lui aussi me détaille, sans lancer aucun compliment. C'est peut-être notre manière de nous plaire. Tout en silence. *Qu'est-ce qu'il fait chaud ici, tout à coup !*

Nous passons dans la salle d'à côté, allumons le son pour passer l'album de Noël de Sia, profitons de l'apéro et des amuse-bouche. Les réservations des clients ont été maintenues durant quelques dates de fin d'année pour permettre à l'affaire de continuer sa floraison. Mais Janaina et Marc ont tenu à conserver ce moment entre amis, qui se profile avec le sourire de chacun. Nous parlons de la neige et du vent qui alterneront jusqu'à février mars, puis qui laisseront place au soleil.

Après notre repas et la proposition d'Émilie d'installer une bibliothèque à l'entrée pour que les clients comme moi puissent profiter de la cheminée, nous nous approchons de minuit et des cadeaux à ouvrir. Zoé ne fatigue pas, elle sautille partout et se fait violence pour attendre l'heure fatidique. Nous la laissons évidemment commencer par les siens, lorsque le moment est arrivé. Elle reçoit surtout des livres, des histoires qu'elle demande depuis un petit bout de temps selon Marc, et que nous avons tous eu plaisir à acheter.

Vient finalement le tour des adultes. Quentin et Émilie découvrent de ma part des bouquins à lire à deux, entre la surcharge d'un travail aussi passionnant que gratifiant et l'envie de s'installer rien qu'un instant ensemble. Janaina et Evelyne sautillent autant que la petite en découvrant le week-end insolite en amoureuses que je leur ai trouvé. Et Luca se décompose en découvrant le billet de train pour rejoindre celle qui lui manque. Les larmes aux yeux, il me demande si je pense vraiment qu'elle est « là-bas », je lui confirme que je le sais, d'un simple hochement de tête.

Je sors ensuite une petite boîte ornée d'un petit husky en porcelaine et d'une fente pour y glisser des billets.

— Nous avons préparé un cadeau commun pour vous, dis-je en souriant et en la plaçant dans les mains de Marc.

Gêné, il ouvre le contenant et y découvre de petites cartes signées de tous, même de sa fille, et une enveloppe avec un avoir.

— Mais vous êtes fous…, lâche-t-il.

— En fait, c'est surtout un cadeau pour les chiens. Vous pourrez utiliser ce budget pour acheter une première fois la viande en gros pour alléger votre travail.

Zoé me fait ensuite comprendre que c'est mon tour, en me passant mes cadeaux. J'apprends que c'est elle qui me les a préparés. Tous.

— Depuis votre rencontre, elle dessine, bricole, réfléchit et crée en pensant à vous, précise Marc. Elle est impatiente de vous les donner depuis le tout premier et elle a bien choisi ses cachettes pour éviter que vous tombiez dessus.

Attendrie, je découvre le même type de boîtes que celle offerte à Marc, mais artisanale « à la Zoé ». *Est-ce que c'est moi qui cours en criant « AaaAHAHAHH »* sur son dessin ? Elle me donne aussi des carnets avec ses débuts d'aquarelles, un autre avec des idées de romans « au cas où j'en manque » et un dernier avec sa première histoire écrite à la main… et illustrée, bien sûr. Je m'imprègne du fait qu'elle a pris des semaines à préparer tout ça, en dehors de l'école et des moments passés avec son papa. Je m'accroupis alors à son niveau et la prends dans mes bras.

— Merci beaucoup ma petite puce, je bafouille en acceptant son bisou mouillé sur la joue.

De leur côté, Quentin offre à Marc deux jours entre potes : accrobranche et parcours sportifs sont au programme.

— J'ai un autre ami très cher à te présenter, je suis sûr que vous vous entendrez bien ! dit l'ancien avocat.

— Tu le crois, qu'on a pensé à la même chose ? dit Marc en lui tendant son enveloppe.

En éclatant de rire à l'idée d'anticiper leurs futures courbatures, nous nous réservons un verre. Je me rends compte que Marc ne nous a pas quittées des yeux, sa fille et moi, et il semble attendre que je le regarde pour me donner ce qu'il a entre ses doigts.

— Nous avons aussi préparé un cadeau commun pour vous.

Dans cette enveloppe carrée couleur lilas, je découvre un papier cartonné personnalisé de façon graphique pour m'annoncer que le loyer de janvier m'est offert, de la part de tous ceux réunis ce soir. Le souffle coupé, je les regarde et peine à prononcer aussi :

— C'est beaucoup trop !

— Vous avez tellement aidé l'Auberge du Loup Blanc, Chiara, c'est la moindre des choses, me dit Janaina. Au début, j'en ai parlé à

Ma' qui a bien sûr approuvé. Et puis, les autres ont entendu circuler l'idée et ont voulu participer aussi. C'est notre cadeau pour vous remercier d'être qui vous êtes.

Toutes ces prunelles reconnaissantes fixées sur moi font ressortir mes larmes et l'une d'entre elles m'échappe quand mes iris rencontrent la chaleur du sourire de Marc.

— Vous êtes tous adorables…, j'ajoute d'une voix tremblante, en cachant mon visage. C'est vous qui avez fait tellement pour moi…

— Quand je pense qu'elle voulait pas venir ! lance Evelyne pour déclencher les rires.

Je serre enfin contre moi, avec amour, chaque personne présente dans la pièce. Luca me transmet à nouveau sa gratitude en prolongeant notre câlin. Puis, avant que j'arrive à Marc, Janaina suggère :

— Ça fait quand même presque quatre mois que Noirousse et toi nous avez rejoints maintenant, il faudrait qu'on passe au tutoiement, non ? Tu en penses quoi Ma' ?

Mon rire sincère souligne ma volonté de la suivre sur ce chemin, tant elle est proche de ma sœur de cœur. Mais il traduit aussi un certain embarras lié à notre rapprochement concret. Constater le même malaise chez Marc me rassure. Une tension positive s'installe à nouveau dans mon ventre. M'imaginer lui dire « Merci à *toi* », l'imaginer me dire « Surtout, merci à *toi* ». Il ne répond pas à la question de sa sœur, semble se demander comment il va pouvoir faire sans cette forme de politesse faussement anodine.

— Ah ! mais on est bêtes, Evelyne, on a oublié ! s'exclame Janaina en exagérant ses gestes.

Elle tend une autre enveloppe, blanche, à la petite, qui la tend

215

entre Marc et moi. Stupéfaits, on s'entend silencieusement pour que je l'ouvre. Un joli bon cartonné nous annonce un souper à deux dans un restaurant-producteur local qui a ouvert deux mois plus tôt.

— Apparemment, on a senti qu'on pouvait vous offrir ça ! précise-t-elle en nous désignant du regard. Tu nous as offert des moments à deux, alors… En voilà un pour Marc et toi.

Il fait vraiment, vraiment très chaud ici…

— Merci beaucoup, dit Marc en enlaçant sa sœur et mon amie.

Je frémis lorsqu'il revient à moi pour saisir le cadeau.

— Ça a l'air sympa, non ? insiste-t-il en souriant.

Je sens qu'on va beaucoup éviter le « tu » ces prochaines semaines. Ce nouveau jeu me plaît et je décide de franchir la barrière d'une autre façon. Sur la pointe des pieds, je glisse mes bras autour de sa nuque et l'enlace devant tout le monde. Je me sens encore une fois à ma place et l'embarras laisse place à son retour affectueux.

— Joyeux Noël ! crient-ils tous en trinquant.

— Joyeux Noël, Chiara, souffle-t-il à mon oreille.

— Joyeux Noël, Marc, je réponds en imitant son ton.

Il ne s'attend en revanche pas à ce baiser délicat que je laisse tomber sur sa joue. *Est-ce qu'il rougit quand je m'éloigne ?* La petite nous empêche de nous séparer, car elle nous enlace en même temps.

La soirée se termine en éclats de joie, en accolades, en bisous. Et en certitude que nous garderons tous un lien fort, soudé par la reconnaissance.

39

J'avais espéré que la semaine entre Noël et Nouvel An se déroule dans le calme, mais ce n'est pas tout à fait le cas. D'abord, Marc reçoit un appel de Justine, qui désire finalement garder la petite plusieurs jours. Présente à l'accueil, j'entends tout ce qu'il lui dit, car il ne prend même pas la peine de s'éloigner. Peut-être est-ce un gage de confiance totale ? Après plusieurs minutes de négociations plutôt musclées, il arrive à conserver la garde de Zoé jusqu'au 27 après-midi. Il convient ensuite de la laisser chez ses parents le soir, jusqu'au 6 au matin, où il est prévu qu'il retourne la chercher à Genève.

Épuisé par ces échanges, Marc pose son téléphone sur le comptoir et appuie sur ses yeux. Il va falloir qu'il se fasse à cette longue période sans voir sa fille, alors qu'il s'en est occupé durant cinq ans. Ça va déjà me faire bizarre à moi, je n'ose même pas imaginer combien il doit se faire du mouron…

— Je suis sûre que vos parents sont aussi ravis de la voir un peu plus et de partager des moments avec elle, je tente de le rassurer.

— Oui, c'est ce qui me réconforte.

Mais pour avoir vu Marc dire au revoir à sa fille pour le week-end, je me représente la douleur dans laquelle il sera plongé lors de cette séparation. Je l'imagine sans peine se noyer dans le travail…

De fortes perturbations météorologiques sont annoncées pendant cette période, ce qui rend la reprise des activités plus

complexe. Janaina et Evelyne nous préviennent qu'elles aimeraient partir avant que ça ne s'envenime trop, histoire de profiter de leurs derniers jours de congé et de clôturer quelques affaires sur Genève. Marc semble, là encore, apaisé par la présence de sa sœur dans la même ville que son enfant, bien qu'il sache, comme moi, qu'elle ne s'en occupera pas non-stop.

C'est donc très tendue qu'en fin de matinée du 27 décembre, je regarde tout le monde partir de cet endroit chaleureux. Quentin et Émilie doivent aussi retourner gérer leur Institut et Luca, pressé de partir à la recherche de Carolina, me dit qu'il doit traiter quelques dossiers pour le boulot avant de franchir le pas. Sans l'évoquer, Marc me confie ce qu'il a de plus cher après Zoé. Et même si ce n'est que quelques heures et qu'il me garantit qu'il répondra si je l'appelle, je prie tous les dieux existants qu'il n'y ait aucun souci avec les chiens ou l'électricité de la baraque.

Je profite de leur absence à tous pour savourer le feu, le vent extérieur, le mutisme de la ligne de réservation. En relisant les derniers paragraphes concernant Bianca, j'ai l'impression de ne plus la reconnaître. Elle était fragile, perdue, angoissée… Et depuis qu'Ettore – librement inspiré de Marc – est entré dans sa vie, elle s'améliore clairement. J'ai malgré tout envie d'éviter le cliché des romances : le type qui guérit tout. Même si, en soi, je l'expérimente et que c'est un bon analgésique, je suis consciente que tout ne se règle pas de cette façon… Alors, je cherche.

Et plus je cherche, plus mon crâne me fait mal. Parce qu'on peut dire ce qu'on veut, c'est la combinaison des interventions de ma famille, de mes amis et du type en question qui me fait aller mieux. J'ai beau avoir l'envie de m'en sortir, sans la force qu'ils m'ont donnée, je n'en mènerais pas large. Est-ce vraiment cliché d'écrire sur ce qui nous est arrivé ou ce qui nous touche ?

La soirée débute lorsque Marc rentre avec fracas à l'auberge. Alors couchée sur le canapé, mon sursaut me fait glisser et tomber. Pour éviter de passer pour une trouillarde, je me lève rapidement, perds un peu l'équilibre, regarde la cheminée éteinte, et le salue.

— Tout s'est bien passé ?

Pas de « bonsoir », pas de sourire. Laisser Zoé a dû être un déchirement. *Allez… je vais tenter de le faire rire.*

— Pas de problème technique ou de catastrophe, mon général ! Le karma semble avoir retourné sa veste et concentre désormais son courroux ailleurs.

— Merci.

Il retire ses chaussures, soupire lourdement, passe une main dans ses cheveux, entame son avancée vers l'étage, puis se ravise. Et moi je fonds, en réalisant que nous sommes seuls, complètement seuls dans cet établissement. Il se tourne vers moi, descend les marches, s'approche en remontant la fermeture éclair de sa veste. J'arrête de respirer.

— Pas trop fatiguée ? On va promener Bosco ensemble ?

Ahhh Marc et ses propositions galantes…

Incapable de lui refuser quelque chose, je vais m'habiller bien plus chaudement et le rejoins à l'extérieur. Il a déjà sorti le berger blanc suisse de son enclos et enfilé le harnais de promenade. Une vieille appréhension me paralyse à la porte et j'attends qu'il m'explique comment nous allons procéder, dans la nuit, pour passer un moment agréable.

— Il a l'habitude de tracter des gens en rando l'été. Mais

j'aime bien, quand l'ambiance est lourde, le faire sortir un peu. Que ce soit avec moi ou des clients la journée.

— On ne s'arrête jamais de bosser, hein ?

J'ai dit cette phrase avec le sourire et une certaine tendresse. Et l'insistance sur ce « on » pour ne pas se tutoyer va devenir notre nouveau truc, je crois. J'ai l'impression qu'il me rend tout au centuple, en s'approchant avec son compagnon.

— Je vais être honnête, c'est pour penser à autre chose, admet-il en haussant les épaules.

— J'ai bien supposé, alors. Bon, je dois faire quoi ?

Sans plus attendre, il accroche la longue laisse autour de ma taille, l'ajuste au mieux pour éviter qu'elle tombe, puis il me dit que Bosco connaît le chemin. Marc éclairera la route praticable avec une lampe et nous n'irons pas trop loin. Il flatte ensuite son chien, qui démontre un enthousiasme sans limites. Alors que Bosco approche sa truffe de ma main, je passe mon gant sur sa tête, non sans stress, mais contente d'avoir franchi une nouvelle étape. Le sourire de Marc grandit, il me félicite, puis nous partons marcher.

Il n'y a pas mal de vent, le chien imprime une cadence rapide que Marc suit aisément sans traction, et nous pouvons quand même discuter. D'abord, il me dit que tout s'est bien passé chez ses parents, qu'il a vu Justine, qu'ils ont échangé quelques formalités. Contrairement au téléphone, la voir semble plutôt tempérer ses réactions. Je ne peux pas m'empêcher de penser qu'à présent qu'elle va mieux, elle pourrait le reconquérir.

Cette idée s'échappe de ma tête à l'instant où mon guide accroche ma taille avec son bras pour me faire éviter un trou et une chute. Nos rapprochements font toujours naître des fourmillements agréables en moi, une chaleur, un réconfort. Et nous sommes de moins en moins mal à l'aise. J'aimerais retrouver cette adrénaline, celle qui m'a fait passer à l'action l'autre fois. Ici, il fait froid, mais ce n'est pas si grave, on pourrait…

— Chiara…, dit-il en tirant sur la laisse pour stopper Bosco.

Il n'y a pas que le chien qui s'arrête. Mon cœur aussi, lorsque Marc fuit mon regard.

— Quand il sera temps d'aller voir votre enfoiré de patron et que Ja' sera revenue… Je pourrai venir aussi. En soutien. Si c'est OK pour…

Il fait tellement froid que mes larmes naissantes sèchent directement. Je le remercie du fond du cœur, en saisissant sa main gantée accrochée au harnais.

— Depuis que je me dirige vers mes vœux avec conscience, j'ai l'impression que ça va beaucoup mieux. Jusqu'ici, tout ce que je souhaitais à la nouvelle année ne se réalisait pas…

— Jamais ? À aucun changement d'année ?

— Jamais.

Est-ce qu'il compatit, réfléchit, juge ? Difficile de savoir. C'est pourtant à lui de saisir ma main des deux siennes, maintenant.

— Je sais ce que je vais faire comme vœu cette année, alors.

Cet homme va me tuer d'amour avant que je puisse comprendre s'il se passe un truc ou non. Bosco tire, Marc lui ordonne de faire demi-tour ; on n'y voit vraiment plus grand-chose. Après avoir félicité timidement le chien, heureuse de

regagner l'intérieur, je vois l'énergie de Marc décliner, comme quand Zoé arrive au bout de ses batteries. Tandis qu'il range une partie du matériel vers l'entrée, je lui souhaite donc une bonne nuit. C'est dur de se détacher de lui, surtout avec ses doigts froids attrapant les miens.

Le Loup a des pattes froides, mais un cœur chaud.

40

Pourquoi j'ai préparé tout ça ? Il est 18 heures, je sors mon nez des sacs vides et observe la déco que j'ai complétée au-dessus de la cheminée ce matin. Il me semblait avoir pensé à Noël, lors de mes achats avec Luca. En vrai, j'ai anticipé le Nouvel An, sans imaginer une seule seconde que je me retrouverais seule avec Marc. Alors, pourquoi ça ressemble à un genre de souper aux chandelles ?

La cheminée allumée n'enlève rien au charme des bougies en cire de colza. Les guirlandes rouges et argentées ajoutent une lumière bienveillante au salon. Les couverts installés par mes soins sur la table basse n'attendent que de se plonger dans la tartiflette que j'ai préparée au four, et qui embaume, dès lors, toute la cuisine. Je me suis aussi apprêtée, sans en faire autant qu'au Réveillon, en me disant qu'après quelques verres de champagne, Marc oublierait peut-être ce joli bouton d'ovulation sur ma joue gauche. À présent, il ne manque que lui.

Je pensais le croiser plus souvent aujourd'hui, car, bien que les réservations soient restées ouvertes, personne ne s'est inscrit du 31 décembre au 2 janvier. Pourtant, je ne l'ai même pas aperçu. Assise sur le canapé, je ne sais pas ce qui aurait temporisé au mieux ma tension : le voir, ou ne pas le voir. Ce dont je suis sûre, c'est que là, maintenant, je me retiens de manger mes doigts. Et je me concentre si fort que je n'entends pas arriver Marc. Seul le bruit de la bouteille posée sur la table me fait sortir de ma bulle. Il éclate cette dernière d'un simple sourire.

— C'est génial, ce que vous avez préparé. En plus, poursuit-il en reniflant l'air, ça sent le Reblochon fondu, non ?

Qui aurait pu penser que cette phrase me ferait rougir. Je remercie l'ambiance tamisée de dissimuler ma gêne, mais je crains que ce ne soit pas suffisant quand il s'installe à côté de moi.

— Je suis désolé, je suis venu tard. J'ai rangé tous les papiers qui traînaient, ce qui concernait Zoé et l'auberge, puis j'ai préparé d'autres trucs sans voir l'heure filer. Après, je me suis quand même dit que c'était pas sympa de ma part de rien amener alors que, comme souvent, vous avez tout arrangé pour ce passage à la nouvelle année, donc je suis vite sorti acheter une Clairette, sans être sûr que vous…

— Tout va bien, Marc, je le rassure en posant une main sur son genou.

Je sens qu'il est aussi nerveux que moi. Son raclement de gorge et son soupir me le confirment, il ne s'installe pas encore correctement. Ses yeux s'attardent sur mes doigts, restés à leur place tiède et réconfortante. Je les retire toutefois de là, prétextant une vérification du fameux Reblochon.

Mes pommettes sont aussi chaudes que le plat avec lequel je manque de me brûler. Lentement, j'inspire et expire pour retrouver une contenance. *Ce n'est que Nouvel An, avec le gérant de l'auberge, nous sommes seuls par un concours de circonstances, et tout ira bien. Tout ira… tellement bien.* Je pense d'abord que mon cœur s'emballe au rythme des sons de *batucada*[10], mais

---

10. Genre musical d'origine brésilienne fait de percussions et qui s'inspire de la samba.

c'est finalement la *bossa-nova*[11] qui l'apaise. C'est en déposant la tartiflette sur la table que j'entends clairement cette dernière.

— J'ai mis un peu de musique, ça ne vous gêne pas ?

Je balance la tête de gauche à droite en souriant, car je ne peux pas m'empêcher de voir Janaina danser sur les mêmes mélodies. Les gargouillements du ventre de Marc en plus.

Tous les deux éprouvés, nous nous installons par terre, sur deux énormes coussins, adossés contre le fauteuil. Le plat ne fait pas long feu, malgré nos échanges fluides et banals. Les bouteilles de champagne non plus.

Avant de laisser Marc entamer la troisième, je le détaille plus attentivement. Je le trouve flou, et mes quelques clignements de paupière n'y changent rien. Il me semble qu'il s'est rapproché de moi, ce qui expliquerait pourquoi j'ai encore plus chaud que tout à l'heure. Et ce n'est pas désagréable du tout. Il n'a pas mis de parfum, ses effluves naturels se suffisent à eux-mêmes. Ou alors, c'est le fait que je sois pompette qui me fait apprécier jusqu'à son haleine grasse, imprégnée d'oignons et d'alcool.

— Chiara, vous êtes vraiment quelqu'un d'incroyable.

Marc est bourré. À Noël, alors clairvoyante, j'avais déjà remarqué qu'il tenait mal les bulles. Il était néanmoins resté raisonnable, face à ses amis et sa fille. Inconscient ou en totale confiance avec moi, il n'a pas jugé nécessaire de se contrôler ce soir. Ça le rend encore plus séduisant.

— Apprenez-moi à danser ! dis-je en me levant, sans répondre à son compliment.

— Oh, mais j'ai trop mangé, proteste-t-il mollement.

J'attrape sa main, chaude pour une fois, et l'aide à se relever.

---

11. Genre musical issu du croisement de la samba et du cool jazz ayant émergé à la fin des années 1950 à Rio de Janeiro au Brésil.

— Allez, un petit effort.

Je resserre ma prise et l'entraîne devant le comptoir, où l'espace est plus étendu.

— 1, 2, 3, 1, 2, 3, c'est ça ?

— Là, c'est de la salsa, me corrige-t-il, un adorable sourire en coin sur les lèvres.

— Alors, expliquez-moi.

— Le poids du corps doit rester au milieu. Comme ça.

Je note que danser permet à Marc de décuver plus vite qu'en temps normal, apparemment. C'est que, même flou, il a le sens du rythme ! Il peine quand même à suivre au changement de morceau, car le dernier est plus rapide.

— Si on m'avait dit que les loups savaient danser…

— La honte, souffle-t-il, en terminant la coupe qu'il a embarquée avec lui.

— Mais non, pas du tout ! Bon, alors, à moi maintenant.

Je m'en sors mal, probablement à cause des bulles aussi. Marc me regarde. D'abord, il semble attentif, focalisé sur mes pieds, comme moi. Puis, je devine que ses iris remontent vers mon visage et il ne le lâche plus. Embarrassée, je m'arrête et termine ma coupe à mon tour. Mes pommettes doivent être écarlates, maintenant.

— Ça se danse à deux, la samba ? je réussis quand même à demander.

— Ça peut, mais c'est pas le top.

Dommage… Je ne baisse pas la tête longtemps, Marc se rapproche de moi, me dépossède de mon verre et de mes moyens en joignant nos paumes et en m'attrapant par la taille.

— La salsa, par contre, oui, achève-t-il de souffler à mon oreille.

Les pas reviennent tout seuls dans mon esprit et dans mon

corps, sur ces notes latines communes. Plus lent, le rythme des pas de Marc, couplé à nos contacts réguliers, me détend et m'agite à la fois. Je me sens bouillir de l'intérieur, une chaleur intense m'envahit et ne demande qu'à se consumer, en entraînant son déclencheur avec elle. Mon corps entier réclame l'objet de ce désir soudain et presque incontrôlable. Je me laisse à peine perturber par les aiguilles de l'horloge de l'entrée. Il est bientôt minuit. À minuit, on peut faire un vœu et… Mon guide me penche délicatement en arrière, sa large main dans mon dos, la seconde invitant ma cuisse à remonter vers sa hanche. La danse est terminée.

Nos bouches n'ont pas été aussi proches depuis ce tout premier baiser. Combien de fois ai-je eu envie de recommencer ? Et lui ? Nos gênes respectives se sont envolées, lorsqu'il me redresse. Je ne m'éloigne pas, lui oui.

— Merci, dis-je en même temps que le carillon retentit.

— C'est minuit, dit-il en faisant sauter le bouchon de la troisième bouteille. Bonne année, Chiara.

Il me sert une nouvelle coupe, remplit aussi la sienne et nous trinquons. Rien n'est plus puissant que nos regards à ce moment-là. Pourquoi s'est-il éloigné ? A-t-il vraiment décuvé et retrouvé son calme ? Quand il repose son verre sur le comptoir, je comprends que non. Je ne sais pas s'il tremble d'impatience ou d'angoisse, il semble ne plus savoir quoi faire de ses mains. Je trouve un fil sur ma manche qui occupe les miennes, tandis que je m'approche trop près de lui.

— Quel vœu pour cette nouvelle année ?

Il esquive mes prunelles, n'arrête pas de sourire.

— Si je vous le dis, il ne se réalisera pas.

Je souris à mon tour pour lui répondre que c'est vrai.

— Et le vôtre ?

Une seconde, je me braque. Il est encore bourré, sa logique s'est fait la malle. Je décide finalement de jouer avec sa question. Je m'approche encore en ondulant mon bassin, mes mains remontent vers son torse.

— Je ne peux pas vous le dire non plus.

Mon cœur rate un battement en attrapant son regard planté dans le mien.

— Mais peut-être que je peux vous montrer ? je chuchote en glissant mes doigts vers sa nuque.

Je ne perçois pas d'hésitation et pose mes lèvres sur les siennes. Nos souffles se mêlent, je me sens à ma place. Le moment s'étire en douceur, Marc me rend un ou deux bisous. Malheureusement, il ne me touche en retour que pour me repousser gentiment.

Je ne sais pas ce qu'il souhaiterait pour la nouvelle année. Ce dont je suis sûre, à l'instant, c'est que mon propre vœu ne s'est pas réalisé. Et que, sans alcool, je n'arriverais certainement plus à faire ce pas vers lui.

41

Je suis réveillée en sursaut par un sifflement aigu. Un vague souvenir éclaire ma pensée : Marc et moi avons bu toute la soirée du Nouvel An au coin du feu. J'ignore si c'est la tempête à l'extérieur ou la gueule de bois, mais j'ai l'impression d'avoir un poignard en travers de la tête. Immédiatement, je sens que ça ne va pas. Un filet d'air passe dans mon dos, alors que l'auberge est le bâtiment le mieux isolé que je connaisse. *La porte...* Mon cœur s'emballe. *Elle est ouverte !* Mon chat n'est pas dans le lit, il ne peut être nulle part ailleurs en pleine nuit. *Noirousse s'est échappé, parce que le courant d'air à ouvert ma chambre...* Depuis combien de temps, bon sang ?

Je peine à réfléchir, mais j'ai le réflexe de m'habiller chaudement, avant de descendre à la réception pour me rappeler que Janaina n'est pas encore rentrée. Je fouille l'auberge de fond en comble, en considérant des endroits où jamais personne n'irait se cacher. Ma galère dure une heure entière, longue, éreintante. J'ai beau sortir les friandises, je ne trouve pas mon chat. Une gorgée d'eau et je fais les cent pas. À l'arrière de la cuisine, une fenêtre est ouverte. Je suis certaine que Noirousse s'est glissé à l'extérieur, alors qu'en bon vieux chat d'intérieur curieux, il n'a pas la carrure pour une tempête à la montagne. Il est crétin quand il a la trouille et il ne s'en rend pas compte...

Après plusieurs minutes à monter et descendre les escaliers

avec hésitation, je tente ma chance avec maladresse. *Toc toc toc*, pas de réponse. Son prénom sonne différemment dans ma bouche, en pleine nuit, dans cette nouvelle angoisse. *Toc toc toc*, la porte s'ouvre seule ; elle était mal fermée. Délicatement, je l'ouvre pour aller réveiller Marc. L'odeur de la pièce me rassure déjà : sa tiédeur mêlée aux effluves de menthe me fait penser à une tisane bien chaude. Je m'approche du lit et, dans la pénombre, je trouve l'épaule découverte de Marc. Lourdement endormi, il ne réagit pas quand je la tapote, alors j'insiste un peu plus. Son tressaillement me fait lâcher une exclamation de surprise et, le temps de comprendre ce qui lui arrive, il se retourne, s'assied, secoue la tête.

— Chiara ? dit-il d'une voix pâteuse. Qu'est-ce qui se passe ?

Je tente d'aligner plusieurs mots, quand l'angoisse me prend à la gorge.

— Noirousse… s'est… enfui…

Je souhaite de tout mon cœur que le soupir de Marc ne soit pas dû à l'agacement. Lorsqu'il se lève, sa hauteur me donne le tournis.

— Je vais m'habiller, on va le chercher. Attendez-moi en bas avec son coussin.

La lumière du couloir s'échoue sur la peau de son dos et je m'accroche à ça : Marc dort en caleçon. Je donnerais n'importe quoi pour m'envelopper dans ses draps, là… Et je me souviens que, désinhibée par l'alcool, j'ai dérapé sur sa bouche la veille.

En descendant les marches avec Marc, j'imagine le pire. Mon pauvre matou d'intérieur perdu dans le froid, rendu sourd par le vent, ses petits coussinets glacés par la neige… C'est trop difficile. Alors, je ne quitte pas Marc des yeux, surtout lorsqu'il se dirige vers l'endroit où il a rentré les chiens. Il sort Bosco de sa niche, lui enfile son harnais et me demande de lui faire sentir le tissu sur lequel

Noirousse se couche tout le temps. Voyant que je suis perdue, Marc m'explique :

— J'ai « entraîné » Bosco à pister les odeurs. Je me suis dit que ce serait utile pour retrouver le doudou de Zoé. Ils ont d'ailleurs déjà fait plusieurs parties de cache-cache ensemble et il gagne toujours. Je me dis qu'en flairant les phéromones de Noirousse, il pourra peut-être le retrouver.

Quel grand optimiste, ce Marc ! Ma réticence doit paraître évidente, parce qu'il précise :

— Vous voyez un autre moyen ?

La tempête fait rage, impossible de tracer Noirousse dans la nuit. Surtout qu'à cause de la bise et des flocons, les potentielles traces qu'il aurait laissées sont sûrement recouvertes.

Tandis que Marc saisit une énorme corde qu'il enfile sur son épaule, nous rejoignons la fenêtre par laquelle Noirousse s'est échappé. Je tends le coussin de mon chat au berger blanc suisse. Il enfonce sa truffe dedans, se concentre, et repart de cette exploration avec quelques poils dans les narines. Moi aussi, j'ai envie d'y croire.

— Allez, cherche, mon chien, ordonne son maître, en passant un bras dans mon dos.

Voir Bosco appliqué à la tâche, la queue en l'air, à respirer le sol craquant, ça me fait réaliser que, peu importe le degré des problèmes qu'on peut avoir, si on s'obstine et qu'on poursuit ce que nous dicte notre cœur, alors l'espoir est là. Le cœur de Bosco, c'est Marc, qui suit la cadence en braquant un mini-projecteur devant nous.

Malgré l'épaisseur de mes cheveux, je sens mes oreilles disparaître, et je ne parle même pas de mon nez. Ce sifflement constant m'embrume l'esprit. Et si on ne retrouvait pas Noirousse ? Ou pire… si on le retrouvait allongé, tout dur, mort dans la neige ?

Un sanglot m'échappe, je renifle, essuie mon visage ; mes joues, elles, sont insensibles.

— Ça va aller, Bosco est doué.

Je saisis sa main libre et, bien que la sensation de chaleur soit inexistante à cause de l'épaisseur de nos gants, sentir Marc cajoler ma main me réconforte un peu.

La visibilité est nulle, nos autres sens également brouillés. La bouche sèche, je me concentre sur le chien, qui soudain revient me voir. Plus précisément mon coussin. Je me fige, le regarde s'imprégner à nouveau, et repartir au travail. Même les sapins n'ont pas d'odeur, tant le froid glace l'environnement. Nous manquons plusieurs fois de trébucher, car Bosco nous emmène plus profondément dans la forêt environnante. Protégés par certains troncs très épais, nous arrivons à remettre en place nos bonnets et nos vestes malmenés. Le chien s'ébroue, le cri de la tempête semble plus lointain, les flocons nous assaillent moins.

La recherche se poursuit, mais Bosco semble perdu, troublé, déconcentré par les effluves de gibier ou d'autres chiens. Marc me passe le projecteur, saisit le coussin, le fait sentir encore à son partenaire, pendant que je l'éblouis sans le faire exprès. Ses yeux m'ont l'air plus clairs que jamais, plus déterminés aussi. Il sait à quel point cet animal compte pour moi. Mon roc est là. Je ne suis pas seule en ce premier jour de l'année.

Le chien se remet au travail et, d'un coup, il tire de toutes ses forces sur la laisse. Même Marc se laisse emporter, j'ai de la peine à les suivre, et le maître m'indique qu'il ne veut pas calmer Bosco, au risque qu'il se déconcentre à nouveau.

Je cours, je glisse, je cours encore et perds mes poumons en chemin. J'arrive à avoir chaud. Puis, il me semble entendre la

233

voix de mon chat. Marc se précipite, mais tombe lourdement. Très mal. Le chien s'échappe en avant. En approchant, à bout de souffle, je me penche et vois que le pied de Marc s'est coincé dans un trou. J'aimerais l'aider à se relever, mais il grogne, gémit tel un animal blessé en dégageant sa jambe de l'aspérité.

— Bordel de merde…, grommelle-t-il.

Je ne sais pas avec quelle force j'arrive à le soulever un peu, mais il contient un cri de douleur qui me fait relâcher ma poigne.

— Bosco, viens là ! appelle-t-il sans aucune sympathie.

Le berger revient, excité, mais attentif à ce que son maître me dit.

— J'ai vu courir votre chat là-bas, il a dû se planquer. Prenez Bosco par le harnais et allez voir si vous pouvez le faire sortir.

Je me fige.

— Seule ? j'arrive quand même à demander.

Il attrape ma main, maîtrise sa douleur au mieux pour continuer à me parler.

— Oui, seule, Chiara. Même si je me lève, je ne peux pas avancer. Mais ça va aller. Bosco va tirer un peu, Noirousse ne risque rien. Vous…

Non loin d'une nouvelle hyperventilation, je n'entends plus ce qu'il articule. D'un coup, je me sens tomber à genoux. Je crois faire un malaise. La neige amortit ma chute, refroidit mes jambes et je comprends que Marc m'a tirée vers lui. Sa paume derrière ma tête a rapproché nos visages et ses lèvres se posent sur mon nez.

— Je te promets que tout ira bien.

Cette attention et ce tutoiement me donnent une force incalculable. Celle de me redresser, d'aller vers Bosco, de saisir la laisse et de partir avec lui en lui demandant de chercher, comme son maître l'a fait plus tôt.

Nous repérons vite Noirousse grâce à la lampe torche que Marc m'a donnée. L'approche du chien le fait souffler, s'enfoncer dans un buisson, et je n'arrive pas à l'attraper, bien que je sois allongée sur le ventre. Une bourrasque agite encore Bosco, qui se précipite vers les branches et fait sursauter mon chat. Ce dernier s'enfuit et, toujours à bout de souffle, j'échoue à le rattraper.

Pourtant, en revenant vers Marc, j'ai envie de crier victoire : il l'a attrapé par la peau du cou et le maintient à bout de bras pour que je vienne le chercher. Je lui tends le harnais de Bosco, enlace mon chat qui se débat, mais que j'arrive à maîtriser par habitude pour le glisser dans ma veste. Je sens son petit cœur battre contre mes côtes et, même s'il n'est pas très à l'aise, il finit par se calmer en calant ses pattes sur ma poitrine et sur ma respiration qui s'apaise.

— Oh ! mon Dieu, il y a du sang sur votre main ! je hurle soudain.

— Pas de panique, c'est le mien…

— Marc !

— Noirousse n'a pas apprécié que je l'attrape comme je le pouvais, on s'est bagarrés un peu… Ce n'est rien.

La tempête ne se calme pas, mais la mission terminée, le guerrier a trouvé l'énergie de remettre sa chaussure sans la lacer. Pour ça, il a enlevé ses gants – ce qui explique les griffures – et me tend maintenant ses doigts valides pour que je l'aide à se relever. Je lui offre mon épaule, car il ne peut pas poser le pied par terre. Le poids de Marc, la chaleur de Noirousse, et l'enthousiasme de Bosco me rassurent.

Nous rentrons à la maison.

42

Bosco nous accompagne exceptionnellement dans l'auberge, et se dirige directement vers la cheminée. Je sers d'appui à Marc pour qu'il s'installe dans le canapé, vais fermer la fenêtre de la cuisine, monte poser mon matou à l'étage, retire ma veste, et redescends *presto* m'occuper du blessé… sans savoir comment j'arrive encore à respirer.

— Tout en bas du comptoir, derrière, il y a ce qu'il faut, m'indique-t-il en serrant les dents.

Je lui apporte une immense boîte, qu'il a l'air de connaître par cœur, et de laquelle il sort une attelle, un bandage, de la crème, des comprimés et du désinfectant. Sa main a pris cher, mais il s'occupe d'abord de son pied. Je l'observe attentivement retirer sa chaussure puis sa chaussette. Marc aspire de l'air entre ses dents en voyant la couleur de sa cheville. Ce n'est pas vraiment joli…

— Je suis tellement désolée…, je souffle en m'asseyant à côté de lui.

Consciente qu'il va devoir s'immobiliser et donc arrêter les activités sans doute pendant plusieurs semaines, je culpabilise à l'infini.

— C'est pas la première fois que je me blesse, affirme-t-il.
— Mais cette fois c'est à cause de moi…

Je cache mon visage et tente de me calmer. Seule sa main saisissant une nouvelle fois la mienne réussit à étouffer un nouveau sanglot. Il me dit avec ses yeux qu'il ne m'en veut pas, et avec son sourire que ça ira. Je ne le lâche plus pendant plusieurs secondes, accrochée à cet homme qui, au milieu de la nuit, ne m'a pas envoyée chercher mon chat toute seule. Ses doigts effleurent ma joue et j'ose penser que, peut-être, cette fois, il aimerait poser sa bouche ailleurs que sur mon nez.

— Alors, comment il faut soigner ça ? dis-je à demi-ton pour le déconcentrer.

Malheureusement ça marche, même si je vois une pointe de regret s'installer sur son visage.

— C'est sûrement une entorse, donc je vais éviter de marcher, caler tout ça et… M'occuper comme je peux. J'irai voir un médecin quand ce sera possible.

Je pense d'abord qu'il a peur de s'ennuyer, mais me rappelle que Zoé n'est pas là. Ses pensées ont tout le loisir de divaguer vers le négatif.

— On pourra jouer aux cartes ! je m'exclame en allumant la cheminée.

Surpris, il hausse un sourcil et semble attendre la suite, surtout quand je reviens.

— Ou au Scrabble. En fait, non, je suis trop forte, ce ne sera pas amusant.

Il contient son rire, pince ses lèvres à mesure que je déballe d'autres suggestions.

— En tout cas, maintenant que j'ai réussi à promener Bosco, je peux gérer tout le reste !

— Bien, ça me laissera du temps pour lire un certain roman.

J'écarquille les yeux.

— Bah j'ai envie de savoir si elle l'a trouvé, son mec bien, précise-t-il.

Si tu savais…

Un silence arrive et mon regard dévie vers ses deux blessures, tandis que Marc commence les soins. Je le vois se crisper à chaque fois qu'il plie ses doigts. Il arrive tout de même à immobiliser son pied comme un pro. Je lui apporte une bassine d'eau chaude pour tremper sa main blessée et lui tends un linge pour qu'il la sèche convenablement. Et tandis qu'il étale une crème cicatrisante sur les plaies, je le déconcentre à nouveau.

— Marc, merci pour tout.

Un sourire en coin et il répond, sans me regarder :

— C'est normal.

J'ai envie de répondre que non, ça ne l'est pas. Ce serait résister pour rien. Il réfléchit ensuite comment envelopper sa main d'un bandage et je propose de m'en occuper avant qu'il dise quoi que ce soit. Prendre soin de lui, après tout ce qu'il m'a apporté et m'apporte encore, c'est une sensation délicieuse.

— Le tutoiement et le bisou sur le nez, c'était normal aussi, ou c'était bonus ?

Si j'avais été à sa place, j'aurais mal pris la remarque, même si j'ai essayé d'y mettre de la tendresse. Du coin de l'œil, je le vois mordre sa lèvre inférieure.

— J'avais peur que Ja' nous gronde, si on ne s'y mettait pas. Alors, j'ai essayé. Et pour le bisou…

Je fais traîner la finalisation du bandage pour qu'il conclue sa phrase. Nous posons chacun un regard franc sur l'autre, lorsqu'il la termine.

— On va dire que j'avais trop mal pour bien viser.

Toutoum.

— Et maintenant ? ai-je l'audace de demander. Ça va mieux ?

Toutoum.

Le feu crépite, le chien baille, les soins sont terminés, le stresse descend, la tension monte.

— Il faudrait…, débute-t-il.

On pourrait se laisser aller, oublier nos défauts, se concentrer sur le bonheur et le plaisir. Comme j'ai tenté de le faire le soir précédent.

— … que je boive encore un peu.

Et nos traumatismes nous bloquent, nous empêchent de franchir ce pas. Nous savons que la confiance est là, qu'il suffirait juste d'une toute petite poussée de désir pour que tout s'enclenche. Plus tôt dans la nuit, les boissons nous ont guidés sur ce chemin. Et en retrouvant le souvenir d'un vrai baiser volé, je retrouve celui de sa retenue. J'ai osé « recommencer » avant lui, parce que j'en avais trop envie, parce que je me sens guérir. Marc hésite encore. Et parce que je le respecte, je dois contenir ce dont je me suis privée des années durant.

— Allez rassurer Noirousse, il en a plus besoin que moi, dit-il d'une voix cassée.

Le poids de ses regrets est net, à présent. Il aimerait, mais il ne peut pas. Alors, je l'embrasse, moi aussi, sur le nez. Avant que je sache s'il encaisse bien la surprise, je conclus :

— J'espère que la douleur s'estompera vite.

Je range le matériel derrière le comptoir et remonte, tête basse, au studio. Mon chat sursaute, puis de seconde en seconde, reprend confiance en ma présence. Nous passons le reste de la nuit à nous cajoler, à nous consoler. Lui d'avoir fait l'imbécile en blessant l'homme qui l'a sauvé, et moi d'avoir pu faire mes preuves sans que ça ne me rapproche réellement de Marc.

43

Lorsque je me réveille, il fait déjà jour. Il semble y avoir une accalmie dehors, le ciel est mystérieusement clair. « Oh là là là là » je soupire en découvrant mon visage à la salle de bain. Je tente de m'arranger au mieux et sourit en voyant Noirousse bien installé sur son coussin. Un regard vers la chambre de Marc avant de descendre sans aucune grâce à l'accueil et je sursaute en arrivant en bas. Il s'est endormi sur le canapé, la cheville surélevée. Son bras gauche pend, son autre main bandée est posée sur son ventre. Les sourcils légèrement froncés, il respire lourdement. Je crois qu'il ronfle, mais c'est en fait le soupir de Bosco, allongé près de la cheminée.

Sans culpabilité aucune, je me délecte de leurs allures innocentes. Ils sont beaucoup moins imposants, comme ça. Marc est amoché, épuisé, perdu dans ses rêves qui n'ont pas l'air très agréables. Son pull, cintré, souligne sa silhouette désirable. Il a gardé son pantalon de ski, mais je devine des jambes musclées en dessous. Son pied… Je comprends enfin pourquoi il est là et pas en haut.

Ma culpabilité n'a pas le temps de s'exprimer qu'il se racle la gorge et se réveille. Il met quelques secondes à comprendre où il est, se redresse lentement en voyant que je suis là. Il se frotte les yeux, oublie qu'il est blessé et grimace. Il en fait d'autres, comme s'il avait des courbatures, en bougeant le reste de son corps pour caresser le chien qui vient le saluer. Puis il me lance un « Bonjour » éraillé, qui me tord le bide.

— Quelle heure il est ? me demande-t-il.

Je m'agenouille en face de lui. Le souffle chaud du berger m'effleure. Ça ne me fait plus rien, j'ai confiance en lui.

— Je suis tellement désolée pour hier.

J'ai l'impression que Marc réfléchit, puis il hausse les épaules et se frotte une nouvelle fois les paupières du bout des doigts.

— Encore ? Pour quoi cette fois ?

Heureusement que son sourire souligne la blague.

— Je ne vous ai pas aidé à monter. J'étais trop occupée à... consoler mon chat.

Il rit et, sans crier gare, le dos de sa main blessée effleure ma joue.

— Il s'est remis de ses émotions ?

Charmée par ses propos embrumés, je ne réponds pas. C'est sûrement sa façon à lui de me dire que je n'y suis pour rien. Mais il précise quand même :

— J'aurais pu monter tout seul, Chiara, j'ai juste senti le contrecoup de cette nuit. Je me suis allongé et j'ai dormi sans m'arrêter.

Il se tourne en direction des toilettes et je comprends qu'il va se lever pour la première fois depuis qu'il a calé son entorse. Son visage transpire les difficultés, mais il me repousse d'un geste quand je suggère de l'aider.

— N'entrons pas dans une relation de ce genre, je suis encore assez jeune et dynamique pour me soulager comme un grand.

C'est qu'il a la blague facile, le matin… comme quand il a bu.

Il se relève, serre les dents, s'accroche aux meubles et va s'enfermer dans les WC. Je regarde sur la table si, pour calmer sa douleur, il n'a pas tapé dans une bouteille d'alcool fort. Rien.

Le téléphone de l'accueil sonne et je réponds, bien que nous soyons techniquement en congé.

— Bonjour, Chiara, tout va bien ? lancent les deux amoureuses en chœur.

Mes quelques secondes d'hésitation leur mettent la puce à l'oreille, je leur raconte alors notre mésaventure. Outre leurs questions sur la soirée du Nouvel An dont elles espèrent une issue coquine, elles comprennent rapidement qu'il faudra que Janaina revienne plus tôt que prévu.

— Je m'organise et je débarque demain, pas de panique, me dit-elle, enjouée.

— Heureusement que c'est arrivé maintenant, j'entends Evelyne au loin. Et il y a eu un autre bisou, alors ?

Je me déplace dans la cuisine, pour éviter que Marc entende ce que je vais dire.

— On était bourrés, j'ai tenté ma chance, il n'a pas eu l'air d'apprécier…

— Bien sûr que si, je connais mon frère.

— En tout cas, il a été jusqu'à sauver mon chat, alors…

— Il va bientôt falloir qu'il parte à la recherche de sa femelle, lance mon amie.

— Est-ce que c'est Ja' au téléphone ? me surprend Marc.

Je hoche la tête et il avance vers moi en sautillant, plus vite que je ne l'aurais pensé. Il attrape le combiné lentement et son expression taquine disparaît pour laisser place au sérieux que je lui connais. Après avoir enclenché le haut-parleur, il dit :

— Zoé va bien ?

— Oui, Ma', elle s'amuse beaucoup. Ju' lui a trouvé des sorties, des jeux, elle prend vraiment soin d'elle. Maman et papa sont surpris en bien.

— Bon, alors, je suis content.

— Ah ! d'ailleurs, ajoute Janaina, je l'ai croisée aussi. Et elle demande ton autorisation pour lui présenter son nouveau copain.

Marc cligne plusieurs fois des yeux, comme si l'information peinait à gagner son cerveau.

— Pourquoi elle me demande ça à moi, elle fait ce qu'elle veut, non ?

Sa contrariété surprend aussi sa sœur, qui encaisse quelques secondes, avant de conclure.

— Ok, je lui dirai ça, alors.

— Il est… nouveau *comment* ? demande-t-il, en me tournant le dos.

J'ignore si c'est de la curiosité, de la jalousie, ou de l'inquiétude pour sa fille. Dans tous les cas, j'ai un pincement au cœur.

— Ju' s'est beaucoup confiée à moi, quand on s'est vue. Apparemment, ça fait une année et tout se passe bien. Elle m'a dit qu'elle avait réussi à se détacher de toi avec sa thérapie, que c'est quand elle s'est sentie plus ouverte qu'elle a rencontré cet homme.

— Ça a l'air stable, donc.

— Je pense, oui.

L'échange continue sur des formalités et la confirmation que Janaina rentre demain. Marc doit se retenir au piano pour ne pas perdre l'équilibre et poser son pied sur le sol. Je ne m'écarte pas,

jauge chacune de ses expressions ou de ses gestes pour évaluer s'il est triste ou soulagé que son ex ait refait sa vie. Il embrasse finalement les filles pour moi, raccroche et se rend compte que je suis un peu trop proche de lui. *Cette irrésistible envie de le prendre dans mes bras quand je sens qu'il m'échappe...*

— Tout va bien ? me questionne-t-il, concerné.

— Oui, je... Je me dis juste que ça doit vous faire bizarre, que Justine...

Il hésite à peine.

— Oui, j'avoue.

Ce poids sur le cœur quand il est sincère et que ça ne me plaît pas.

— Mais j'espère surtout que ça ira pour Zonz.

Là aussi, il a l'air honnête. Marc est toujours honnête. Il s'éloigne un peu et pose ses fesses sur le plan de travail pour soulager son dos. Sa main se colle à la mienne.

— Quand Ja' sera revenue, si vous êtes d'accord de conduire à ma place jusqu'à Genève, on ira ensemble. Je me dis qu'on pourrait aller chercher la petite en fin de séjour et vous pourrez enfin aller voir votre chef. S'il est aussi con que vous le dites, avec un peu de provoc', il pourrait vous virer, et ça vous permettra de toucher du chômage, pour vous lancer dans...

Choquée par sa réflexion avancée me concernant, je reviens en face de lui. Ses yeux sont presque à mon niveau et je me souviens de son expression dans son sommeil.

— Ça fait combien de jours que vous pensez à ça ?

Embarrassé, il se frotte l'arrière du crâne et me regarde à nouveau.

— Depuis que vous m'avez dit que vous retournerez le voir.

Mon cœur rate un battement. Je me sens blessée et flattée à la fois.

— Moi aussi je suis encore assez jeune et dynamique pour me soulager comme une grande, Marc.

Il souffle du nez, baisse la tête.

— Je sais, affirme-t-il en captant mes iris.

Est-ce qu'il a de la peine à me dire qu'il se fait du souci ?

— Vous avez peur que je reparte avec lui, peut-être ? je pique dans le vif.

— Non, vous avez pris des forces.

— Alors quoi, vous… ?

— J'ai envie de vous soutenir, Chiara. C'est tout.

La réponse est ferme, mais je ne devine en effet pas d'autres intentions derrière. Je comprends que ma vision des hommes est à nouveau biaisée. Parce que les seuls qui m'ont soutenue jusqu'ici étaient de ma famille. Et que les intentions que je prête à mes potentiels conjoints sont toujours très fourbes. Alors, je réprime ma méfiance, tandis que Marc s'avance vers la porte.

— Écoutez, laissez tomber, je ne veux pas vous brusquer. En plus, je suis un boulet physiquement, je comprends que ça vous dérange.

— Non non, attends, je…

Il doit se retenir au mur pour ne pas basculer sur moi, parce que j'ai la merveilleuse idée de le tirer par le bras. Marc en fronce les sourcils d'étonnement. *Je l'ai tutoyé.* À présent qu'il me sonde, je n'ose plus retenter l'expérience. Mais après une bonne inspiration, je réussis à formuler ce que je veux dire.

— Il faut que je m'habitue à cette générosité, je n'ai jamais

connu ça ailleurs que dans mon cercle familial. J'ai développé de mauvais réflexes de défense, j'en suis désolée.

Marc approuve, son regard se fait intense différemment. Il s'empêche de regarder mes lèvres. Notre proximité reste la même, par contre…

— Ça me ferait très plaisir de vous conduire à Genève, poursuis-je. Ça doit faire longtemps que vous n'y êtes pas retourné pour la ville en soi. Et puis l'avantage, c'est qu'on n'a pas à payer d'hébergement, mon appartement est toujours là. Enfin si… c'est OK pour vous. Zoé sera ravie de vous voir, en plus.

Il soupire, comme libéré d'une certaine charge.

— Je n'avais même pas pensé à l'hébergement. J'oublie que vous avez votre vie là-bas. Et… je ne veux pas perturber votre quotidien, même si c'est OK pour moi.

Je compatis et souris. Moi aussi, je me sens mieux.

— Si vous me perturbez, ce n'est pas dans le mauvais sens. Loin de là.

Il rit encore, légèrement, juste assez pour me rendre heureuse d'entamer cette journée. Le vouvoiement est revenu, mais…

— On va finir par y arriver, à se tutoyer, ajoute-t-il sans oser se détacher du mur. Ja' nous met tellement la pression.

— Tout comme Evelyne a toujours raison, Janaina aura ce qu'elle veut, oui. J'en suis sûre aussi.

Il passe alors spontanément son bras derrière mon épaule.

— Je vais aller vous chercher des béquilles à la pharmacie, dis-je faussement agacée en le conduisant dans la pièce principale.

— D'abord, il faudrait nourrir la meute, dit-il sur un ton humoristique.

Je comprends qu'il se plaît à imaginer la Chiara qu'il a rencontrée angoissée, paniquée à l'idée d'approcher un chien.

Sa demande n'est pas une blague et plus tard, je prends mon courage à deux mains pour l'honorer. Par chance, les gamelles sont prêtes. Et je me sens fière d'avoir été utile en dépassant ma peur une nouvelle fois.

44

— J'ai tout laissé dans le congel' pour les chiens. Le matériel est nickel. Normalement, pas de réservations de clients non plus, on a tout posté sur le site. Si besoin de quoi que ce soit pour les urgences, j'ai tout laissé dans ma chambre, tu peux…
— Ma', ce n'est pas la première fois que je reste seule ici, tu sais ? Je gère.

Marc tapote les poches de son pantalon de ville ; il n'y a rien dedans. Nous allons passer du temps dans la voiture et avons estimé qu'enfiler des habits pour la neige n'était pas nécessaire. Moi qui suis là depuis quelques mois seulement, je me sens légère, nue. Alors je comprends son sentiment. La sacoche qu'il porte en bandoulière le gêne, ses épaules sont tendues, ses doigts nus tremblotent. Ils portent encore des séquelles de leur affrontement avec Noirousse, mais Marc a pris la tête de la marche avec ses cannes de métal. Pas le choix.

— Je m'occupe de ton chat aussi, Chiara.

Je prends Janaina dans mes bras pour la remercier. Il me semble qu'elle s'est imprégnée d'Evelyne, de son aura, de sa bienveillance. Et de son humour, surtout, car après un câlin à son frère, elle lance :

— C'est moi le pilier de cette maison, vous pouvez partir tranquille. Même si je les ai vus il y a peu, embrasse les parents pour moi, d'accord ? Et ma nièce, aussi. Tu verras, elle a le sourire jusque derrière la tête. Vous n'aurez qu'à vous consoler des émotions fortes après le passage chez l'enfoiré de service.

Mon estomac brûle. Je n'ai pas dormi de la nuit et je sais qu'il n'est pas prudent de prendre le volant. Il est prévu de faire des pauses si j'en ressens le besoin. Marc m'a dit qu'il ferait des efforts pour me parler, afin d'éviter que je ne m'endorme.

Une fois les portières fermées et Janaina rentrée, je regarde l'enclos de Bosco. Il nous scrute, la queue en l'air, les oreilles tournées vers la voiture. On ne lui a pas dit au revoir, et je crois que ça me pèse. Selon Marc, il vaut mieux partir comme ça, sinon le départ peut être un traumatisme pour le chien. Je me concentre sur le volant en soupirant. Et sur cette grande et rassurante paume gauche sur ma cuisse.

— Ce ne sont que quelques jours.

Ces yeux perçants plantés dans les miens… Je les pensais prétentieux à mon arrivée, ils sont mon refuge à présent. Je pose ma main sur la sienne, lui souris, anxieuse ; ses épaules s'abaissent, il plaque son crâne contre l'appuie-tête pour me dire qu'il est prêt. Le ronronnement du moteur ne remplacera pas celui de Noirousse, mais il m'aurait maudit de le dépayser pour une semaine. Sept jours qui vont changer ma vie.

Il n'y a pas de circulation, c'est fluide. En bas de la montagne, au fur et à mesure que la neige disparaît, je me détends enfin. Le plus dur est passé, les nuages se sont dissipés, et le soleil nous réchauffe à travers les vitres. Je jette des coups d'œil à Marc, qui fait de même. Et tout mon stress s'évapore pour laisser place à un désir franc. Je me concentre au mieux sur la route, bien que le savoir si proche me perturbe. Nous sommes seuls des heures durant… Et je l'emmène chez moi.

J'avais pourtant assimilé que l'Auberge du Loup Blanc était devenue ma maison. Ce studio, dans lequel j'ai installé si peu d'affaires, mais qui est devenu ma bulle. J'appréhende mon retour dans un environnement citadin, bien plus bruyant que le Jura bernois. Marc va y détonner, mais peut-être que ce n'est pas plus mal. Je serai moins assommée par la solitude et les mauvais souvenirs.

La circulation s'intensifie lorsque nous arrivons vers Genève. Toutefois, la première semaine de l'année est toujours plus calme, même si les gens reprennent le boulot. Je négocie les changements que les travaux ont engendrés dans mon quartier et trouve, par miracle, une place de parking pour décharger nos affaires facilement.

— Bienvenue à Lancy ! dis-je en me rappelant que je vais devoir tout monter au 3ème étage sans ascenseur.

Marc ne dit rien, il gravit les marches à la force de ses bras et de ses béquilles. Il me remercie encore de l'accueillir au moment où j'introduis la clé dans la serrure.

Mon appartement est comme dans mes souvenirs : minimaliste, lumineux, accueillant. Je dépose le trousseau à l'entrée et y laisse nos deux valises aussi. Ça sent la vanille, les stores sont relevés, mes orchidées vivantes ; mes parents ont bien pris soin des lieux. Je retrouve un Marc un peu embarrassé derrière moi et je réalise pour la dixième fois qu'il va dormir dans mon petit 2 pièces.[12] Nous nous regardons pendant quelques secondes,

---

[12]. À savoir qu'à Genève, on compte la cuisine dans les pièces à vivre. L'appartement de Chiara comprend donc une salle de bain, une cuisine, et un salon. Et personne ne dormira à côté du four.

lui passe sa langue sur sa lèvre inférieure, moi je rêve de l'attraper encore, mais je reste raisonnable et me dirige vers le salon. J'y découvre mon canapé-lit habituel et un clic-clac une place. Mes parents sont formidables.

J'invite Marc à s'asseoir et lui propose un pouf pour reposer sa jambe. Dans le frigo, à côté des jus de fruits maison de maman, je trouve les fruits secs de papa. Mes parents sont *vraiment* formidables.

Bientôt, la vanille et la menthe forment un parfum harmonieux. J'aimerais qu'on reste enfermés des jours. Parce que même si on a passé beaucoup de temps ensemble, on a toujours quelque chose à se dire. Même si ce n'est pas important, même si c'est poignant.

Evelyne nous rejoint en fin de soirée, elle apporte une bouteille pour mon retour. Nous rigolons beaucoup, j'exprime mon stress par un fou rire sur une broutille. Puis, vient le moment de la laisser s'en aller. D'un commun accord avec moi-même, j'ai décidé de confronter Nunzio le plus vite possible.

Tandis que je prépare le canapé-lit plus confortable pour Marc, je sens son regard soutenu. Nous convenons qu'il se couche en premier, puis qu'une fois changée dans la salle de bain, je file sous les draps. Je retombe en pleine adolescence : quand on a peur de se montrer, quand la pudeur affronte l'envie de rejoindre l'autre. Je n'avais pas pensé à ça en l'invitant chez moi. Je n'avais pas pensé à mon corps depuis un moment, à vrai dire.

De retour, je l'entends se couvrir, et devine qu'il ne porte que son caleçon sous les draps, comme à l'auberge. Je ne sais pas s'il regarde le mur ou s'il ferme les yeux. Je ne sais pas s'il a écouté mon haut passer sur ma peau et dans mes cheveux… *Décidément, il fait chaud partout.*

Une femme sûre d'elle se serait allongée à côté de Marc pour lui susurrer des mots coquins. Elle lui aurait enlevé son sous-vêtement et n'aurait pas attendu de régler ses problèmes pour lui faire l'amour. Du moins, c'est comme ça dans les films. C'était comme ça, entre Evelyne et Janaina. Mais moi, j'ai enfilé mon pyjama licorne, parce que le Snoopy est resté dans les montagnes.

Je passe une nuit épouvantable à l'écouter respirer, à tenter de me caler sur son souffle. Dans la vraie vie qui est la nôtre, Marc s'est endormi tellement vite que, si j'avais tenté quoi que ce soit, ça n'aurait pas été possible. Je pourrais être amusée, or l'angoisse surgit. Pour ne pas le réveiller, je suis les conseils que Marc m'a donnés, et qu'il s'est bien gardé de suivre quand il était lui-même victime de la panique.

Notre premier baiser. J'y repense et je me repasse l'instant en boucle, les images, comme les sensations. Je ne dors pas mieux, réussis tout de même à me détendre. Et à me dire que, quoi que je pense, à l'aide d'un peu de temps encore, nous pourrons recommencer ce que nous avons osé ce jour-là.

45

La Chiara d'il y a quatre mois n'aurait jamais imaginé se retrouver à nouveau devant cette porte vitrée. Par le passé, je me suis rendue dans ce bureau pour plein de raisons. En premier, c'était pour lui apporter des cafés, le voir, lui faire les yeux doux. Ensuite, c'est parce qu'il m'y convoquait régulièrement pour me donner plus de boulot. Les compliments ont commencé à pleuvoir, faisant suite à mon investissement intensif. Une fois, j'y suis entrée et ça a déraillé. Sérieusement. Pendant plusieurs semaines, j'ai commencé à croire que les films pouvaient se vivre dans la vraie vie ; le pied, le vrai.

Mais j'ai vite déchanté. Les retrouvailles ont cessé au bureau, on est allés boire des verres dehors, puis chez moi, rarement chez lui. Je m'en rends compte maintenant : la proximité l'a aidé à m'enfermer. Je ne voyais plus Evelyne qu'au travail, j'ai rompu avec le peu d'amis que j'avais, me suis éloignée de ma famille, rien que pour être avec lui. Je croyais qu'il me valorisait, mais c'était tout le contraire. Sa jalousie, son nez dans mon téléphone, ses critiques sur mon poids, ses regards envers les autres femmes, ses menaces de partir. Et son insupportable abus de pouvoir au travail.

À côté de moi, je sens cette présence tout autre. Normalement, personne n'a le droit de patienter dans *ce* couloir… Mais, parce que je suis allée saluer les collègues et que tout le monde m'apprécie ici, Marc peut attendre avec moi. On ne s'assied pas, je suis trop tendue. Et j'ai envie qu'il me tienne la main, les siennes sont malheureusement bien ancrées sur ses béquilles. Je me demande même s'il ne va pas les casser, à force de les serrer autant. Je lui ai demandé de se retenir de lui casser la gueule, il m'a dit, avec un pauvre sourire, qu'il ferait un effort. *Je suis tellement heureuse que Marc soit là.*

Jusqu'à l'heure du rendez-vous, on ne voit pas Nunzio : le store droit de son bureau transparent est fermé, celui de la porte aussi. Je ne peux pas m'empêcher de sursauter quand il abaisse la poignée. Tout mon être se contracte, les souvenirs refont surface, les bons instantanément effacés par les mauvais. Légèrement plus petit que Marc, le grand patron fait quand même impression : des cheveux châtains bien coiffés, des yeux tirant sur le caramel, une silhouette taillée en V mise en valeur par son costume.

— Salut, Chiara, dit-il sans sourire et sans lâcher la poignée.

Un frisson d'aversion dégouline dans mon dos. Il me jauge et regarde Marc de travers.

— Tu sais que personne ne doit patienter dans ce couloir, me rappelle-t-il.

— Je sais, oui. Il va rester là quand même.

Première rébellion, je perds mon souffle, lui son sang-froid. Le début de la fin. Je le vois, que ça ne va pas être agréable…

— Entre, ordonne-t-il en y joignant un geste formel.

Passer tout près de lui, sentir son eau de toilette, son aura malsaine. Voilà pourquoi je repoussais ce moment.

— Alors, tu vas mieux ? commence-t-il après avoir refermé, les mains dans les poches, un air hautain sur le visage.
— Beaucoup mieux, oui.
— Il était temps.

Premier coup, je ne flanche pas. Nunzio s'approche, disparaît du champ de vision de Marc ; je l'imagine fulminer derrière la paroi. Mon chef ose avancer ses doigts vers ma joue.

— J'aurais guéri plus vite si tu ne m'avais pas inondée de messages, je lâche.

Il rit, se moque, range ses mains.

— Inondée… C'est sympa, je ne t'ai envoyé que de gentils mots, comme tu les aimes.

— *Nunzio, basta così*. Je suis réveillée, maintenant.

Ses narines s'écartent, ça arrive quand il est contrarié. Mon manque de patience l'agace.

— Et donc, tu es là pour quoi ? embraye-t-il.
— Pour que tu me licencies. Sans motif.

Je suis droite comme un bâton, je n'ai jamais été aussi rigide de toute ma vie. Nunzio rit, mais comprend qu'il n'y a aucune plaisanterie dans mes propos.

— C'est qu'elle manque pas d'air, la Valente !

Dehors, même s'ils sont étouffés, j'entends le bruit des béquilles de Marc sur le sol. Il m'attend. Je sais qu'il m'envoie toute la force dont j'ai besoin. Evelyne et mes collègues aussi.

— Ça fait des mois que je subis ton silence radio ! continue Nunzio. Tu pars presque sans m'avertir, tu ne donnes *aucune* information sur ton rétablissement, tu mets tes collègues en difficulté, tu me rends malheureux. Mais ce n'est pas suffisant pour un licenciement.

— Tu me dois au moins ça, j'affirme sans compassion pour son discours de victime.

Plus d'ironie ou de chichis pour attirer mes faveurs. Son côté toxique transpire partout sur lui, tandis qu'il s'approche de moi. Le regard mauvais, il me juge de haut en bas et dit, d'une voix presque sensuelle, sale :

— *Non ti devo niente, Chiara[13].*

Déglutir m'est difficile, je ne perds pas la face. D'abord, lui aussi s'obstine, montre une assurance sans faille. Constatant que je n'en démords pas, il montre une ouverture. Je m'infiltre dedans.

— Tu nous le dois à toutes.

Je l'entends déglutir. Est-ce qu'il transpire ?

— Qu'est-ce que tu veux dire ?

— Les témoignages que j'ai récoltés sont unanimes. J'ai ce qu'il faut pour te coller un procès au cul, si tu refuses. Parce que même les gars de la boîte sont contre toi, ils sont témoins de ton comportement.

Nunzio pâlit, tente encore de garder contenance.

— Et qu'est-ce que j'y gagne, à te virer ? À rompre avec toi ? Tu vas encore utiliser ça contre moi, en soulignant que c'est de l'abus. Je suis grillé de toute façon, c'est ça ?

— Si je dois démissionner, j'ai suffisamment d'expertises médicales pour t'accuser de harcèlement. Ça prendra juste plus de temps et tu paieras probablement plus cher, pour le simple motif que j'aurai davantage de difficultés. Oui, tu es grillé de toute façon. D'ailleurs, ne t'avise pas de venir chez moi, ce serait pire !

Livide, il recule d'un pas. Le sentiment d'être coincé s'imprime sur sa face, à mesure que son masque tombe. Et moi,

---

13. Je ne te dois rien, Chiara.

je me sens enfin redevenir moi-même. Sans un mot, il essuie une goutte de sueur sur sa tempe et sort du bureau pour aller chercher les documents nécessaires. Il les fera ensuite signer aux ressources humaines pour validation, et cette officialisation me permettra enfin de passer à autre chose. Marc glisse sa tête par l'ouverture et me demande si tout va bien. Au bord de la syncope, je réponds le souffle court d'un hochement de tête. Il se fait alors légèrement pousser par le patron, qui crache :

— C'est ton nouveau mec qui t'a influencée.

Puis il referme la porte au nez de Marc. Je ne prends pas la peine de répondre à sa remarque, m'assieds pour étudier les conditions avec attention. Étrangement, le stress diminue à mesure que j'approuve les phrases inscrites sur ces papiers. Au bout de plusieurs minutes, je signe pour accord, Nunzio signe à son tour, fait une copie directement dans son bureau et me tend le feuillet.

— T'es vraiment qu'un gros tas de merde, chuchote-t-il presque.

— Et tu t'es trempé dedans tout seul !

Mon rire semble le surprendre. Je suis déjà soulagée. Fière de moi, de celle que je redeviens. J'appréhendais tellement... *Pourquoi ?* Il est si simple de se relever quand on retrouve la force de s'aider.

Avant de sortir du bureau en tremblant quand même un peu, j'en place une dernière en lui montrant les cicatrices sur ma main :

— Ah ! et dis bonjour à Guizmo de ma part, je lui ai pardonné, à lui. Ce n'est pas sa faute s'il a un maître aussi con.

Tout ça, ce n'était pas de l'amour. Je rejoins désormais le vrai, celui que je me porte.

46

Je ne me rappelle pas très bien comment je me retrouve dehors. Je crois que j'ai traversé l'étage en regardant tout droit ; Marc m'a suivie sans rien dire. Evelyne était avec nous dans l'ascenseur et j'ai fait une halte aux toilettes du rez-de-chaussée pour vomir. Le ventre vide, j'ai souffert le martyre. La douleur m'a fait promettre, les yeux pleins de larmes, que ce seraient les dernières versées pour ce type.

L'esprit ailleurs en me dirigeant vers un banc pas loin, je loupe le bord du trottoir. Je me vois alors m'écraser au sol tel une flaque, mais Evelyne me rattrape. J'ai froissé le document dans ma main, mais il est bien là.

— Ça y est, je suis virée..., je murmure sans m'en rendre vraiment compte.

Une fois certaine que je tiens debout toute seule, Evelyne m'invite à m'installer sur le banc. Marc s'assied à côté de moi. D'abord, il place les béquilles entre nous, puis décide de les déplacer pour se rapprocher. Loin d'être intrusive, sa présence est, comme d'habitude, un réconfort. La feuille glisse entre mes doigts, Evelyne me prend dans ses bras.

— Chiara, je suis tellement fière de toi !

Sonnée par la situation, je penche la tête en arrière et regarde le ciel : les bruits de la ville parasitent ma contemplation. Malgré ça, je me sens enfin libre. Et vide à la fois.

— Quand j'étais petite, mes parents me disaient toujours qu'il fallait que je travaille dur à l'école pour trouver un bon métier et faire ce que je voulais de ma vie. J'ai longtemps pensé que ça me rendrait heureuse… Maintenant…

« Il me reste quoi ? » manque de sortir de ma bouche. En redressant ma tête, je me ravise. Il me reste tellement de choses, tellement de gens ! Il me reste… tout, en fait. Trop habituée à se concentrer sur l'emploi, sur l'argent, la société a rendu les gens malades. D'ailleurs, au loin, j'aperçois un SDF que je croisais souvent en venant bosser. Il n'a pas changé, il est toujours exclu, rejeté soi-disant de sa propre volonté à l'extérieur du système ; il ne « sert » à rien. Et pourtant, c'est bien lui, une fois, qui m'a demandé comment j'allais.

Mon amie et Marc attendent que je sois prête à dire autre chose. Je pense que je n'y arriverai pas, il me faudra du temps pour l'assimiler, cette nouvelle vie.

Ce ne sera pas aussi fastidieux que je le pense. Car Marc et Evelyne sont mon essentiel, à présent. Tout comme Luca, mes parents, Janaina… et Zoé. Je ne me vois plus évoluer sans eux. Je viens de libérer plein de place dans mon cœur pour les accueillir comme ils le méritent.

Lentement, je me penche vers Marc et pose ma tête sur son épaule. Elle est tiède à travers son pull, solide quand il s'approche encore. Evelyne sourit, je la sens soulagée. Et elle m'annonce qu'elle va aussi prendre une décision importante bientôt.

Lorsque je retourne à l'intérieur pour récupérer mes affaires, certains collègues viennent encore me saluer, m'enlacer, ou me proposer de m'offrir une tisane à l'occasion – ils savent que je

n'aime pas le café. Le format d'*open space* rend la transition plus facile : je ne laisse rien derrière moi, j'embarque ma personne et me délivre de l'emprise de Nunzio.

Je marche lentement à côté de Marc, en oubliant presque où je vis. Inconsciemment, je me dirige vers la voiture, pour retourner dans le Jura bernois, à l'Auberge du Loup Blanc. J'ai envie d'entendre le parquet craquer sous mes pieds, comme la neige. J'ai envie d'être interrompue en pleine conversation profonde par la petite, pour jouer à cache-cache. J'ai envie d'aider Janaina à accueillir les clients. J'ai envie de vivre. À la fois, ce quotidien et cette dépendance m'oppressent. Je me sens chez moi là-bas, mais je ne souhaite plus dépendre des autres. Y retourner durablement, c'est fuir une liberté dont j'ai toujours rêvé. Et je sais que compter sur eux financièrement ou affectivement, ce sera trop. Même si en regardant Marc du coin de l'œil, je sais que je me sentirai bien. Un temps… Avant une nouvelle chute.

Le Natel de Marc sonne et me fait sursauter. Je le soulage d'une béquille et comprends que Quentin souhaite nous tenir au courant de la procédure. Je saisis le téléphone et enclenche le haut-parleur, après que Marc lui a confirmé mon licenciement.

— Je gère sur le plan juridique, maintenant, me dit l'ancien avocat. Je vais récolter les témoignages auprès des personnes que vous m'avez indiquées, constituer le dossier… Vous, Chiara, vous n'avez rien d'autre à faire, si ce n'est aller mieux.

Je le remercie infiniment et me laisse surprendre par la remarque à demi-mot de Marc.

— Ah ! bah, voilà un mec bien qui n'est pas dans votre famille.

Je rentre dans son jeu sans m'en rendre vraiment compte.

— Je vous signale qu'il est casé.

Quentin éclate de rire, nous sourions en retour, et le rouge me monte aux joues quand il dit :

— Il y a un autre mec bien à côté de vous qui n'est pas casé, *lui*.

— À bientôt, Quentin, je réponds un peu trop vite en raccrochant.

Je veux alors continuer mon chemin et dissimule mon visage avec mes cheveux, mais Marc me rappelle qu'il a besoin de sa deuxième béquille. En revenant vers lui, j'ai l'impression que le froid a saisi son visage. À moins qu'il ait rougi aussi ?

Les jours suivants, je me sens bizarre, car je réalise que le silence de la montagne me manque. Au réveil de Marc, la nostalgie s'en va, pour laisser place à la douceur. Nous ne nous touchons pas, nous parlons peu, et nous nous regardons à peine. Cela suffit néanmoins à nous faire décompresser. Je lui raconte que venir boire un verre ou un thé à la Librairie-Café Les Recyclables[14] me faisait du bien, en attendant Nunzio. Marc me dit qu'il a pris quelques cuites dans la rue de l'École de Médecine[15], avec Justine et des copains, dans sa jeunesse. La nuit, je l'écoute encore respirer ; son souffle m'aide à m'endormir.

Marc redécouvre Genève, il n'avait pas vraiment pris le temps de le faire ces dernières années. Cinq jours passent et, d'abord, il est clairement perturbé par le fait de ne pas pouvoir récupérer Zoé tout de suite. Elle est encore chez Justine et ce sont ses jours... Alors, je lui offre des moments simples au restaurant, entre deux démarches administratives, son rétablissement, et nos soirées à l'appartement. Il finit par abandonner cet air inquiet, et

---
14. Établissement conjuguant librairie de seconde main et café au même endroit, à Genève
15. Rue proche de l'Université de Genève, particulièrement fréquentée par les étudiants (nombreux bars et restaurants)

je lui trouve une mine revigorée. Dans cette ville, pas de neige. Je découvre son style nouvellement citadin, son attitude sans obligation envers les huskies ou les clients, son humour plus libre. Et surtout, un côté tactile.

Cette main dans mon dos, sur mon bras, dans la mienne, elle est toujours furtive. Elle sait pourtant toujours choisir le bon moment, soit pour me réconforter, soit pour allumer une flamme endormie. À l'auberge, elle couvait déjà et s'était ravivée à notre premier baiser. Le deuxième a continué à l'alimenter, mais les souvenirs vagues autour de cet instant gênant l'ont atténuée à nouveau. Par moments, j'ai senti sa tiédeur me rappeler sa présence. À présent que Marc y jette du petit bois et souffle dessus, sa chaleur grandit pour se transformer en un nouveau désir. J'ai le sentiment de le voir brûler dans ses yeux aussi.

47

Marc s'est réveillé bougon et j'ai retrouvé un peu de l'homme fermé de l'auberge. Nous avons bu un café dans un bistrot où nous n'allons jamais, situé près du nouvel appartement de Justine. Il a râlé tout le long du trajet : trop chaud, amer, pas pratique avec les béquilles, mauvais accueil. En réalité, le café est toujours chaud et amer, et la serveuse lui a fait les yeux doux. Concernant les béquilles, il s'en plaint dans la ville entière… C'est vrai que ce n'est pas l'idéal, mais des efforts ont été faits sur la mobilité. Sensible à son état au vu du contexte, je ne rebondis que rarement pour le raisonner. Ça ne servirait à rien ou envenimerait son caractère ronchon, alors que j'ai profité de sa gentillesse sans limites ces derniers jours.

Nous arrivons près d'un nouveau coin du Grand-Lancy, un quartier mixte et bien aménagé. Lorsque je suis partie, les travaux touchaient à leur fin. Découvrir les immeubles jusqu'à l'appartement de la mère de Zoé me donne l'occasion de constater que ce n'est pas toujours aussi glauque qu'on se l'imagine. Marc sonne deux fois, comme si c'était normal. Et je me souviens que Justine et lui sont quand même restés ensemble dix ans ; le temps des habitudes. *Est-ce qu'on en aura aussi un jour ?* La clé tourne dans la serrure, je peine à déglutir.

Enfin, je découvre Justine de près et je dois dire que je la trouve belle. Elle a bonne mine. Son sourire s'arrête sur son ex, qui secoue légèrement la tête. Peut-être pour ne pas retomber amoureux ? Elle l'embrasse sur la joue, me salue d'un geste de la tête et nous invite à entrer en précisant « tes parents sont là ». Dans le couloir rempli d'effluves d'encens, il y a quelques photos que je ne détaille pas trop pour éviter l'indiscrétion. Dans la cuisine, où tout le monde se trouve, ça sent les cookies.

Les épaules de Marc se détendent au moment où il aperçoit sa famille. À tour de rôle, ils le prennent dans leurs bras.

— Comment tu t'es fait ça ? demande sa mère, en indiquant sa cheville avec inquiétude.

— C'est une longue histoire, répond-il en souriant.

Je ne m'attends pas à ce qu'il me regarde avec tant d'affection.

— C'est ta nouvelle copine, alors ? demande notre hôtesse, devant tout le monde, en me désignant du menton.

Aucune animosité dans sa question ou son geste, juste un grand sourire plein de joie. Prête à affirmer que non à la place de Marc qui semble confus, nous sommes interrompus par des pas lourds dans le couloir. Un homme grand, brun, barbu et au visage aimable arrive dans la pièce. Dans sa main droite, celle de Zoé, dont le regard s'illumine lorsqu'elle voit son papa. Elle court vers lui, marche sur son pied renforcé, ce qui fait reculer Marc vers le radiateur. Il prend la petite dans ses bras, enfouit son visage dans son cou, la serre fort. J'en ai les larmes aux yeux. Il me semble que la grand-mère aussi, que le grand-père renifle… Ils se manquaient beaucoup.

Nous voilà tous comprimés dans cette cuisine minuscule et Justine nous invite à passer au salon. La décoration sur tons beiges et épurée met à l'aise, son compagnon nous sert à boire, puis

Justine nous raconte comment ils se sont rencontrés, comment il a rencontré sa fille. Zoé intervient pour nous dire qu'il lui fait toujours des cadeaux, que parfois c'est trop et qu'elle en a refusé plusieurs... mais que jamais elle ne refuse les glaces. Elle fait rire tout le monde, n'arrête pas de se coller à moi pour chercher des câlins, que je lui rends volontiers. On se manquait beaucoup aussi.

Ce moment agréable, où je vois la fatigue de Marc retomber et ses tensions disparaître, touche à sa fin quand tout le monde s'accorde à constater qu'il a besoin de repos.

— J'ai une tête si horrible que ça ? dit-il en passant sa paume sur son visage.

— On voit que la montagne t'appelle, dit Justine, que la ville n'est plus pour toi.

— Comment vont les chiens ? Et Janaina ? questionne la mère de Marc.

— À noter que notre fille arrive après les cabots..., souligne son mari, ironiquement.

— Mais on l'a vue il n'y a pas longtemps chéri, se défend la coupable.

— Tout le monde va bien, souffle Marc. Et c'est vrai que j'ai hâte de rentrer.

Il caresse la tête de Zoé, qui file chercher ses affaires dans l'une des chambres, tandis que je reçois un nouveau regard expressif. Je lui réponds silencieusement en souriant. *Moi aussi j'ai hâte de rentrer.*

Après des au revoir chaleureux, je surveille Zoé pour éviter qu'elle ne tombe dans l'escalier de l'allée. Justine retient Marc à la porte et je serre un peu plus fort la main de la petite en entendant :

— On n'a peut-être pas guéri ensemble, mais on s'en sort bien, finalement. Non ?

Marc prend Justine dans ses bras. Étonnamment, ma jalousie s'envole. Parce que j'accueille cette initiative comme un geste de paix, une étape franchie, une libération d'un passé compliqué. Une résilience des deux côtés. En arrivant vers l'ascenseur, Marc se racle la gorge, pendant que sa fille insiste pour descendre l'escalier avec sa petite valise et moi.

— On se retrouve en bas ? je demande, un doute soudain dans la voix.

— On se retrouve en bas, affirme-t-il, la gorge prise.

Devant la sortie, Zoé pousse la porte très lourde et Marc enlace mes épaules sans hésitation. Il dépose un baiser sur ma tête et je traduis ça comme un « merci du fond du cœur ». Alors que c'est lui qui m'a soignée, lui qui m'a soutenue…

Le reste de ma journée est consacré à laisser les clés de mon appartement à Evelyne, à nettoyer, puis à prendre de nouvelles affaires pour l'auberge. Notamment, une superbe robe que j'aimerais porter pour une occasion spéciale. Marc prévient Janaina de notre retour imminent.

Le long du trajet, dans la voiture, nous jouons aux devinettes avec Zoé. Lorsqu'elle s'endort, il en profite pour m'observer. Loin d'être gênée, je laisse le plaisir arriver ; ses yeux qui glissent sur moi, son sourire timide et cette question obsédante : va-t-on enfin franchir l'étape suivante, là-bas ? Son sourire m'offre des frissons délicieux. Oui, vivement qu'on rentre.

48

Retrouver la neige de janvier, les aboiements, le soleil de Janaina, la cheminée, le studio, Noirousse – qui me fait la tronche –, mes habitudes. Quel bonheur ! Je m'en délecte tellement que Marc et moi faisons comme si de rien n'était, comme si nos vies n'avaient pas changé. Le lendemain de notre arrivée, Janaina m'annonce qu'elle a rouvert la partie maison d'hôte en notre absence, pour compenser les activités impossibles à assurer. L'Auberge du Loup Blanc pourra bientôt faire des bénéfices sur les réservations, les huissiers ne sont passés qu'une seule fois, et les travaux avancent très bien. Une semaine et je redécouvre cette entrée, son aménagement. Le côté vieillot n'est plus là, seul le penchant rustique, charmant et cosy ressort. La salle à manger a aussi eu droit à son rafraîchissement. Il suffisait de pas grand-chose pour coller à ce que recherchent les clients : une déconnexion totale.

Après quelques jours, comme la douleur s'apaise mais est encore là, Marc consulte un médecin et apprend que sa blessure est une foulure sévère, non une entorse. Il enlève donc son attelle, sollicite sa cheville en reprenant petit à petit le traîneau pour lui. Il accepte ma réprimande sur le temps qu'il a pris à consulter, et se remet très vite. Il emmène plus fréquemment Zoé en balade, joue davantage avec elle, même après la reprise des activités, une semaine plus tard encore. Les gens se bousculent. Nous nous croisons donc très peu, le rythme effréné accapare les gérants, qui sont néanmoins souriants et bien moins désespérés que le jour de ma rencontre avec eux.

Je profite d'avoir moins de travail à l'auberge pour finaliser mon projet d'écriture. J'ai laissé tomber Bianca longtemps, trop occupée par la vraie vie. Et heureusement, car cette dernière m'a inspirée pour la conclusion. Le premier jet étant terminé, je passe aux corrections et reste des heures au studio sans sortir, la tête entre mes lignes. Le temps file à une vitesse folle et une semaine passe encore, après laquelle je me mets en quête d'informations sur l'autoédition et sur des maisons d'édition. Toutes les pistes sont bonnes pour faire s'envoler mon histoire. Parce qu'elle l'a trouvé, son mec bien, Bianca… Et j'ai envie de montrer au monde entier que c'est possible. Mais d'abord, est-ce que je ne dois pas m'en convaincre moi-même ?

Je sais que l'auberge ne sera pas, à terme, un hébergement compatible avec mon avenir. Ce futur professionnel, je le dessine petit à petit à coups d'études de marché, dont seul Noirousse est au courant. Mais je fuis encore des recherches d'appartement ; j'aime tellement exister ici.

Evelyne m'appelle tandis que je songe à une façon concrète de séduire Marc. Je suis prête à prendre tous les risques. Celui de pomper toutes mes économies pour lancer mon business, celui de souffrir, celui d'être déçue. Celui d'être avec lui et de l'aimer. L'envie furieuse de franchir le pas est maintenant bien installée (entre mes rêves et nos quelques secondes ensemble) et je soupçonne mon amie d'avoir lu dans mes pensées.

— Information que je tiens d'une source sûre absolument

adorable, commence-t-elle, Marc a congé le week-end qui vient, il s'est accordé un break pour tenir le coup pendant les vacances scolaires qui arrivent.

Je ris.

— Et comment je fais pour lui sauter dessus sans paraître beaucoup trop impatiente ?

Ma franchise l'étonne et je l'entends sourire jusque derrière son crâne, au moins.

— Janaina et moi, on a tout organisé. L'après-midi, elle prendra soin de son frère, puis vous aurez rendez-vous à 18 h à l'entrée de l'auberge où une navette du restaurant-producteur vous récupérera. Vous passerez la soirée ensemble, et vous flirterez allègrement jusqu'à n'en plus pouvoir. Puis vous rentrerez à l'auberge et vous…

— Dis, tu te rappelles quand même que j'ai un vécu traumatique avec les soupers romantiques ?

— Tu n'as pas dépassé toutes tes limites, depuis septembre ? Plus rien ne va t'arrêter, maintenant !

Je ris encore.

— À voir si rien d'autre ne m'arrête.

— De source sûre, encore une fois, je sais que Marc en meurt d'envie, mais qu'il est trop timide et traumatisé aussi pour passer à l'étape suivante. Alors, les copines s'occupent de tout ! Vous avez intérêt à vous pécho, sinon on vient vous botter le…

— Merci, Evelyne, je l'interromps, ça va être une magnifique soirée.

Le soir en question arrive. Je me suis préparée pendant toutes les heures nécessaires à Marc pour se faire à l'idée d'une sortie. Pour la première fois depuis mon arrivée, je me maquille

légèrement. Je meurs de faim, de soif, d'angoisses et d'envie. Je demande à Noirousse comment il me trouve, il se frotte à mon mollet ; je crois qu'il approuve.

Et quand je descends les marches, Marc est déjà là, à se chamailler avec sa sœur. Il a enfilé une chemise blanche, ainsi qu'un pantalon noir et classe. Mon cœur s'emballe quand il se retourne. J'ignore comment j'arrive à ne pas me casser la figure dans l'escalier. Je le trouve tellement beau. Est-ce que c'est parce qu'il me trouve belle aussi ? Arrivée à son niveau, j'entends son souffle se réguler après qu'il se mordille la lèvre inférieure. Les baisers de Janaina sur nos joues ne nous perturbent pas, même lorsqu'elle nous souhaite une bonne soirée avec un clin d'œil suggestif.

Tels des automates plutôt bien apprêtés, nous rompons le contact visuel pour sortir et tombons sur la navette, comme prévu. Le chauffeur nous invite à vite entrer à cause du froid ; il nous ouvre les portières et nous nous installons chacun derrière un siège, tandis qu'il nous annonce quinze minutes de trajet. *Interminables.* Assis côte à côte, nos mains se perdent au milieu de nous deux, sans que nous osions les coupler. Notre désir nous dépasse et je sens Marc sur le point de craquer avant qu'il ne regarde dehors en remettant son pantalon en place pas si discrètement qu'il l'aurait voulu. *Il ne fait pas si froid que ça, en fait. Le Nirvana m'appelle, il palpite.*

Le restaurant nous accueille dans un cadre typique et moderne à la fois. Quelques décorations de Noël se trouvent encore sur les tables ; après tout, nous sommes encore en janvier. On nous installe sur une table au fond du restaurant, près d'une cheminée magnifique, et on nous présente immédiatement la carte. Dessus se trouve un menu de dix plats et entremets, chacun accompagné d'un vin spécifique. D'un coup, je suis très reconnaissante envers Janaina et Evelyne, qui nous offrent cette découverte et ce moment pour nous. Et en relevant les yeux, mon ventre gargouille, sans que je ne sache de quelle faim il s'agit ; le regard de Marc fuit lentement vers le document en carton, orné de reliefs dorés.

Le service généreux débute après qu'on a rempli nos verres et tout est absolument délicieux. Nous dégustons en silence, jusqu'à ce qu'on nous annonce une pause. Le vin ou le désir me monte aux joues : comment gérer la situation, alors que ma seule envie est de l'attraper par le col et de l'emmener dans les toilettes spacieuses et luxueuses du lieu ?

— C'est superbe, dit-il enfin. Je leur proposerai quelque chose pour les clients, ça en vaut vraiment la peine.

— Oui, c'est une bonne idée.

Mon ton involontairement froid le surprend, il s'inquiète.

— Quelque chose ne va pas ?

— Je crois qu'on ne devrait pas parler boulot.

Il sourit et baisse la tête, tripote sa fourchette.

— Le bouquin avance ? propose le rebelle des consignes.

— J'ai carburé sur les corrections et j'ai fait mes premiers envois.

— Oh génial, grande étape !

Son enthousiasme me fait chaud au cœur. Et je sens la question arriver.

— J'imagine que Bianca a pu trouver son mec bien, alors ?

Je touche le pied de mon verre, le fais tourner un peu entre mes doigts. *Fonce.*

— Tu verras en lisant, quand il sera édité.

Je le sens réagir à ma phrase, à mon sourire sérieux, à ma voix plus suave que je ne l'aurais souhaité. Il se cale différemment sur

sa chaise et pose son avant-bras sur la table pour rapprocher ses doigts des miens. À peine le contact établi, on vient nous servir une autre assiette. Le plat a dès lors une autre saveur et le silence s'installe à nouveau. Jusqu'à ce qu'une autre gorgée de vin me donne le courage de dire quelque chose. *Fonce.*

— Je crois bien que tu es ma plus belle rencontre.

En relevant mes prunelles vers lui, je croise des iris glacés intenses, mais aussi émus. Il prend quelques secondes avant de me répondre :

— À la hauteur d'Evelyne et Janaina, non ? Faudrait pas qu'elles soient jalouses...

J'imagine que l'humour aide à contenir certaines choses. Mais je rêve, à l'instant, qu'il se lève, qu'autour de lui brillent des milliers de paillettes, et qu'il me dise : « Rentrons vivre d'amour et de chocolat chaud ! »

— Pardon, Chiara, dit-il d'une voix grave. Merci. Ça me touche. Vraiment.

Mon cœur tressaute lorsque sa main glisse enfin sur la mienne. Il en caresse le dos avec son pouce, ne me quitte pas des yeux, sans pour autant savoir quoi dire d'autre. Et je crois que ça me va bien.

Sur les conseils de mon amie, nous continuons à nous régaler de bistronomie et de séduction, jusqu'à ce qu'il soit l'heure de rentrer. Pas que nous ayons un couvre-feu, mais le restaurant ferme. La navette nous ramène à l'entrée de l'auberge et Marc m'ouvre vite la porte, avant qu'on gèle sur place. La cheminée éteinte, le peu de lumière présente, l'absence de Janaina à la réception... Tout se prête à un égarement dans la nuit.

Voyant qu'il ne tente rien, j'enlève mes talons pour monter les escaliers sans bruit et arrive devant le studio en ébullition. Il faut qu'il se passe quelque chose, sinon il ne se passera jamais rien. Je me retourne, après avoir entrouvert la porte, les mains dans le dos. Et je sens Marc extrêmement tendu.

— C'était un chouette moment. À refaire ?

— Avec plaisir, oui, souffle-t-il, comme déjà parti.

Je me prépare psychologiquement à pleurer jusqu'au matin au lieu de prolonger le bonheur. Pas le choix, je me résous : Marc ne veut visiblement pas franchir cette étape avec moi. Quand il regarde ses pieds, je me dis qu'il vaut mieux que ça s'arrête là. L'avantage : plus besoin de m'emballer…

— Alors bonne nuit, Marc, je lâche, le timbre tremblant.

— Bonne nuit, Chiara.

J'entre à reculons, ma déception coincée dans ma gorge, la mine défaite. À l'intérieur, appuyée contre la porte fermée, j'entends la marche lourde de Marc descendre les escaliers et chaque pas resserre un peu plus mon cœur. Mes sanglots contenus heurtent ma robe, je cherche Noirousse pour me consoler. Il vient encore une fois se frotter contre mes mollets. Je me dis que ce n'est pas juste. Que Marc n'a qu'à faire un effort, parce qu'il m'a déjà trop donné pour fuir, parce que j'ai trop donné pour subir une nouvelle lâcheté. Soudain décidée, j'arrange mon maquillage en vitesse dans la salle de bain et ouvre la porte pour le retrouver.

Marc est là, la respiration courte, irrégulière. Je retrouve sa flamme, ce roc, une détermination. Je suis transcendée par son odeur, par son regard et sa prestance affirmés. *Il n'est pas lâche du tout, je devais juste ouvrir la porte.*

— Le Loup est sorti de sa tanière ? je lâche, à quelques centimètres de lui.

— Oui, il s'est assez caché. Ça suffit les conneries.

Sa bouche rencontre la mienne, cette fois de son initiative. Son baiser devient caresse sans tarder, puis sa langue effleure la mienne, ses mains encadrent ma mâchoire, ses hanches se collent aux miennes ; il franchit le seuil.

49

Je le tire vers moi, ferme la porte du studio avec mon pied, le laisse encore m'embrasser. Nous sommes d'abord ralentis par nos souffles courts, moi qui détache sa ceinture, lui qui ouvre la fermeture-éclair de ma robe. Débraillés, décoiffés, nous bafouons enfin cette distance instaurée par la crainte.

Plus lentement, Marc pose ses mains où je souhaite les sentir : dans mon dos, sur mes bras, sur mes reins, sous ma robe, sous mes fesses. Il m'aide à déboutonner sa chemise, je sens qu'il est difficile pour lui de ne pas me goûter. Alors, pendant que je découvre son torse duveteux, il s'attarde dans mon cou et fait tomber mon vêtement sur le sol. Son pantalon suit quelques secondes après, et la lune haute et pleine nous guide jusqu'au lit.

Je ne m'y allonge pas seule. Après avoir dégrafé mon soutien-gorge, il me le retire et embrasse ma poitrine sensuellement, avec délicatesse. Je passe mes doigts dans ses cheveux, tandis qu'il descend cueillir avec sa main ce qui bourgeonne dans ma culotte. Mon intimité pulse de désir lorsqu'il retire mon sous-vêtement pour la caresser.

J'ai toujours voulu éteindre la lumière. Là, je ne peux pas, et je n'en ai pas envie. Parce que c'est la première fois qu'un homme me fait passer en premier, la première fois que je me sens aimée sans pudeur, la première fois que je sens mes rondeurs pleinement désirées. L'extase me gagne vite, je la laisse venir sans me retenir.

Parce que j'attendais ça seule depuis des années, avec lui depuis des mois. D'être acceptée telle que je suis, d'être excitante. Je l'entends gémir en même temps que moi, sans qu'il y trouve son compte encore. Il m'embrasse sur le front, sur la joue, sur le nez, pour faire durer le plaisir et l'envelopper d'affection. J'admire ses yeux clairs, ceux qui m'ont soutenue tout ce temps. Il en veut plus et moi aussi.

— J'ai très envie de t'aimer, Chiara Valente, murmure-t-il à mon oreille.

Je l'embrasse encore et mordille sa lèvre inférieure. J'arrive à ouvrir le tiroir de la table de nuit. Le souffle court, je déballe le préservatif et me redresse pour le lui enfiler. J'en profite pour attarder mes caresses autour de cette chair demandeuse, jusqu'à ce qu'il pousse un soupir profond.

— Moi aussi, alors viens, je réponds, en attirant son bassin vers le mien.

Notre étreinte dure des heures encore, car nous prenons le temps de nous savourer ou de nous arrêter, parfois de jouer ou d'intensifier nos caresses. Je comprends que cela fait des années qu'il ne s'est pas autant laissé aller, avec évidence. J'en suis subjuguée d'émotion, laisse deux sanglots perturber nos orgasmes, et savoure la découverte d'un Marc libre, entier.

Ma première fois, c'est celle-ci, quoi qu'en disent les autres ou la société. Ma première fois, qui m'autorise à recevoir et à donner autant d'amour.

Je me réveille avec la lumière et la tiédeur du soleil dans les yeux. Un peu assommée à l'idée que c'est vraiment et enfin arrivé, je mets du temps à me retourner sur le dos et à sentir Marc allongé à côté de moi. Mais il est bien là, ses effluves de menthe rendus plus âcres par nos échanges. Encore endormi, il respire fort, et je me cale sur son rythme pour profiter de l'instant présent. Je suis amoureuse de cet homme et rien ne pourra m'enlever ça.

Comme s'il m'avait entendue penser trop fort, il soupire et s'étire, avant de se rappeler lui aussi ce qu'il fait dans cette pièce et de tourner sa figure chiffonnée vers la mienne. Il me sourit, caresse mon bras de ses doigts. Je me redresse et me penche vers lui pour me noyer dans ses iris :

— Le Loup a bien dormi ?

— Il était bien accompagné, donc oui, mieux que jamais.

Cette voix au réveil, je tuerais pour l'entendre encore. Et cette envie de lui, dès le matin. Je ne peux pas m'empêcher de l'embrasser encore, d'abord affectueusement, puis en me laissant emporter à nouveau. Il ne rechigne pas, m'attire à lui, me cajole comme la veille. Jusqu'à interrompre notre échange avec douceur. J'imagine alors que c'est pour nous donner le temps. Il prononce mon prénom sur un air triste. Mon cœur s'emballe, spontanément. Des mois en arrière, j'aurai sans doute pensé : « Maintenant qu'il a eu ce qu'il voulait, peut-être qu'il va partir... peut-être que je ne lui plais finalement pas... peut-être... » Mais je ne fléchis pas.

— Je dois te dire quelque chose, poursuit-il.

Marc n'est pas comme ça. Mon premier vrai amour n'est pas de ce genre-là. Il se redresse, s'installe contre le mur, un coussin derrière le dos.

— D'abord, s'il te plaît, crois-moi quand je te dis que je n'ai jamais rien désiré aussi fort que ce qu'on a vécu hier soir et cette nuit.

Il m'attire à lui, passe une main derrière ma nuque, rapproche sa bouche de mon oreille.

— Je t'aime, Chiara, murmure-t-il. De ça, j'en suis tellement sûr...

Ses mots me galvanisent, je m'en nourris pour prendre confiance.

— « Mais »... ? j'insiste tout de même.

— Mais je suis paumé. J'aurais dû te le dire avant.

Je le laisse poursuivre, blottie contre son cœur.

— Une partie raisonnable de moi me hurle que ça va vite, qu'au final quelques mois, ce n'est rien comparé aux dix années qui m'ont traumatisé. Je me suis tellement investi, pour beaucoup de souffrances en retour. En même temps, avec toi, ça n'a rien à voir. C'était évident tout de suite, et peu importe le plan qu'on observe, tout va bien. Ça me fout la trouille. Ici, à l'auberge, on a vécu des trucs pas agréables, et paradoxalement des trucs si intenses. C'est pour ça que j'ai hésité, que je t'ai repoussée. Ça me donne le tournis... Je ne sais pas vraiment quoi faire...

J'entends tout du paradoxe dans sa poitrine, dans son étreinte légèrement tremblante. Si je n'avais pas surmonté ma peine, affronté mes peurs, j'en serais au même stade. Je le comprends, à la fois je sais qu'il ne manque plus grand-chose pour qu'il se sente en sécurité.

— Moi je sais, Marc, j'y ai beaucoup pensé, j'affirme en retrouvant son regard. J'aurais dû te le dire avant aussi. Il m'a fallu un peu de temps pour en être sûre.

Un ange passe. Nous prenons le soin de nous regarder.

— Et maintenant, tu l'es ? me demande-t-il en effleurant ma joue.

Il a l'air surpris de mon sourire, de mon assurance. Marc

glisse sur mon bras et le caresse, comme s'il me redécouvrait. La vraie Chiara Valente se trouve devant lui et elle semble beaucoup lui plaire. Je lui expliquerai ce que j'ai imaginé pour moi, pour nous, mais plus tard. Ici, maintenant, je vais plutôt lui montrer ce que j'ai retenu trop longtemps.

50

Plusieurs semaines passent avant que tout soit bouclé. Administrativement, psychologiquement et physiquement, je sais désormais que c'était la meilleure direction à prendre. Devant l'enclos de Bosco, je souris. Je crois qu'il a compris que je m'en vais.

— Je ne pars pas loin, tu sais ? lui dis-je, comme à un ami. Priska m'a proposé un appartement en ville, à quinze minutes à pied de l'auberge. Je pourrai venir te voir souvent.

Il couine, me lèche la main.

— Moh, t'inquiète pas bichon. Toi aussi tu vas me manquer.

— Il donnerait tout pour manger ce que tu caches dans ta manche.

Marc est appuyé contre le montant de la porte. Il a retrouvé sa polaire, son pantalon de ski, et son sourire craquant.

— Oui, bon, dis-je en haussant les épaules. Laisse-moi rêver un peu. Je me suis attachée à lui, moi…

Je donne deux ou trois friandises séchées au chien, sans craindre de morsure. C'est la plus grande victoire de mon séjour : avoir compris que, même si les loups sont sauvages, ils craignent surtout l'humain. Mais si, à coup de sincérité et de loyauté, on gagne leur cœur, alors on intègre la meute.

Marc enlace ma taille tendrement. Son souffle chaud dans

mon cou m'achève, mes larmes montent. Il ressent mon sanglot, m'embrasse sur la joue.

— J'ai toujours l'impression de t'avoir chassée, confie-t-il d'une voix contenue. Tu sais que c'est pas le cas, hein ?

— J'avais décidé de partir avant *nous*. On se sentira mieux tous les deux. Comme je l'ai dit à Bosco, je viendrai vous voir. Je me retiendrai de venir trop souvent, vous allez être bien occupés, avec ce récent succès.

Durant mes dernières semaines ici, j'ai décidé d'offrir gracieusement mon ultime service à l'auberge : la création du compte Instagram et le tournage d'une série de *Reels* pour promouvoir les nouveautés. Sous la forme d'un reportage en plusieurs épisodes, ces vidéos ont fait un carton et ramené une quantité énorme de réservations. Plus d'huissiers, plus de problèmes financiers, la pérennité, et le relais avec un nouvel engagement.

L'étreinte de Marc se fait plus explicite ; je sens que l'épaisseur de nos vêtements ne bride pas son désir.

— Peut-être que c'est moi qui n'arriverai pas à me retenir…

Son timbre profond et sa langue sur le lobe de mon oreille m'incitent à me retourner. Il est encore tôt, Janaina et Zoé dorment encore…

— Rentrons vivre d'amour et de chocolat chaud, je chuchote, en l'entraînant à l'étage.

Vivre à l'auberge a été un immense bonheur pour moi. Or, continuer à y habiter, y travailler, et m'occuper ici au quotidien sans gagner ma vie serait trop difficile. Mon sentiment d'indépendance retrouvée a grandi en même temps que mes sentiments pour Marc. Sensible à ses doutes et à mes besoins, j'ai, en amont, préféré chercher ce qu'il en était des appartements dans le Jura bernois. Cependant, même si la situation de logement est plus favorable qu'à Genève, je n'étais pas dupe : assurer le paiement d'un loyer en étant chômeuse me fermait des portes.

Puis, je me suis souvenue de la faveur que Priska avait promise, pour compenser l'attitude inadmissible de Ryan. Dans le répertoire téléphonique de l'auberge, j'ai trouvé son numéro et lui ai confié mon dilemme. Son écoute, sa culpabilité, et sa générosité – peut-être aussi un signe du Destin – nous ont amenées à discuter d'un appartement dont elle est propriétaire et qu'elle cherchait justement à louer.

Le passé de Marc et le mien sont révolus, mais ils ont laissé des traces, comme des trous dans la poudreuse. J'ai réalisé avoir besoin d'une distance, de mon propre chez moi, d'une reconversion professionnelle, de *mes* projets. Parce que même si j'ai adoré soigner ma phobie, m'occuper des chiens, accueillir ma famille, en trouver une nouvelle, aimer Zoé, et tomber amoureuse, j'ai trop longtemps été emprisonnée. À présent que mes barrières sont tombées, mon envie d'incarnation s'est exprimée : ce besoin de redevenir celle que j'étais avant d'être traitée comme rien.

Cette voie, cette évidence, je l'ai écrite dans mon bouquin. En traçant la vie idéale de Bianca, je dessinais les contours de la mienne. Se soigner, trouver son mec bien, avoir une fille, et… Et en prospectant dans cette magnifique région, je me suis rendu compte que les habitants manquaient cruellement d'écrivains publics. Qu'il s'agisse des mairies, des écoles, des particuliers, des auteurs, ou même des clients venus d'ailleurs jusqu'à l'Auberge du Loup Blanc, j'y trouverai mon compte.

Je quitte donc ma chère Genève pour de bon, m'installe en

location pas trop loin d'ici, avec mes économies, et promets de revenir en cas de coups durs. Je pars et je reste à la fois. *Je donne mon cœur à ceux qui le méritent. Et mon corps à celui qui le respecte.*

Bien sûr, le moment des au revoir est douloureux. La petite ne les comprend pas très bien et nous passons de nombreuses heures à lui expliquer que je ne l'abandonne pas, que la vie des adultes est parfois plus complexe, qu'il y a plein de façons d'honorer la phrase « ils vécurent heureux ». Je tiens aussi à lui inculquer, à cette petite chipie, qu'être heureux, c'est aussi décider de sortir du cadre. Que ce n'est pas toujours confortable, mais que la lumière qu'on trouve à l'extérieur est encore plus belle que ce qu'on nous promet à l'école. Je lui dis enfin à l'oreille que l'amour, c'est du bonus. Et que son papa, c'est un trésor que je ne tiens pas à laisser filer.

Je termine par enlacer Janaina, parce que sans ses difficultés, je ne serais jamais venue m'exiler sur cette montagne. Elle me dit qu'Evelyne et elle vont vraiment s'installer ensemble. L'envie de changer de vie de mon amie a pris le dessus. Écouter et aller vers ce qui nous parle, c'est la réponse à qui nous sommes vraiment.

Je suis surprise de voir la navette arriver ; le conducteur a changé. En plus de paraître plus sympathique, il a mis les chaînes à ses pneus et a fait la montée. Quelques personnes se trouvent à l'intérieur, prêtes à subir quelques bosses et ralentissements sur le trajet, avec moi. Noirousse râle dans sa caisse, surtout lorsque je la prends dans mes bras. Marc m'aide à installer ma valise dans le véhicule, attrape mon visage, m'embrasse. Il a de la peine à me lâcher, moi aussi. C'est ce qu'il nous faut maintenant, après tout ce qu'on a vécu. Je l'aime et je lui dis, il m'aime et il me le dit. Je monte, mes larmes aussi.

« La neige est en avance dans les crêtes jurassiennes, cette année. »

C'était un signe. Pourquoi attendre ? Il n'est jamais trop tôt pour changer de vie. Jamais trop tôt pour guérir.

À celles et ceux qui me font vivre, moi

Après deux ans sans écriture et deux histoires explorant le côté sombre de la force des gens, j'ai eu envie et besoin de taper sur mon clavier. Non sans efforts, alors en plein *rush* d'émotions liées à la sortie de « Les Inséparables », je me suis offert deux moments où décompresser ; le premier m'a davantage mis la pression qu'autre chose, mais le second m'a aidée à retrouver de la douceur. Surtout, j'ai pu remettre du sens dans un récit plus léger, où l'Amour et le chocolat chaud avaient la première place.

Pour une fois, l'idée de ce roman est arrivée en dehors de mes rêves. Il était donc normal qu'il naisse en dehors des clous. Pour cela, j'ai apporté beaucoup de moi dans le personnage de Chiara. Ses origines du Jura bernois et de Genève, ses origines de Sicile, son sale caractère aussi (même si je l'ai adouci à la réécriture). Les thématiques de la grosseur et du *burnout* ont également imprégné mon vécu et mes sentiments. Je trouvais important de les aborder de l'intérieur, raison pour laquelle je n'ai pas demandé de lecture sensible, ce coup-ci.

J'avais surtout envie et besoin de sortir du noir, d'apprendre à connaître tout ce que j'aurais aimé vivre, plus jeune. Un genre de romance idéale, dans toutes ses aspérités, entourée de gens imparfaitement beaux. Aujourd'hui, cette histoire s'est éloignée des oiseaux pour vous embarquer dans la neige avec des chiens joyeux et un chat mécontent.

Mais elle ne serait rien sans tous ces êtres que j'ai placés entre mes phrases. J'aimerais donc rendre hommage, ici, à celles et ceux qui me font vivre, car c'est bien grâce à elles et eux que je suis là, même si certaines ou certains ne sont plus.

D'abord, je remercie la communauté de l'Atelier des Auteurs, qui m'a fait confiance une troisième (et peut-être) dernière fois. Malgré une expérience désagréable, j'en ressors grandie.

Ensuite, j'adresse ma reconnaissance à mes quatre bêta-lectrices, qui ont dû me faire un retour si rapide pour finalement attendre encore deux ans : Sophie Rossier, Sarah Delysle, Maïthé Schrobiltgen, et Maddy Clèche. Également, je remercie Christelle Lebailly, qui a souligné des points que je ne voulais pas voir. Votre sincérité m'a permis de retrouver la tendresse dont avait besoin ce manuscrit.

Vous commencez à me connaître, pour moi, l'autoédition n'est pas un processus solitaire. Je me suis donc entourée de femmes compétentes et aimantes, pour enrober mon roman de chantilly. J'exprime ici toute ma gratitude pour le professionnalisme et la gentillesse de :

Sara Schneider. Tes remarques directes et sérieuses amenées avec humour m'ont fait vivre une nouvelle expérience de réécriture. J'en ressors avec de l'urticaire pour le nom « gérant », qui rejoint les « prunelles » sur le podium des mots sacrifiés. Et j'en récolte plein de petits cœurs tout mous pour nos amies les bêtes… entre autres.

Caroline Blineau. Ai-je encore besoin de dire au monde combien j'aime ton travail ? Que ce soit sur la couverture ou dans tes illustrations (jusqu'au chien qui court au-dessus des numéros de page), tu sais à chaque fois imprégner mes textes de ton amour. Je suis si fière et heureuse d'évoluer à tes côtés.

Meryma Haelströme. Je suis désolée pour les quelques larmes au bord des yeux pendant ta correction. J'espère quand même que ce tapuscrit t'a apporté l'affection dont tu avais besoin à ce moment-là. C'est un réel plaisir d'avoir fait appel à toi pour sublimer l'ensemble, ajouter cette touche de réconfort à mon roman.

Je terminerai par une liste importante, et pourtant plus courte que dans mes deux premiers ouvrages. Je n'oublie pas les autres, les cités sont simplement directement concernés.

Mon Didi, parce que tu es mon Marc depuis 16 ans, ma lumière dans la nuit, avec tes mains froides (de temps en temps) et ton cœur chaud (presque toujours).

Maman, parce que tu m'as insufflé ta niaque, ton courage, mais aussi quelques-unes de tes peurs. On va pouvoir évoluer ensemble, maintenant.

P'pa, parce que même si je n'ai pas grandi chaque année en Sicile, tu fais en sorte qu'on m'attende là-bas. Je reviendrai plonger mes pieds dans la Saia et les Gole.

Justyna et Damien, parce que vous avez mis au monde ma si chère nièce Zoé. OK, elle a grandi, mais ce *ciao bella* d'enfant adorable, je m'en souviendrai toujours.

Andreia, parce que ta passion pour la samba s'est retrouvée dans Janaina, ça y est. Je me réjouis de lui offrir sa propre chorégraphie. En attendant, elle brille.

Eliane, parce que sans le savoir, tu m'as inspiré Evelyne. Tes cheveux bouclés, ton amitié pudique, ta présence en plein *burn-out*, quand ça n'allait pas. Merci.

La famille de Tavannes, parce que votre gentillesse me fait

fondre à chaque rencontre. Vous êtes dans mon cœur, dans mes souvenirs, grand-papa et grand-maman aussi.

La famiglia di Sicilia, perché c'è la dolcezza della granità, il calore dell'Etna, i ricordi che non abbiamo vissuto insieme, ma che possiamo comunque condividere.

Tata Lulu, parce que tu as accueilli mon enfance dans tes bigoudis. J'ai ramené Noirousse, juste un instant. J'espère qu'il ronronne bien sur toi, là-haut.

Une petite parenthèse pour remercier infiniment Anouk et Sophie de Jura Escapades, qui m'ont transmis leur passion avec leur sourire, autour d'une fondue à la Tête de Moine et de leurs photos et vidéos fabuleuses. Sans vous, le mystère serait resté total sur la préparation du traîneau, l'instinct de chasse des huskies, l'esprit de meute, et le transit des chiens qui courent. :) Toujours un plaisir de revenir, quelle que soit la saison !

Pour conclure, je m'adresse à vous, qui soutenez la sortie de mes livres en campagne de financement participatif. Et à vous, qui parcourez mes phrases pour me dire si vous les appréciez ou non. Vos avis sur mes romans et vos vécus avec mes personnages comptent pour moi. Que « Pattes froides, Cœur chaud » se trouve entre vos mains, sur votre liseuse, ou ailleurs, j'espère avoir réussi à vous emmener là où ça fait du bien de rentrer.

À bientôt entre nos lignes.

Trigger Warnings (ordre alphabétique)

- Évocation d'adoption
- Évocation de tentative d'infanticide (la petite va très bien <3)
- Blessures légères (griffures de chats)
- Cynophobie (peur des chiens), attaque d'un chien
- Grossophobie, dysmorphophobie
- Harcèlement psychologique et émotionnel, infidélité, pervers narcissique
- Santé mentale (anxiété, crise d'angoisse, dépression, évanouissement, burn-out)

Retrouvez l'autrice sur son site Internet :
www.manittastephanie.com